VÁRIAS HISTÓRIAS

Livros do autor publicados pela **L&PM** Editores

O alienista
Casa velha
Contos
Contos fluminenses
Dom Casmurro
Esaú e Jacó
Helena
Iaiá Garcia
A mão e a luva
Memorial de Aires
Memórias póstumas de Brás Cubas
Quincas Borba
Ressurreição
Várias histórias

MACHADO DE ASSIS

VÁRIAS HISTÓRIAS

Notas, biografia do autor, panorama da vida na época e comentários por
LUÍS AUGUSTO FISCHER

www.lpm.com.br
L&PM POCKET

Coleção **L&PM** POCKET, vol. 1365

Texto de acordo com a nova ortografia.

Notas, biografia do autor, panorama da vida na época e comentários por Luís Augusto Fischer

Texto cotejado com a primeira edição e com a mais recente *Obra completa* do autor (Nova Aguilar, 2008).

Primeira edição na Coleção **L&PM** POCKET: novembro de 2023

Capa: Ivan Pinheiro Machado. *Ilustração*: "Rio de Janeiro, Pr. de Março", Benno Treidler (1857-1931) aquarela e grafite sobre papel, 22,6x34,3 cm, 1895, Acervo Pinacoteca Estado de S. Paulo

Mapa: Fernando Gonda

Preparação: Mariana Donner da Costa

Revisão: Nanashara Behle

CIP-Brasil. Catalogação na publicação
Sindicato Nacional dos Editores de Livros, RJ

A866v

Assis, Machado de, 1839-1908
Várias histórias / Machado de Assis; notas Luís Augusto Fischer. – 1. ed. – Porto Alegre [RS]: L&PM, 2023.
272 p. ; 18 cm. (L&PM POCKET; v. 1365)

"Notas, biografia do autor, panorama da vida na época e comentários por Luís Augusto Fisher".
"Texto cotejado com a primeira edição e com a mais recente edição da obra completa do autor".
ISBN 978-65-5666-468-2

1. Contos brasileiros. I. Fischer, Luís Augusto. II. Título. III. Série.

23-86216 CDD: 869.3
CDU: 82-34(81)

Gabriela Faray Ferreira Lopes - Bibliotecária - CRB-7/6643

Rua Comendador Coruja, 314, loja 9 – Floresta – 90.220-180
Porto Alegre – RS – Brasil / Fone: 51.3225.5777

Pedidos & Depto. comercial: vendas@lpm.com.br
Fale conosco: info@lpm.com.br
www.lpm.com.br

Impresso no Brasil
Primavera de 2023

Sumário

Nota sobre a edição

*Luís Augusto Fischer**

Reunindo 16 contos, todos publicados por Machado de Assis na *Gazeta de Notícias* do Rio de Janeiro entre julho de 1884 e outubro de 1891, *Várias histórias* é uma joia, ou melhor, como se dizia no tempo do autor, um escrínio, um pequeno cofre que guarda preciosidades, peças únicas, de alto valor. Sem nenhum exagero: se Machado de Assis houvesse publicado apenas este volume, ainda assim seu nome deveria figurar entre os grandes escritores brasileiros de todos os tempos e entre os maiores contistas de seu tempo, em todo o Ocidente.

O nome não dá essa dimensão. O adjetivo "várias" do título, assim como ocorre com outros dos demais volumes de contos publicados em seu tempo de vida – *Contos fluminenses* (1870), *Histórias da meia-noite* (1873), *Papéis avulsos* (1882), *Histórias sem data* (1884), *Páginas recolhidas* (1899) e *Relíquias de casa velha* (1906) –, dá um ar de reunião casual, de agrupação quase aleatória. Mas basta começar a ler qualquer dos textos ali editados e se define um patamar de alta qualidade estética.

Aqui, trataremos de oferecer informações e comentários para ajudar na leitura e na interpretação dos contos, para além das notas de pé de página. Não se trata de leitura obrigatória, naturalmente, mas esperamos que ao percorrer estas páginas o leitor tenha acesso a dimensões importantes e nem sempre óbvias dos textos lidos.

* Professor de Literatura Brasileira da UFRGS e autor de diversos livros, entre os quais *Machado e Borges*, *Literatura brasileira: modos de usar*, *Dicionário de porto-alegrês* e o romance *Quatro negros*. Coordenador das edições dos romances de Machado de Assis publicadas pela L&PM Editores.

Aproveitamos para esclarecer que esta edição dos contos foi feita com cuidados editoriais específicos, tendo em vista o leitor do Ensino Médio e dos cursos superiores, assim como o leitor adulto em geral. Tomamos como base a primeira edição, consultada a partir da Biblioteca José e Guita Mindlin, da USP (https://www.bbm.usp.br/pt-br/), e a edição da Nova Aguilar de 2008, quando do centenário de morte do autor, organizada por Aluízio Leite, Ana Lima Cecílio e Heloisa Jahn (Rio de Janeiro: Nova Aguilar, 2008, *Obra completa*, 4 vols.).

Acompanhamos a edição de 2008 quanto à atualização ortográfica e à pontuação, mas dela nos afastamos em alguns momentos, tanto por evidências ligadas à primeira edição quanto por alguma divergência na interpretação especialmente de momentos da pontuação, bem como suprimimos todas as vírgulas entre sujeito e predicado, um tipo de pontuação que era eventualmente usado (especialmente com sujeitos longos, de várias palavras), mas que hoje não se usa mais.

As notas ao pé das páginas procuraram esclarecer (a) vocabulário erudito ou desusado; (b) alusões ou menções a fatos e pessoas agora obscuros, como mitos, personagens bíblicos, etc.; (c) situações geográficas implicadas no texto, como nomes antigos de ruas, bairros, praças, etc.; e (d) termos e expressões estrangeiras, assim como alusões eruditas. Tudo o mais, como aspectos da estrutura narrativa ou aspectos interpretativos mais complexos, ficou para a presente seção.

Para produzir as notas, recorremos a algumas fontes de alto valor, para além do dicionário *Houaiss*, o melhor de nosso tempo. Uma delas é machadodeassis.net, um site de excepcional valor, liderado pela especialista Marta de Senna. Ali se encontra toda a obra narrativa do autor, enriquecida por muitas notas esclarecedoras. Para as ruas e lugares do Rio de Janeiro, fomos ao excelente livro *História das ruas do Rio*, de Brasil Gerson, consultado na sua 5ª e definitiva edição (Rio de Janeiro: Lacerda, 2000).

Breve biografia de Machado de Assis

L. A. F.

A vida do maior escritor brasileiro de todos os tempos ainda guarda vários enigmas. Machado de Assis pouco escreveu diretamente sobre sua infância e juventude, e muitas vezes parece ter mesmo decidido silenciar sobre diversos aspectos de sua vida pessoal. Depois da morte da esposa, ele destruiu a correspondência que havia mantido com ela. Perdeu-se um material que certamente poderia ter contribuído para sabermos muito a respeito de sua intimidade. Mesmo sobre o tempo em que já se havia convertido em uma figura de grande prestígio público falta saber muita coisa. Quando começaram seus problemas de saúde, como a epilepsia? Por que ele não manteve laços claros com parentes seus e de seus pais? Qual era exatamente sua percepção sobre sua condição de descendente de escravizados?

Essas perguntas e várias outras permanecem sem resposta clara, lamentavelmente. Mas isso não desautoriza as perguntas, porque a vida de um grande artista sempre interessa, em alguma medida, para a compreensão de sua obra. Nem que seja para a gente admirar como é que o sujeito pôde, em meio a seus tormentos pessoais, inventar os mundos que inventou.

Para quem gosta de encontrar paradoxos, a vida de Machado de Assis é um terreno promissor. Menino pobre mas não miserável, nascido no morro do Livramento, relativamente perto do Centro da cidade do Rio de Janeiro – a capital, sede dos poderes do Império do Brasil e por isso mesmo chamada de "a Corte", e a mais importante cidade brasileira de então –, subiu todos os degraus possíveis para quem contava apenas com seu trabalho. Veio a falecer em confortável situação econômica, sem nunca ter sujado as mãos em negócio escuso, numa história cheia de méritos próprios. Tornou-se nada menos que o mais importante escritor de sua época no país, reconhecido ainda em vida quase unanimemente, tudo isso coroado, como um símbolo final, com a eleição para a Presidência da Academia Brasileira de Letras. Num país que foi escravista até 1888, quando tal regime não era mais sequer rentável do ponto de vista econômico, e em se tratando de um pobre descendente de escravizados, Machado não é apenas um caso curioso; é uma das mais eloquentes exceções concebíveis.

Joaquim Maria Machado de Assis nasceu no Rio de Janeiro, em 21 de junho de 1839, filho de Francisco José de Assis, um pintor de paredes e dourador (isto é, um artesão que dourava detalhes de paredes), filho, por sua vez, de escravos alforriados, e de uma portuguesa açoriana, imigrada menina para o Brasil, Maria Leopoldina Machado de Assis, que fazia serviços domésticos. Ao que tudo indica, os dois sabiam ler e escrever, coisa rara para sua condição social; casaram-se relativamente tarde, ela com 26 anos, ele com 32. A família – os pais, o futuro escritor e uma irmãzinha mais nova, Maria, que morreu de sarampo aos cinco anos – se formou na condição de agregada da família rica que vivia numa propriedade senhorial, no Livramento; pai e mãe trabalharam para essa família. Os padrinhos do menino foram gente dessa família, o que é mais um sintoma de sua condição humilde, porque era típico que filhos de agregados buscassem a proteção dos senhores mediante esse apadrinhamento.

Ficou órfão de mãe ainda menino, antes dos 10 anos de idade; o pai voltará a casar em 1854, quando Joaquim Maria andava pelos 15 anos. A nova esposa se chamava Maria Inês, tinha sangue negro como o pai, e estava com 33 anos ao casar (Francisco estava com 46 anos, e morreria não muitos anos depois disso). Não se tratava de gente miserável, mas pobre; seus avós e seus pais eram pessoas livres, isto é, não escravizados, mas todos dependeram de algum tipo de proteção de gente de cima, pelo menos em alguma época de suas vidas. Em termos atuais, pertenceriam a um estrato inferior da classe média, ou a um estrato superior da classe baixa, sempre acima de escravizados.

Para entender mais de perto esse quadro, é preciso pensar em algo que para nós não é muito simples de conceber: um mundo em que cotidianamente se cruzavam nas ruas e nas casas indivíduos livres e outros escravizados, sendo que entre os livres havia já muitos com ascendência africana, visível na cor da pele. Como saber exatamente quem era o quê? E mais ainda: entre os livres havia muitos alforriados, quer dizer, libertados em seu período de vida; mas essa alforria em muitos casos era reversível, isto é, aquele antigo proprietário podia registrar, em documento de valor legal, que concedia a liberdade para seu escravo desde que esse mantivesse bom comportamento, ou permanecesse servindo ao antigo dono até a morte, etc. Homens e mulheres livres desde sempre, como Joaquim Maria, seu pai e sua madrasta, podiam ser tomados como alforriados ou, pior ainda, como pessoas escravizadas, ao andarem pela rua; inversamente, escravizados podiam ser tomados por homens livres, ao cruzarem a mesma rua.

Coloquemos na conta as datas de referência. Em 1831 foi promulgada uma lei que tentava encerrar o tráfico de escravizados, mas ela não foi efetiva. Em 1850 (Machado com 11 anos) aparece uma lei efetiva que proíbe o tráfico de escravos, o que ao mesmo tempo fecha a fonte costumeira de mão de obra e complica a vida dos escravizados aqui existentes e os que nasciam de ventre escravo, que agora tinham mais valor de mercado e por isso mesmo eram mais vigiados. Em 1871 (Machado adulto, já com 32 anos e funcionário público) sai a Lei do Ventre Livre, que demorou para ser aplicada mas que representou outra novidade importante, porque colocava um horizonte de tempo para a vigência da escravidão. E só em 1888 viria a Lei Áurea, que acabou com a escravidão legal no Brasil: isso quer dizer que Machado de Assis, afrodescendente, conviveu por praticamente 50 anos com a escravidão como uma prática social legal no Brasil.

Quanto à criação de nosso escritor, dispomos de poucos dados documentais seguros; daí por diante há muita dúvida. Estudou pouco tempo em escolas formais, mas soube continuar vivendo e aprendendo, o que incluiu o português, algum latim e o francês (mais adiante dominará o inglês e chegará a estudar o alemão e o grego clássico, também). Como fez esse caminho? Uma especulação fala de ele ter aprendido francês com um padeiro emigrado. Teria sido sacristão, conforme outra dessas estimativas; teria vendido doces em uma escola (feitos, possivelmente, pela madrasta), em troca de assistir aulas; tudo é muito incerto em matéria de informação sobre sua infância e juventude.

Os biógrafos, para suprir essas lacunas, costumam recorrer ao que Machado escreveu nas crônicas, nas quais de vez em quando evocou aspectos não exatamente pessoais, mas relativos à cidade de sua infância, e na ficção, em que registrou algo da vida de menino (como no famoso "Conto de escola", que documenta uma sala de aula e a relação entre colegas) e alguns traços talvez da vida da antiga propriedade senhorial de seus primeiros anos (como no romance *Casa velha*). Trata-se de deduções possíveis, mas não totalmente confiáveis.

A parte bem documentada de sua vida começa aos 15 anos: nessa idade aparecem seus textos, primeiro poemas (todo mundo queria ser poeta em 1854, no auge do Romantismo), depois crítica literária e teatral. Nessa obra inicial se percebe já o metódico de sua atuação: Machado dá sempre a impressão de compensar com esforço e organização as limitações de sua vida. A poesia desse período não traz novidade, mas as crônicas e ensaios sim, porque mostram o jovem intelectualmente impetuoso, dotado de um notável desejo de consertar o mundo – ele quer teatro mais sério, recusando as grosserias do que nós chamaríamos "pastelão"; ele quer o jornal como um meio de educação cívica do leitor; ele quer uma literatura envolvida com a vida do povo de seu país e de seu tempo. Tais ideias foram, de certa forma, mantidas ao longo da vida; mas o ímpeto arrefeceu, e aquele jovem de texto combativo deu lugar a um ironista que, como um personagem seu, tinha "tédio à controvérsia".

Antes dos 18 anos já o encontramos trabalhando, algum tempo como caixeiro no comércio, depois como aprendiz de tipógrafo na Tipografia Nacional, órgão do governo imperial brasileiro encarregado de imprimir materiais administrativos e informativos. Daí por diante vamos vê-lo sempre metido em trabalhos letrados, atuando como revisor de editora e de jornal, como jornalista mesmo, e mais tarde ainda como funcionário público no campo administrativo. Uma figura imprescindível em sua vida, na altura dos 17 anos, é Francisco de Paula Brito: um editor, jornalista e, mais que isso, um animador cultural, que tinha idade para ser pai de Machado de Assis, e de certa forma foi seu tutor, nesse começo de vida intelectual. Também afrodescendente e defensor do fim dos preconceitos, Paula Brito reunia intelectuais e escritores, oferecendo em sua loja um raro ponto de encontro cultural na cidade, que serviu para Machado, o jovem pobre e esforçado, enturmar-se com gente já importante no mundo das letras e com jovens promissores, como Casimiro de Abreu. Muito novo ainda, Joaquim Maria vive, assim, nas duas pontas do processo intelectual: como funcionário técnico (tipógrafo e revisor) e como produtor de textos. Ao contrário de gente como José de Alencar ou Casimiro, escritores de família abastada, Machado só podia mesmo era trabalhar, duro e bastante.

O Rio de Janeiro de sua infância se modifica muito com o passar do tempo. A cidade imunda dos anos 1830 conhece um surto de desenvolvimento forte com o auge da produção do café, nos anos 1850, momento que é acompanhado de uma intensa sofisticação dos hábitos culturais da cidade, incluindo novos jornais, editoras, livrarias, teatro, música. A partir de 1870, começam a crescer duas campanhas que empolgaram as pessoas sensíveis: a luta pela Abolição e a batalha pela República. Na virada do século, no final da vida de Machado, a cidade conhece uma revolução urbanística, que modificou radicalmente o Centro e a antiga Zona Sul. Arrasaram-se becos para fazer grandes avenidas, assim como derrubaram-se casebres e construções coloniais para dar lugar a prédios de arquitetura requintada, na intenção de tornar o Rio uma metrópole modernizada, uma cidade que queria pensar-se como europeia, ainda que mantivesse na miséria dezenas de milhares de ex-escravizados e pobres em geral.

Enquanto isso, Machado trabalhava, o tempo todo. Nem pensava em folgas, e quase nunca tirava férias, e ia publicando sua obra, em teatro, crítica, poesia, conto e romance (ver cronologia p.18). O período mais longo de repouso aconteceu por força de doença: na altura de seus 40 anos teve uma crise que apareceu como um problema nos olhos (uma cegueira temporária); pela mesma época, e associada com esse mal, manifestou-se a epilepsia, que já o acometera na infância e que o acompanharia para sempre. Por sorte, nessa época já estava casado com Carolina Xavier de Novais, uma mulher portuguesa, muito culta, que seria sua companhia até o fim da vida (ela morreu em 1904, e ele quatro anos depois). Estando acamado por aquela crise de saúde, foi para Carolina que ele ditou os primeiros capítulos da obra que marcaria uma tremenda mudança em sua escritura: as *Memórias póstumas de Brás Cubas*. Talvez essa crise de saúde tenha sido um motor para a radicalidade com que Machado forçou os limites da narrativa que até então praticara, dando lugar a uma estratégia de grande inventividade e incrível força crítica: um morto, Brás

Cubas, resolve contar coisas sobre sua vida; e, como está morto, não precisa preservar nada, ninguém.

Voltemos um pouco no tempo. Em 1867 Machado recebe uma comenda do imperador (cavaleiro da Ordem da Rosa), que era concedida a pessoas de relativo prestígio social, e entra para o serviço público administrativo, emprego estável, letrado e bem pago, o que deve ter sido uma bênção para quem vinha de baixo e queria ter condições de escrever criativamente. No ano seguinte, conheceu Carolina, e mais um ano depois, aos 30 anos, casa com ela. Daí por diante sua vida pessoal vai ser bastante serena: um casamento que parece ter sido muito amoroso e que certamente foi produtivo para suas pretensões intelectuais e artísticas, junto com uma carreira ascendente de servidor público, que culmina na destacada condição de diretor-geral de Ministério. Não tira férias longas, não para de trabalhar, nem se aposenta. No ano de 1908, que marcará a edição de seu último e magnífico romance *Memorial de Aires* (poucos meses antes de sua própria morte), Machado licencia-se para tratar da saúde, que já andava precária. Tinha 69 anos, uma vasta e já reconhecida obra, e uma carreira exemplarmente bem-sucedida na burocracia do serviço público.

Quase não dá para imaginar uma conciliação entre essa serena e metódica figura com o criativo e ousado escritor, que reinventou o conto, em múltiplas invenções, e que sacudiu a serenidade do romance de amor em *Dom Casmurro* (1900), ao inscrever nas entrelinhas o vírus letal do ciúme, a terrível sensação de traição que Bento Santiago alimenta sobre sua própria esposa, Capitu. Por outro lado, é quase impossível imaginar que um sujeito tão afastado de preocupações menores, tão distante dos arroubos nacionalistas que comoveram os de sua geração (tanto em sua juventude, com a moda indianista dos anos 1850 e 1860, quanto em sua maturidade, no episódio da luta pela República, nos anos 1880), um sujeito tão cosmopolita, fosse também um indivíduo tão pouco viajado. Como se sabe, mas custa crer, Machado nunca foi ao exterior, e o limite de suas andanças brasileiras foi Petrópolis e Vassouras, no estado do Rio, e Barbacena, já em Minas, cidades bastante próximas da capital federal de então.

Machado foi correto e discreto, na vida pública ou na vida pessoal. De tudo que dele se sabe, nunca usou expedientes escusos para encontrar seu lugar na sociedade brasileira ou na literatura de seu país. Não teve padrinhos a quem pudesse recorrer para conseguir favores ou subir posições sociais; não praticou mesquinharias comuns no mundo artístico como plataforma para firmar-se na opinião pública. Por outro lado, nunca teve opiniões radicais ou mesmo exaltadas nas fortes discussões públicas de seu tempo. Tudo leva a crer que se trata, mesmo, de um raro caso de um cidadão brasileiro que veio muito de baixo e subiu por méritos próprios, sendo simultaneamente um artista de grande poder crítico. Essa trajetória autônoma mais se salienta se levarmos em conta que seus pais e avós viveram, pelo menos em parte de suas vidas, na dependência de alguém bem posicionado socialmente.

É certo que ele, como sua cidade e o mundo, foi mudando ao longo do tempo. Em traços largos, pode-se dizer que Machado principia sua carreira como jornalista, poeta e dramaturgo, atividades que se desenvolvem ao longo dos anos 1860, época em que também faz algumas traduções do francês. Nos anos 70, continua praticando poesia mas vai deixando o drama e o jornalismo, para concentrar suas atenções na crítica – nesses anos escreve um conjunto apreciável de ensaios ainda hoje interessantes – e na prosa narrativa. Depois de 1880, vai praticamente abandonar a poesia e a crítica, para dedicar mais atenção à narrativa, em romances e em contos, e à crônica, gênero que ele também elevou a patamares inéditos. Do ponto de vista da visão de mundo, pode-se dizer que nosso autor passa de um liberalismo acentuado na juventude (aos vinte anos tem um quê de socialista em sua pregação pela educação) para uma posição cada vez mais desiludida e cética, motivo de fundo de sua ironia constante, aguda e sutil. Dá a impressão de que foi afinando seus instrumentos de análise da sociedade brasileira, o que lhe permitiu abandonar uma visão relativamente ingênua e atingir essa condição superiormente irônica, ao mesmo tempo crítica, cética e radicalmente humana.

Joaquim Maria Machado de Assis, muitas vezes referido com o apelido "Bruxo do Cosme Velho" – "bruxo" pela inventividade, por aquela espécie de feitiço que se encontra na obra dos grandes artistas; "Cosme Velho" por ser este o bairro do Rio de Janeiro em que ele viveu os últimos anos de sua vida –, não teve filhos, como aliás boa parte de seus maiores personagens, como Brás Cubas, Quincas Borba, Bento Santiago, os gêmeos Pedro e Paulo, assim como o conselheiro Aires. Debilitado, mas reconhecido no mundo intelectual, morreu no dia 29 de setembro de 1908. Por determinação expressa deixada antes da morte, foi enterrado no mesmo jazigo em que estava, fazia quatro anos, sua amada Carolina.

Cronologia: vida e obra de Machado de Assis

1822 Brasil: • Independência do Brasil

1839 Vida e obra: • Nasce Joaquim Maria Machado de Assis
Brasil: • Nasce Casimiro de Abreu (morto em 1860)
Mundo: • Nasce Paul Cézanne, pintor francês (morto em 1906)

1840 Brasil: • Dom Pedro II proclamado Imperador, aos 14 anos • Fim da Cabanagem, no Pará • Introdução do daguerreótipo no Brasil (começos da fotografia)

1841 Vida e obra: • Nasce a irmã, Maria (que morre em 45, de sarampo, antes dos 5 anos)
Brasil: • Fim da Balaiada, revolta popular, no Maranhão

1843 Brasil: • Primeira linha regular de navios entre o Rio de Janeiro e a França
Mundo: • "Conto de Natal", Charles Dickens (1812-1870)

1845 Brasil: • Fim da Revolução Farroupilha, no Rio Grande do Sul

1848 Mundo: • "Manifesto comunista", de Karl Marx (1818-1883) e Friedrich Engels (1820-1895) • Revolução na França: começo da Segunda República

1849 Vida e obra: • Morre sua mãe
Mundo: • Morre Edgar Allan Poe (1809-1849)

1850 Brasil: • Lei Eusébio de Queirós: extinção do tráfico de escravos • Lei de Terras • Nesta década, o piano torna-se frequente nas casas da elite carioca e brasileira

1851 Brasil: • Inauguração da linha a vapor transatlântica entre o Rio de Janeiro e Liverpool

1854 Vida e obra: • Estreia em jornal com um poema • Seu pai casa de novo, com Maria Inês, mulata, doceira e quituteira
Brasil: • Começo da iluminação a gás no Rio de Janeiro • É inaugurado o primeiro trecho da estrada de ferro entre o Rio de Janeiro e Petrópolis

1855 Vida e obra: • Começa a colaborar na *Marmota*, revista de Francisco de Paula Brito (1809-1861), que era impressor e livreiro
Brasil: • É organizada a Sociedade das Sumidades Carnavalescas, a primeira dedicada ao carnaval, contando com José de Alencar, Manuel Antônio de Almeida e outros entre os sócios, e o próprio Imperador e família como entusiastas

1856 Vida e obra: • Primeiro emprego, como caixeiro, com Paula Brito • Aprendiz de tipógrafo na Imprensa Nacional, função em que permanece até 1858 • Publicação das primeiras prosas ensaísticas
Brasil: • Lançamento da *Confederação dos Tamoios*
Mundo: • Flaubert (1821-1880) publica *Madame Bovary*, na França

1857 Vida e obra: • Primeira tradução do francês, um poema de Lamartine
Brasil: • Dom Pedro II cria a Imperial Academia de Música e a Ópera Nacional • José de Alencar (1829-1877) publica *O guarani*
Mundo: • Charles Baudelaire (1821-1867) publica *As flores do mal*, na França

1858 Vida e obra: • Ensaio "O passado, o presente e o futuro da literatura" • Publicação de seu primeiro conto, "Três tesouros perdidos"

1859 **Vida e obra:** • Ensaios: "Ideias sobre o teatro" e "Aquarelas" • Emprego: redator de *O Espelho*, pela primeira vez remunerado para escrever • Conhece Charles Ribeyrolles (1812-1860), jornalista francês, republicano e culto; traduz para o português textos dele de *O Brasil pitoresco*
Mundo: • Charles Darwin (1809-1882) publica *A origem das espécies*, na Inglaterra

1861 **Vida e obra:** • Teatro: *Desencantos* • Tradução para o teatro, a primeira publicação em livro assinada por Machado: *Queda que as mulheres têm pelos tolos*, do francês Victor Hénaux
Brasil: • Início do processo de saneamento na cidade do Rio de Janeiro
Mundo: • Começa a Guerra Civil nos Estados Unidos (até 1865)

1862 **Mundo:** • Victor Hugo (1802-1885) publica *Os miseráveis*, na França

1863 **Vida e obra:** • Publica *Teatro de Machado de Assis*

1864 **Vida e obra:** • Teatro: *Quase ministro* • Primeiro livro de poesia: *Crisálidas*

1865 **Vida e obra:** • Ensaio: "O ideal do crítico"
Brasil: • Começa a Guerra de Brasil, Argentina e Uruguai contra o Paraguai
Mundo: • Libertação total dos escravos nos EUA, ao fim da Guerra Civil

1866 **Vida e obra:** • Teatro: *Os deuses de casaca* • Tradução: *Os trabalhadores do mar*, de Victor Hugo
Brasil: • José de Alencar (1829-1877) publica *Iracema*
Mundo: • Ligação telegráfica entre a Europa e a América • Dostoiévski (1821-1881), na Rússia, publica *Crime e castigo*

1867 Vida e obra: • Agraciado com a Ordem da Rosa, no grau de cavaleiro (o primeiro de seis graus), uma comenda concedida por dom Pedro II para quem fosse reconhecido como sendo fiel ao Imperador e como tendo prestado bons serviços ao país • Nomeado ajudante do diretor do *Diário Oficial*; sai do jornalismo diário

1868 Vida e obra: • Conhece Carolina, irmã de seu amigo Faustino Xavier de Novais
Brasil: • Linhas de bonde sobre trilhos no Rio de Janeiro

1869 Vida e obra: • Falecimento de Faustino • Casamento com Carolina Augusta Xavier de Novais

1870 Vida e obra: • *Falenas*, poesia • Primeiro livro de contos: *Contos fluminenses* • Tradução: *Oliver Twist*, de Charles Dickens (parcial, a partir do francês)
Brasil: • Fim da Guerra do Paraguai • "Manifesto Republicano": começo da onda pró-República • Estreia *O guarani*, ópera de Carlos Gomes, baseada no romance de Alencar • *Espumas flutuantes*, poesias de Castro Alves

1871 Brasil: • Lei do Ventre Livre (também chamada Lei dos Ingênuos), em 28 de setembro
Mundo: • Comuna de Paris • Conclusão da unificação do Império alemão

1872 Vida e obra: • Primeiro romance: *Ressurreição*

1873 Vida e obra: • *Histórias da meia-noite*, contos • "Instinto de nacionalidade", ensaio • Ascensão na carreira: é nomeado primeiro-oficial da Secretaria de Agricultura, Comércio e Obras Públicas

Brasil: • I Congresso Republicano em Itu (SP) • Inauguração do cabo marítimo efetiva a ligação telegráfica entre o Brasil e a Europa

1874 **Vida e obra:** • *A mão e a luva*, romance

1875 **Vida e obra:** • *Americanas*, poesia
Brasil: • Onda de imigração de portugueses para o Rio na segunda metade desta década

1876 **Vida e obra:** • *Helena*, romance • Promovido a chefe de seção
Mundo: • Patente do telefone, por Graham Bell

1877 **Brasil:** • Rio de Janeiro e São Paulo são interligados por ferrovia • Dom Pedro II instala telefones entre o palácio e residências de ministros • Chiquinha Gonzaga compõe a polca "Atraente", um dos primeiros chorinhos • Morre José de Alencar
Mundo: • Primeira gravação de sons, por Thomas Edison

1878 **Vida e obra:** • *Iaiá Garcia* • Ensaio sobre *O primo Basílio*, de Eça de Queirós • Séria crise de saúde, que o obriga a uma temporada de descanso (de dezembro de 1878 a março de 1879)

1879 **Vida e obra:** • Ensaio: "A nova geração"
Brasil: • Inauguração da rede de iluminação elétrica na estação central da estrada de ferro Dom Pedro II
Mundo: • Thomas Edison cria a lâmpada incandescente durável

1880 **Vida e obra:** • Entra, a 6 de fevereiro, em licença de um mês, por estar sofrendo dos olhos. • Designado oficial de gabinete do Ministro da Agricultura

1881 Vida e obra: • *Memórias póstumas de Brás Cubas* em livro
Brasil: • *O mulato*, romance naturalista de Aluísio Azevedo (1857-1913)
Mundo: • *Retrato de uma senhora*, romance de Henry James (1843-1916)

1882 Vida e obra: • *Papéis avulsos*, contos • Licença de três meses para tratamento de saúde

1883 Brasil: • *O abolicionismo*, de Joaquim Nabuco (1849-1910)

1884 Vida e obra: • *Histórias sem data*, contos
Brasil: • *Meridionais*, poesia parnasiana de Alberto de Oliveira (1857-1937)

1885 Vida e obra: • *Casa velha* (romance de publicação seriada; em livro só seria publicado em 1944)
Brasil: • Lei dos Sexagenários

1886 Vida e obra: • Começo da publicação seriada de *Quincas Borba* (até 1891, quando sai em livro)
Mundo: • *O médico e o monstro*, de R. L. Stevenson (1850-1894) • Primeiro veículo automotor movido a gasolina

1888 Brasil: • A Lei Áurea: fim da escravidão • *O Ateneu*, de Raul Pompeia (1863-1895) • *Poesias*, de Olavo Bilac (1865-1918)

1889 Vida e obra: • Promovido a diretor da Diretoria de Comércio na Secretaria da Agricultura
Brasil: • Proclamação da República, em 15 de novembro
Mundo: • Exposição Universal de Paris comemora o centenário da Revolução Francesa; o Brasil é a única monarquia a tomar parte no evento

1890 Brasil: • *O cortiço*, de Aluísio Azevedo (1857-1913)

1891 Vida e obra: • *Quincas Borba*, romance

1892 Vida e obra: • Promovido a diretor-geral do Ministério da Viação
Brasil: • O Rio de Janeiro passa a ser a primeira cidade sul-americana a contar com serviço de bondes elétricos

1893 Brasil: • *Broquéis*, poesia simbolista de Cruz e Sousa (1861-1898) • Revolta da Armada, no Rio de Janeiro, e Revolução Federalista no Rio Grande do Sul (até 1895)

1895 Brasil: • Primeira exibição de um filme no Brasil

1896 Vida e obra: • *Várias histórias*, contos • Escolhido por aclamação para dirigir a primeira sessão preparatória da fundação da Academia Brasileira de Letras
Brasil: • Guerra de Canudos (até o ano seguinte)

1897 Brasil: • Início das atividades da Academia Brasileira de Letras

1898 Vida e obra: • Com 31 anos de serviço público, é posto em disponibilidade (fica sem tarefas, mas recebendo) por não ter "formação técnica" • Ao final do ano, retorna à ativa, para sua felicidade

1899 Vida e obra: • *Páginas recolhidas*, contos
Brasil: • Chiquinha Gonzaga compõe *Ó, abre alas*, a primeira marchinha carnavalesca
Mundo: • *A interpretação dos sonhos*, de Sigmund Freud (1856-1939)

1900 Vida e obra: • *Dom Casmurro*, romance

1901 Vida e obra: • *Poesias completas*

1902 Brasil: • Início da gravação de discos no Brasil • Início de uma grande reforma urbana do Rio de Janeiro, com o prefeito Pereira Passos • *Os sertões*, de Euclides da Cunha

1904 Vida e obra: • *Esaú e Jacó*, romance • Falece Carolina, sua esposa por 35 anos
Brasil: • Revolta da Vacina no Rio de Janeiro
Mundo: • Morre Anton Tchékhov (nascido em 1860), contista e dramaturgo russo

1905 Mundo: • Albert Einstein publica os artigos iniciais da Teoria da Relatividade

1906 Vida e obra: • *Relíquias de casa velha*, último livro de contos

1908 Vida e obra: • *Memorial de Aires*, último romance • Falecimento, em 29 de setembro
Brasil: • Centenário da chegada da Corte portuguesa ao Brasil • Nasce Guimarães Rosa

O conto na obra de Machado de Assis

Quando Machado começa sua carreira de escritor, nos anos 1850, os gêneros literários prestigiados eram, acima de tudo, a poesia e o teatro. O romance ainda engatinhava entre nós, e o conto moderno, a partir do modelo de Poe, estava ainda fora de questão. Nosso escritor, como vimos antes, de fato foi poeta e dramaturgo, além de crítico; parecia investir suas forças intelectuais no aprimoramento da prática teatral no Brasil, na imprensa como veículo de democratização da vida pública, na poesia.

Sua dedicação às formas narrativas, conto e romance, se estabelece na década de 1870: neste ano sai seu primeiro livro de contos, *Contos fluminenses*, e dois anos depois é lançado *Ressurreição*, o primeiro romance. No primeiro livro de contos, o que temos são talvez menos contos e mais novelas curtas e médias: são sempre histórias com capítulos (algumas com mais de dez), sem aquela concentração que seus contos maduros apresentam, mais próximos do que veio a ser o conto moderno.

Já no segundo, *Histórias da meia-noite*, lançado em 1873, Machado escreveu uma "Advertência", cujo primeiro parágrafo vale a pena conhecer, para melhor entender sua visão do conto:

> Vão aqui algumas narrativas, escritas ao correr da pena, sem outra pretensão que não seja a de ocupar alguma sobra do precioso tempo do leitor. Não digo com isso que o gênero seja menos digno de atenção dele, nem que deixe de exigir predicados de observação e de estilo. O que digo é que estas páginas, reunidas por um editor benévolo, são as mais desambiciosas do mundo.

Que sejam sem ambição, pode ser; mas o que importa mesmo é ver que o autor não tem certeza nem mesmo sobre o tipo dos textos que publica: no título do livro, são "histórias", e aqui no prefácio se chamam "narrativas". O termo "conto" estava ainda longe, e de fato só vai aparecer de corpo inteiro na "Advertência" ao volume de 1882, seu primeiro grande livro de contos, intitulado *Papéis avulsos*. Ali se lê:

> Quanto ao gênero deles, não sei que diga que não seja inútil. O livro está nas mãos do leitor. Direi somente que se há aqui páginas que parecem meros contos e outros que o não são, defendo-me das segundas com o dizer que os leitores das outras podem achar nelas algum interesse, e das primeiras defendo-me com são João e Diderot. O evangelista, descrevendo a famosa besta apocalíptica, acrescentava (XVII, 9): "E aqui há sentido, que tem sabedoria". Menos a sabedoria, cubro-me com aquela palavra. Quanto a Diderot, ninguém ignora que ele não só escrevia contos, e alguns deliciosos, mas até aconselhava um amigo que os escrevesse também. Eis a razão do enciclopedista: é que quando se faz um conto, o espírito fica alegre, o tempo escoa-se, e o conto da vida acaba, sem a gente dar por isso.

Por trás da declaração de modéstia, característica do escritor, temos algumas aproximações ao conceito de conto. Primeiro, que o livro traz contos e não contos; segundo, que todos devem ter algum valor para o leitor; e terceiro, que o modelo, a figura de referência, é Denis Diderot, escritor francês do século XVIII, falecido praticamente cem anos antes do momento em que o livro era publicado, portanto um escritor já antigo naquela altura, autor de narrativas que a visão francesa de 1880 não consideraria exatamente como um conto, depois de Poe.

Não é que Edgar Allan Poe (1809-1849) seja a única figura de referência para o conto moderno; mas é certo que ele, tendo sido traduzido ao francês por Charles Baudelaire nos anos seguintes a sua morte, passou a circular como um forte modelo de conto moderno, inclusive em francês, que era a grande língua de cultura letrada no contexto ocidental.

Machado soube de Poe bastante cedo. No conto "Uma excursão milagrosa", publicado no *Jornal das famílias* em abril e maio de 1866, lemos a seguinte declaração, logo no terceiro parágrafo:

> Suponho que os leitores terão lido todas as memórias de viagem, desde as viagens do Capitão Cook às regiões polares até as viagens de Gulliver, e todas as histórias extraordinárias, desde as narrativas de Edgar Poe até os contos de *Mil e uma noites*.

As mais de duas centenas de contos escritos por Machado se distribuem pelos anos todos de sua atuação como escritor, mas será depois de 1880 que o gênero ganhará maior valor e qualidade na obra de Machado. Num levantamento abrangente,[1] mas que ainda assim talvez não alcance a totalidade dos contos publicados pelo autor, temos a seguinte proporção de contos escritos e publicados em livros, em três grandes momentos de sua vida:

Época	Contos escritos	Contos publicados em livros, em vida do autor	Livros de contos publicados
1858 – 1874 (seis anos)	59	13	*Contos fluminenses* e *Histórias da meia-noite*

1. Patrícia L. F. da Cunha, *Machado de Assis: um escritor na capital dos trópicos* (Porto Alegre: IEL/Unisinos, 1998), pp.56-7.

1875 – 1882 (sete anos)	49	12	*Papéis avulsos*
1883 – 1907 (24 anos)	97	51	*Histórias sem data*; *Várias histórias*; *Páginas recolhidas*; e *Relíquias de casa velha*
TOTAL	205	76	-

Chama a atenção do leitor a grande quantidade de textos no gênero, mas também chamará a altíssima qualidade deles, muito especialmente a partir do livro *Papéis avulsos*, num total de sete livros publicados em vida. Como se vê na tabela anterior, a maior qualidade do conto corresponde ao momento posterior à publicação das *Memórias póstumas de Brás Cubas*, em 1881, romance que representa um experimento radical na forma narrativa; é certo então afirmar que também no conto o período de maturidade da criação machadiana se dá depois de seus 40 anos de idade.

Com esse pequeno panorama, podemos avaliar o lugar central que tem o conto na obra de Machado de Assis, por sua qualidade superior, cada vez mais reconhecida, no Brasil e fora dele. As histórias do presente volume exemplificam bem essas virtudes. (Na advertência inicial de *Várias histórias*, assinada pelo autor, vamos ler nova menção a Poe, como se com ele nosso escritor tomasse a bênção.)

Panorama do Rio de Janeiro: alguns elementos para compreender o mundo de Machado de Assis

I – Vida cotidiana

Horas do dia

Horas Canônicas: horas definidas pelas práticas católicas, em que os religiosos rezam. As igrejas e capelas badalavam os sinos em algumas delas, de forma que era comum se organizar o dia por esses sons. Vale lembrar que até 1889, ano da Proclamação da República, o Brasil era um país oficialmente católico. As principais referências a horas canônicas são:

Laudes: o momento inicial do dia, o raiar do dia.
Prima, terça, sexta e **nona:** respectivamente 6h, 9h, 12h e 15h.
Véspera ou **Vésperas:** 18h.
Ave-marias: horário do fim da tarde, também conhecida como "hora do ângelus", anunciada por três badaladas que chamavam os fiéis para a oração.

Refeições

Antes de haver iluminação a gás (chegada ao Brasil em 1854) as tarefas noturnas eram feitas com iluminação a vela ou com lamparinas com óleo de baleia, duas formas bastante precárias de prover luz (e, no caso do óleo de baleia, muito malcheirosa). Isso significa que muito poucas tarefas podiam ser feitas sem a luz natural; assim, as refeições precisavam ser feitas de dia. A luz elétrica (instalada no Brasil a partir de 1880, mas tornando-se comum apenas nos anos da virada do século) mudou o panorama, e várias tarefas passaram a ser exequíveis à noite; as refeições também puderam se estender até mais tarde. Vale lembrar que os enredos narrativos de Machado de Assis, em regra, têm suas ações localizadas entre 1840 e 1870, aproximadamente.

Na educação dos filhos, quando feita em casa e com preceptores, temos um exemplo na camada superior da sociedade. Dom Pedro II estipulou para as crianças de sua casa levantar-se às 6h; assistir à missa; almoço às 8h; ler e estudar; jantar às 14h; preparar lições; passear às 17h30min; cear às 21h; recolher-se às 21h30min. Um jornal de 1865 traz um anúncio de serviço de refeições em uma pensão com os seguintes horários: almoço às 9h e jantar das 16h30min às 17h. Ao longo do século, cada vez se oferecem mais alternativas para refeições na rua, em hotéis, pensões, bares, restaurantes, em horários certamente muito variados, que não obedecem às regras das refeições caseiras.

Almoço: era a refeição feita por volta das oito horas da manhã. Dicionários antigos do Português assim definem o almoço: Bluteau (publicado entre 1712 e 1728), "o que se come pela manhã"; Moraes (1789): "Comida com que se quebra o jejum, antes do jantar". Caldas Aulete (1884) ainda define do mesmo modo o almoço. Quer dizer: o nome do que nós chamamos hoje café da manhã ou desjejum era almoço, até pelo menos o final do século XIX.

Jantar: a principal refeição do dia, servida às duas da tarde, mais ou menos.

Merenda: refeição possível, sempre leve, ao cair da tarde ou no começo da noite.

Ceia: a última refeição do dia, em torno das nove da noite.

Roupas

O século XIX pode ser dividido em fases, no que se refere a roupas, no mundo ocidental. Claro que estamos falando das classes ricas, particularmente as que viviam nas cidades, e apenas secundariamente estamos nos referindo às classes médias urbanas, que desde sempre copiaram os modelos de cima, mas com atraso de anos. Os de baixo, no Brasil particularmente os escravizados, vestiam-se como era possível, com roupas de tecido grosseiro que apenas serviam para tapar o corpo; era típico que os escravizados, mesmo os urbanos, não usassem sapatos, porque era um item mais caro do vestuário mas também porque era uma forma de civilidade superior, um item reservado apenas aos livres e aos libertos. Para dar uma ideia, em 1909 a revista *Fon-Fon*, do Rio, aplaudia uma nova regulamentação que obrigaria ao uso de paletó e sapatos no centro da cidade.

Genericamente, o século XIX vai sofisticar muito a vestimenta feminina, envolvendo-a em fantasias que têm muito de erótico e que marcam um extenso período de entronização da figura feminina como delicada, misteriosa, desejável, vestida de modo meio celestial no sentido de viver como que fora do mundo cotidiano do trabalho, entronização que de certa forma vai ser o alvo dos movimentos libertários do feminismo do século XX. Quase no sentido oposto, o século XIX vai simplificar a vestimenta masculina, sem que isso signifique necessariamente seu empobrecimento, uma vez que haverá sofisticação nos tecidos e na composição do traje também para eles.

Podemos postular três fases para descrever as roupas do século XIX.

A primeira: após a chegada da família real portuguesa ao Rio, no começo de 1809, a cidade ganha um enorme prestígio, porque agora ali estará a vida da corte, por definição uma vida sofisticada, das classes mais abastadas. As elites brasileiras até então moravam preferencialmente nas cidades mais antigas e desenvolvidas, como Salvador ou Ouro Preto, ou em suas fazendas, no interior, em detrimento do Rio de Janeiro; mas agora será lá que tudo vai acontecer e se definir, incluindo os padrões de vestimenta. O século XIX começou com uma moda tendendo ao simples, por influência das ideias iluministas, de Rousseau e outros, e das modas inglesas; as mulheres deixaram de lado os espartilhos, as anáguas, os saltos altos, e seus vestidos passaram a ser menos elaborados. Pode-se imaginar, no entanto, que nas cerimônias oficiais da corte no Rio a vestimenta fosse ainda modelada pela moda aristocrática do século XVIII. Neste caso, os homens vestem calções de pernas largas, com botas de montar; o chapéu masculino é o tricórnio.

A segunda: depois da Restauração da Monarquia na França, após a queda de Napoleão, e no Brasil nas décadas de 1830 a 1860, uma onda de requinte tomou conta da moda. É abandonado o modelo de simplicidade anterior; volta o espartilho, serão enormes as mangas dos vestidos femininos, os quais se sobrepõem a armações amplas e arredondadas, que em meados do século passam a ser feitas de aço, chamadas **crinolina**; toda a roupa feminina terá muitas rendas e fitas, babados e folhos. Esse padrão conhecerá uma variação, uma modernização, nos anos 1870 e 1880, com os vestidos decotados, de cintura muito apertada e com a crinolina reduzida às **anquinhas**, armações muito menores do que antes, arrematadas com um laço, nas costas, ressaltando a curva das ancas. A invenção da máquina de costura permitia grande sofisticação nos trajes. Para os homens, a moda é a casaca, de abas longas atrás, e a cartola, que pode ser alta ou baixa. Em lugar dos antigos calções, agora só se usam calças.

A terceira: no fim do século, caem de moda as anquinhas, mas os chapéus aumentam de importância, havendo de todos os tamanhos, conforme a formalidade da ocasião e a hora do dia. Para os homens, o traje se simplifica, o paletó substitui a casaca e entra na composição do "terno" – calça, colete e paletó do mesmo tecido –, assim como o chapéu de feltro substitui a cartola; a gravata preferencial ainda é em forma de borboleta, circundando o colarinho, mas os mais sofisticados já começam a usar a gravata oblonga, parecida com as que hoje em dia se usam.

Rodaque: rodaque era um paletó comprido, quase atingindo os joelhos, de forma arredondada; é um casaco que caiu de moda em meados do século. Aparece bastante na ficção do século XIX, e parece ser uma vestimenta de gente modesta, não de gente rica. Em *Dom Casmurro*, Bentinho relembra José Dias dizendo que "o rodaque de chita, veste caseira e leve", parecia roupa de cerimônia para ele.

Tecidos: o século XIX vai criar uma gradativa distinção de tecidos para homens e para mulheres: para elas, há os tecidos vaporosos, como organdi, musselina e tule; para eles, os tecidos mais grosseiros e ásperos, como o linho e a lã. Chita, genericamente o algodão, é o tecido mais simples; seda, veludo e lã são os mais nobres, ao lado de produtos sofisticados, produzidos pela nova indústria têxtil, como brocados de ouro e prata, tecidos com flores coloridas, gazes, tules, etc., sempre para as roupas femininas.

Meios de transporte

Transportes marítimos

Barca: embarcação a vapor, relativamente simples, para percursos pequenos, como no caminho para Petrópolis (ia-se da cidade do Rio até o fundo da baía, e dali pegava-se um veículo de tração animal para subir a serra), Niterói (antiga Praia Grande) e outros destinos dentro da baía da Guanabara.

Paquete: palavra que é o aportuguesamento de *packet boat*, barco a vapor pequeno e veloz, de frequência mensal, que ligava o Rio à Europa; havia linha para Liverpool, na Inglaterra, desde 1851. As embarcações que levavam para fora do Rio saíam do cais Pharoux, que ainda hoje existe.

Transporte coletivo terrestre

Bonde: no Brasil, esse foi o nome pelo qual se tornaram conhecidos os veículos de transporte coletivo sobre rodas que se movimentam dentro de trilhos, numa palavra os *ferrocarris*, primeiro de tração animal (a partir de 1868 no Rio de Janeiro) e depois movidos a energia elétrica (já nos começos do século XX).

Ônibus: veículo para vários passageiros, portanto mais popular que os demais veículos. Diferentemente do bonde, o ônibus não andava em trilhos: era simplesmente uma carruagem com vários bancos, para passageiros. A palavra vem do latim *omnibus*, que significa "para todos". Designava uma carroça para passageiros, puxada a burros; depois, um bonde puxado também com tração animal.

Transporte individual terrestre

Cabriolé: carruagem pequena, leve e rápida, de duas rodas, capota móvel, e movida por apenas um cavalo. É um veículo mais moderno que o *landau* e o *coupé*. A palavra vem do francês *cabriolet*, derivada do verbo *cabrioler*, dar saltos, cm alusão à lcvcza do vcículo. O cabriolé fez sua aparição na Inglaterra no princípio do século XIX. Ele concorria com a *sege* e a *traquitana*, e era usado antes de 1814 pela alta burguesia e fidalgos. Com o tempo, tornou-se popular, e também um flagelo para as ruas de Paris, pois causava congestionamentos pela quantidade excessiva de viaturas. No Rio de Janeiro, o cabriolé ficou popular depois 1839, mas há quem diga que chegou já em 1817.

Cadeirinha: meio de transporte individual que consiste em um assento com encosto, coberto e geralmente fechado, montado sobre dois longos varais paralelos que são conduzidos, à frente e à traseira, por escravos; é uma liteira pequena. Foi usado no Brasil somente até os anos 1840.

Caleça ou **caleche:** antiga carruagem de quatro rodas, com dois assentos um diante do outro, puxada por dois cavalos, com capota recolhível.

Carroça: veículo de quatro rodas, puxado por um ou dois animais (bois), de feitio grosseiro, destinado ao transporte de mercadorias e também de pessoas. Aparece mais como "carro de bois".

Carruagem: nome genérico dos carros de tração animal; especificamente, é um veículo de quatro rodas sobre molas, de tração animal (puxada por duas ou mais parelhas de animais), para transporte de passageiros, suas malas e bagagens, e para funções de correio. Também é chamada de "diligência".

Coupé, em português **cupê:** antiga carruagem fechada de tração animal, de duas portas e geralmente dois lugares, com o cocheiro num banco à frente. O veículo é puxado por dois cavalos. A palavra é francesa na origem: dizia-se *carrosse coupé*, literalmente carruagem cortada, porque era menor em relação a outras.

Faeton: carruagem leve, sem cobertura, de quatro rodas. O nome foi utilizado pela primeira vez em 1788 e provém da mitologia grega: Faeton era filho de Hélios, o sol, e conduzia o carro de seu pai. Os veículos deste tipo eram muitas vezes conduzidos pelos próprios proprietários. Geralmente usados por pessoas abastadas.

Fiacre: antiga carruagem de aluguel, em geral puxada por um só cavalo.

Landau: carruagem de quatro rodas e dois bancos de passageiros que se defrontam, coberta com capota em fole dividida em duas seções que se podem arriar, levantar ou remover independentemente uma da outra. É puxado por quatro cavalos, sendo por isso um carro dispendioso, só usado por gente muito abastada.

Sege: antiga carruagem fechada, de duas rodas, varais e um só assento, com a frente fechada por cortinas ou vidraça e puxada por dois cavalos. A palavra vem do francês *siège*, por sua vez oriunda do latim, em que significava "estar sentado".

Tílburi: carro moderno, de duas rodas e dois assentos, com capota e sem boleia, puxado por um só animal. O nome vem de Tilbury, o sobrenome do engenheiro que inventou o modelo. No Rio, existe a partir de 1830.

Vitória: de origem inglesa, surgiu em meados do século XIX. Era um carro macio e leve, com capota móvel, puxado por dois cavalos. As mais elegantes eram pretas, sem decoração. Seu nome veio da rainha Vitória, da Inglaterra, que pôs na moda essa carruagem.

Dinheiro

Pataca ou **patacão:** moeda antiga de prata, que valia 320 réis.

Réis: antiga base unitária do dinheiro usado no Brasil; as cédulas eram múltiplas de mil-réis e as moedas, frações.

Mil-réis: antiga base unitária prática (a base efetiva era o *real*, plural *reais* ou *réis*) do meio circulante brasileiro, substituída em 1942 pelo *cruzeiro*.

Conto de réis: mil vezes mil-réis.

II – Diversões

Música

Poucos gêneros de música eram aceitos pelas classes cultas. Em primeiro lugar em matéria de sofisticação estava a música de concerto, a música para orquestra, sem letra, comumente chamada de "erudita" ou "clássica". No Brasil havia pouca chance de cultivo dessa tradição, mas ela de todo modo existia, quando menos ao lado da música religiosa católica, também erudita e cultivada em igrejas e na corte. A ária e o *lied* (termo este de língua alemã) pertencem ao mundo do canto erudito europeu: a **ária** é um canto solo, em geral fazendo parte de uma narrativa maior (uma ópera, por exemplo); o ***lied***, por sua vez, é uma peça também cantada, mas composta sobre um poema, de origem popular ou erudita. Machado de Assis teve um poema seu tomado como letra para um *lied* erudito, por Alberto Nepomuceno.

Em meados do século XIX houve uma febre de piano: importava-se este instrumento em grandes quantidades, e as famílias de posses faziam suas filhas aprenderem o instrumento, para exibição em saraus. Nos salões das famílias de boa posição, fazia sucesso a **quadrilha**, dança coletiva, com evoluções previamente estabelecidas; trata-se de uma dança familiar, de origem francesa. Também era forte o prestígio da **valsa**, dança que acompanha o gênero musical de mesmo nome, de enorme sucesso no Brasil a partir de meados do século XIX; seu compasso ternário se presta a evoluções elegantes, desenvolvidas nas salas europeias, mas seu andamento é vivo e o par dança enlaçado, o que já a torna mais sensual que a quadrilha. No limite do tolerável pelas famílias da elite brasileira estava a **modinha**, um tipo de canção lírica nascida no mundo luso-brasileiro, quase sempre de tema amoroso mas também com alguns elementos mais picantes, que podia ser acompanhada de piano ou violão. Foram comuns modinhas sobre poemas de Tomás Antônio Gonzaga; outro brasileiro, migrado para Portugal, Domingos Caldas Barbosa, foi um grande divulgador do gênero e um de seus maiores expoentes; ao longo do século XIX muitos outros compositores praticaram o gênero, que também recebeu composições sem letra, apenas para piano.

Entre os gêneros populares de música, em regra mais sacudidos e mais lascivos, o Brasil conheceu vários. O

cancã é uma dança de cabaré, na verdade uma coreografia, sempre alegre e meio acrobática, na qual as dançarinas, apenas elas, jogam as pernas para o alto, num movimento que as faz erguer e sacudir as saias com as mãos. É uma dança francesa, de muito sucesso entre o público masculino, pelo aspecto frenético e sensual. Evidentemente não entra em casa de família, nem em clubes sociais elegantes; não tem nenhuma relação com os gêneros de dança que vão confluir no samba. **Lundu** é algo problemático para descrever, porque na verdade algumas variedades de música popular são designadas com a palavra. Em sentido amplo, é uma dança e um canto de inspiração africana; a dança é de par separado, e a letra do canto, quando existe, é bastante simples, girando estrofes em torno de um refrão marcante. O que caracteriza todos os casos alcançados pelo termo é a sensualidade, reforçada pelo ritmo forte, eventualmente acompanhado de percussão. Há registro de lundus descritos bem no começo do século; ao final do século se chamam de lundus tanto composições instrumentais (por exemplo de Joaquim Calado), quanto melodias com canto de trabalho que sugerem origem entre as classes pobres.

O gênero mais empolgante desse grupo, que foi um furacão no plano da música popular, foi a **polca**. De compasso binário, de ritmo rápido para ser dançado com par enlaçado, sensual e vibrante, a polca originou-se na Boêmia, região atualmente pertencente à República Tcheca, e ganhou todo o Ocidente, sendo figurada no conto "O homem célebre", de Machado de Assis. Chiquinha Gonzaga compôs muitas polcas, que na nomenclatura atual são chamados de **choros**. Foi o gênero de maior sucesso, sozinho ou combinado com a ***habanera***, gênero também de compasso binário, mais lânguido e igualmente sensual. Havia também o **tango**, não tal qual fixado já no século XX nas cidades do rio da Prata, especialmente Montevidéu e Buenos Aires, mas em sua forma inicial, oriunda da Andaluzia. Isso sem falar de outros gêneros dançantes populares, como a

mazurca e o ***scottish*** (o futuro xote), ao lado de práticas de música e dança ligadas diretamente ao carnaval, como o **entrudo** e o **zé-pereira**.

No final do século, um desenvolvimento combinado de polca, habanera e tango se chamou de **maxixe**, modalidade extremamente dançante, sensual, vibrante de música e dança. Esses gêneros todos se combinaram com variadas formas de batucada, no caminho do samba (com o detalhe de que "samba" também designa um conjunto muito variado de práticas de dança e música, existindo a palavra na forma impressa desde pelo menos a década de 1840), gênero que só define seus contornos com alguma precisão nos anos 1910, portanto após a morte de Machado de Assis.

Lugares de passeio

A cidade do Rio de Janeiro foi vista desde sempre como um lugar lindo, paradisíaco mesmo, com inúmeras belezas proporcionadas pela natureza, sem nenhum esforço humano. Era o caso da **baía da Guanabara**, assim como das pequenas enseadas internas, como a de Botafogo, que Rubião admira no começo do romance *Quincas Borba*; era também o caso do morro do **Pão de Açúcar** (sem bondinho, que só viria a ser colocado ali em 1912, quatro anos depois da morte de Machado).

Além disso, algumas obras humanas logo mostraram ser também charmosas o suficiente para despertar interesse das pessoas, nativas ou estrangeiras, como foi o caso do **Jardim Botânico**, criado já em 1808, por dom João VI, como um viveiro de plantas exóticas que ao longo dos anos se converteu num local de passeio e pesquisa botânica. O mesmo se pode dizer do **Passeio Público**, que é ainda mais antigo: foi projetado pelo famoso Mestre Valentim, ainda no século XVIII, no tempo da Colônia, e recebeu uma reforma importante nos anos 1860, coordenada pelo engenheiro e paisagista francês Auguste Glaziou. O Passeio Público, existente até hoje como o Jardim Botânico, ficava na beira do mar e permitia uma contemplação única da enseada da Glória, mas hoje, pelos sucessivos aterros, fica bem dentro do traçado urbano, junto ao Aterro do Flamengo. Também existente até hoje, o Campo de Santana, igualmente chamado Campo da Aclamação (atualmente Praça da República), era local de passeios, especialmente depois do ajardinamento comandado pelo mesmo Glaziou.

Para passeios mais distantes, havia a chamada **Floresta da Tijuca**, mandada plantar por dom Pedro II numa região que na primeira metade do século XIX era uma zona rural encantadora para passeios a cavalo. Outro destino era Petrópolis e outras localidades na serra. A família do imperador e muitos nobres e endinheirados para lá rumavam assim que o clima começava a esquentar, na entrada do verão, porque a cidade do Rio ficava empestada com os esgotos a céu aberto e as doenças tropicais. Essa gente retornava para a cidade quando o calor amainava, o que coincidia com a retomada das festas nos salões da Corte.

Entre todos os passeios urbanos, a **rua do Ouvidor** era o predileto. Dotada de poucos quarteirões, a primeira rua do Rio a ter iluminação pública a gás, em 1854, mas calçada com paralelepípedos apenas em 1857 – antes seu piso era de pedras irregulares –, ela era todo um mundo. Antiga, do tempo colonial, ela foi o centro nervoso da inteligência, da moda e mesmo da política da Corte. Seu prestígio só arrefeceu quando foi aberta a avenida Rio Branco, no começo do século XX, quando para esta moderna artéria se transferiram algumas das lojas de comércio. Mas durante todo o século XIX, foi no Ouvidor que circularam as multidões em busca do que havia de chique e atualizado.

Na rua do Ouvidor – nome que se deve ao fato de ali ter residido, ainda no século XVIII, o primeiro juiz da então Capitania do Rio de Janeiro, que se designava na época como "ouvidor" – se instalaram muitos dos principais jornais do Rio de Janeiro, que eram também os principais do país; ali tinham sua redação os jornais *Jornal do*

Comércio, *A Nação*, o *Diário de Notícias*, o republicano *O País*, a *Gazeta de Notícias*, entre outros. Também ali se fixaram revistas e se inventaram movimentos literários, como o Simbolismo. Na redação da *Revista Brasileira*, no final de 1896, foi criada a Academia Brasileira de Letras. Na rua do Ouvidor estavam as principais livrarias e editoras, como as de Laemmert, Garnier e Francisco Alves; o primeiro vendedor de livros antigos também nela abriu seu negócio.

No campo da moda e do comportamento, também era a rua do Ouvidor o centro do Rio e do Brasil. Profissionais franceses desse ramo de serviços ali tinham suas lojas: o famoso cabeleireiro Desmarais, muitas costureiras de modas trazidas diretamente de Paris, comerciantes de tecidos chiques, como Wallerstein, a florista Madame Finot, o fabricante de guarda-chuvas Villan. Era no Ouvidor que ficava a famosa confeitaria Carceler, igualmente de um francês com esse sobrenome (depois ela se mudou para ali perto, na rua Direita). Restaurantes, cafés, hotéis e pensões; lojas de charutos e estabelecimentos que vendiam sorvetes; magazines e alfaiatarias; joalherias e relojoarias; dentistas; lojas em que se venderam as primeiras máquinas de costura no Brasil, em 1853; até fotógrafos e, naturalmente, a primeira experiência de "animatógrafo", mecanismo de projeção de imagens que é o pai do cinema; a Casa Edison, primeira gravadora de discos do país. Estamos falando, portanto, de tudo que era refinado, moderno e cosmopolita nessa matéria, tudo isso em poucas quadras.

Salões, clubes, teatros, bibliotecas, comunicações

Por todo o Segundo Império, foi comum, entre as pessoas abastadas e nobres, contando eventualmente com estrangeiros e viajantes destacados, participar de festas sofisticadas, que aconteciam nas casas particulares de grandes proprietários rurais, altos burocratas, altos comerciantes, nobres ricos. Era o que se chamou de "salões": falava-se por exemplo no "salão da Marquesa de Abrantes" ou no "salão de Nabuco". Tratava-se de reuniões que não raro se compunham de jantar, após o qual acontecia um sarau, em que as filhas da família tocavam piano e cantavam alguma ária, uma canção lírica francesa (em francês, naturalmente) e mesmo uma modinha brasileira, atividades que eram sucedidas por um baile no qual se dançavam preferencialmente valsas e quadrilhas, no máximo alguns *scottisches* – outras danças, como as que acompanhavam as polcas, eram coisa de gente de classe média ou inferior, de gente não nobre ou não rica, em suma.

Nesses salões imperava a moda parisiense, nos trajes e nos penteados. O período preferencial dessas reuniões da alta sociedade no Rio era entre maio e setembro, os meses menos quentes, já que os demais eram frequentemente passados em Petrópolis, cidade de clima mais ameno. Um famoso historiador desse mundo, Wanderley Pinho, qualificou a rua do Ouvidor como "um salão a céu aberto", numa eloquente comparação.

Como havia uma corte imperial europeia em plena cidade tropical, também era esperável que nos palácios da família de dom Pedro II se oferecessem festas pomposas. Mas não era o caso. Fosse por modéstia, fosse por temperamento menos cortesão ou por outro motivo, o certo é que o imperador brasileiro não gostava muito da vida mundana desses salões. O último baile do Paço, quer dizer, do Palácio Imperial, ocorreu em 1852, o que significa dizer que deste ano até 1889 não se promoveu tal festa no Palácio, contrariando as tradições europeias de ostentação e luxo.

Nos salões também podia acontecer alguma encenação teatral, que no entanto ocorria mesmo era nos teatros da cidade, palco de peças estrangeiras e nacionais e palco também de espetáculos de canto lírico e música orquestral. Nos teatros era possível assistir às funções na plateia, nas frisas (onde ficam os camarotes, entre os quais os dos nobres) ou, como era o caso dos espectadores com menos dinheiro, estudantes e alguns jovens candidatos ao mundo letrado, na galeria superior, conhecida como "torrinha", "poleiro" ou, em designação irônica, "paraíso", como havia no **Teatro Lírico** e no teatro que primeiro se chamou Real Teatro São João (inaugurado em 1813), depois Teatro São Pedro de Alcântara (1826), depois Teatro Constitucional e finalmente, depois de 1923, chamado Teatro João Caetano.

Outros teatros importantes havia no Rio de Machado, por exemplo o teatro **Ginásio Dramático**, nascido como Teatro de São Francisco em 1832, que após 1855 se notabilizou por levar peças modernas, do chamado realismo francês, para público exigente, peças mais discretas e mais profundas do que os dramalhões – exatamente como queria o jovem crítico teatral Machado de Assis. Outros teatros do período são o São Januário (nascido com o nome de Teatro de dom Manuel em 1832) e o Provisório, nome popular do Teatro Lírico Fluminense. Os dramalhões, ao lado das comédias populares, do teatro musical (embrião do futuro "teatro de revista", espetáculo muito popular no Brasil até os anos 1950, em que se apresentavam quadros de humor, belas mulheres, canto e dança, às vezes com um tema unificador) e das encenações e atrações meio circenses (o chamado "teatro de variedades" ou, em francês, *vaudevilles*), faziam o gosto da população mais simples, que se divertia também nos cafés-concertos ou cafés-cantantes, nos cabarés e casas de diversão noturna. O **teatro Alcazar Lírico** era o palco preferencial desses espetáculos para populares. Vale registrar que a partir de 1845, mais ou menos, alguns dos teatros promoviam bailes de máscaras, ligados ou não ao período do carnaval.

Falando em carnaval: pode-se mencionar igualmente o miolo do século como um marco na evolução de sua história. Entre as classes populares ainda vigorava a grosseira brincadeira do **entrudo**, uma festa popular de origem portuguesa na qual pessoas levavam para a rua bolas ocas de cera contendo líquidos mais ou menos suspeitos, que eram lançados contra qualquer passante. O entrudo foi crescentemente reprimido pela polícia. Entre as elites, o carnaval veio com a marca dos bailes, precedidos de ceias, nos quais se dançava ao som de vários gêneros musicais, mas não o samba tal como o conheceremos apenas nos começos do século XX. Em 1885 começa outra prática, que terá muito futuro: o desfile de carros, com pessoas fantasiadas que cantavam letras eventualmente satíricas. Para esses desfiles e para os bailes, com o tempo, passaram a concorrer também diferentes tipos de grupos de pessoas, ranchos (agrupações de vizinhos, amigos, parentes, que cantavam ao som de marchas lentas, justamente chamadas de marchas-rancho), cordões, sociedades (algumas das quais contando com gente da elite), etc.

Para os mais sofisticados e de posição social superior, outra diversão eram os clubes. Um deles é registrado por Machado de Assis, que o frequentou, não por rico mas por culto: o **Clube Fluminense**. Houve também um Cassino Fluminense, na rua da Glória, que abrigou o Club Beethoven, este um clube social dedicado à música erudita, como o Clube Schubert, frequentado pela comunidade alemã que vivia no Rio.

Para o jovem Machado de Assis houve outra instituição de enorme valor, por proporcionar diversão e contato social. Foi a Sociedade Petalógica, que de sociedade mesmo tinha apenas o nome e a prática das reuniões, porque jamais foi uma instituição formal. Era o nome meio pomposo e meio brincalhão ("peta" quer dizer "mentira", "fofoca") dado às reuniões espontâneas que aconteciam na livraria do principal animador, Francisco de Paula Brito, impressor, livreiro, editor da revista *Marmota* e escritor também, ele que é hoje conhecido como o primeiro empregador do jovem Machado de Assis. Escritores já publicados e candidatos a escritor ali conviviam com atores e políticos, para trocar ideias e inventar conversas, numa cidade que dispunha então de poucos pontos de convivência culta. Durou até a morte de Paula Brito, em 1861.

Finalmente, outra instituição importante para a vida cultural era a biblioteca. De importantes, havia a Biblioteca Nacional, composta basicamente pelo acervo trazido pela família real portuguesa e funcionando aberta ao público desde 1814, e a generosa biblioteca do **Gabinete Português de Leitura**, instituição criada por comerciantes lusos que viviam no Rio, fundada em 1837, onde Machado passou boas horas de leitura e aprendizado.

Faltou lembrar que para escrever, no tempo de Machado de Assis, só havia a pena. (Ou melhor: para ser preciso, em seus últimos anos de vida ele certamente presenciou a existência da máquina de escrever, como se chamava então, inventada nos anos 1880 em forma duradoura. Mas, de tudo que se sabe, Machado nunca usou dessa novidade.) Não era exatamente uma pena de ave, cujo bico fosse molhado em tinta para proporcionar o registo em papel, como em tempos idos, mas sim uma caneta ("pequena cana") com ponta de metal terminada em uma fina ponta, a qual era molhada num tinteiro, um pote com tinta. Pode-se imaginar o quanto demorava o processo, uma vez que a cada tanto era necessário parar a escrita para molhar novamente essa ponta.

Ao longo do século XIX foi sendo aperfeiçoada a caneta-tinteiro, que trazia em seu ventre uma carga de tinta que ia escoando para a ponta de metal – não raro gerando borrões fatais no papel. Estava-se ainda muito distante da caneta esferográfica, inventada nos anos 1930.

Vale ainda mencionar que as comunicações entre as pessoas, no tempo de vida de nosso escritor, se davam ou presencialmente, ou mediante bilhetes e cartas, sendo aqui essencial, ao lado da empresa de Correios (havia entrega domiciliar de correspondência no Rio de Janeiro desde 1835), a figura do **moleque**, o menino escravizado doméstico que levava e trazia os papéis em relativamente pouco tempo – de poucos minutos a talvez uma hora ou duas, dentro da cidade – e assim estabelecia conexões essenciais, na vida e na literatura.

Jogos e práticas de salão

Rapé ou **charuto:** o século XIX viu uma mudança de hábito no que se refere ao hábito (ou vício) relativo ao tabaco: foi a transição do rapé ao charuto. O rapé foi moda que se espalhou no século XVIII; tratava-se de fumo em pó, guardado em caixinhas artísticas, que os homens (e algumas mulheres) levavam consigo ou que de todo modo ficavam à disposição, fumo este que, em pequenas porções, era inalado, proporcionando quase o mesmo tipo de prazer que os cigarros e charutos fumados oferecem. No começo da moda, o fumo era obtido raspando rolos de fumo em raladores de marfim e era sorvido em pequenas colheres; depois, com raladores assim ou mais simples, o rapé passou a ser apanhado com as pontas dos dedos. Esse uso de cheirar o fumo sucedeu a primeira onda de trato com o tabaco, que era o de fumá-lo em cachimbos. O rapé entrou para a rotina dos hábitos europeus, desenvolvendo-se em torno dele todo um conjunto de práticas, como o de servir a caixa de rapé para convidados. Ao longo do século XIX, porém, o rapé foi substituído pelo charuto, e na altura de 1850 só os velhos das cidades e os que viviam em pequenas cidades ou no mundo rural é que mantinham a prática do rapé, vista cada vez mais como algo do passado; toda a juventude ligada ao tabaco apreciava o charuto, que proporcionava, segundo diz a literatura, sofisticação, devaneios, imaginação livre. Também na altura da metade do século, começou a se difundir o cigarro, ainda não industrializado: era vendido o fumo e o papel (ou a palha seca de milho), e o fumante preparava cada cigarro. Era mais barato que o charuto e, com o tempo, revelou-se muito preferido, vindo a tornar-se uma constante da prática social até bem pouco tempo atrás.

Whist ou **uíste** e **voltarete:** o uíste foi um jogo muito difundido no século XVIII e mais ainda no século XIX. Trata-se de um ancestral do bridge (que acabou eliminando o uíste), disputado com um baralho de 52 cartas, que é dividido equitativamente por quatro jogadores em duas parcerias; *whist* provém do inglês *whisk*, "mover rapidamente". Havia também o *voltarete*: é um antigo jogo de cartas com baralho de 40 cartas e três parceiros que recebem, cada um, nove cartas, restando 13 na mesa para compras. O *poker*, abrasileirado para *pôquer*, começou a aparecer no Brasil na segunda metade do século XIX. Havia, ao lado desses dois, outros jogos de salão ainda hoje conhecidos, que já entusiasmavam as pessoas no século XIX, como o gamão, o jogo de damas e o ancestral xadrez.

Leques e **buquês:** as mulheres, que ao longo do século XIX foram sendo cada vez mais enfeitadas pelas roupas (que tendiam a afastar a figura feminina de qualquer lembrança de trabalho manual, tornando-a um bibelô, um passivo objeto de desejo – até que o feminismo viesse, desde os anos 1920, para enfrentar justamente essas restrições), dispunham de dois elementos decorativos que se tornaram também parte do trato social entre as pessoas bem colocadas socialmente. O buquê de flores, reais ou artificiais, acompanhava as moças e as damas nos salões; podia ser um ramalhete real atado com fita ou, nos casos mais sofisticados, uma verdadeira joia, com flores armadas com suportes de ouro, marfim e madrepérola. O outro item fundamental para o desempenho elegante da mulher era o leque, ou ventarola. Também esse elemento podia ser simples, com tecido simples e armação de madeira, ou muito sofisticado, com a utilização de rendas ou ricos tecidos bordados ou pintados em suporte de marfim e mesmo de ouro. Havia todo um código de namoro envolvendo a utilização do leque, nos salões elegantes: ao colocar o leque sobre o coração, a moça estaria dizendo a seu admirador que o amava; ao tocar com o leque a face direita estaria dizendo "sim", e na face esquerda "não", e assim por diante. Outros elementos que compunham a figura feminina nesse nível social eram o lenço, a sombrinha e a bolsa.

III – Vida social

O Rio de Janeiro representou um universo peculiar em matéria de convivência social, porque era uma grande cidade, nascida e desenvolvida como um importante porto internacional, dentro de uma generosa baía (capaz de acolher navios de todo tamanho, o que era e é uma enorme vantagem), e ao mesmo tempo foi cenário do terrível espetáculo da escravidão urbana, que o Brasil manteve por um tempo inconcebivelmente largo, numa proporção muito grande. O Censo de 1872 registra 17,8% de escravizados na população do "município da Corte". Na província do Rio de Janeiro como um todo, o percentual de escravizados era de 32,3%, o mais alto do país, em função do emprego ainda expressivo de escravizados na lavoura do café. Essa, vale salientar, é uma contagem feita depois das duas grandes leis de cunho abolicionista anteriores à Lei Áurea: a Lei Eusébio de Queirós, de 1850, que havia proibido o tráfico de escravizados da África para o Brasil, e a Lei do Ventre Livre, de 1871, que havia declarado livres os filhos de escravizadas.

Sabe-se que essas datas são referência certa, mas não definitiva, porque a lei de 1850 demorou talvez uma década para efetivar-se, e a de 1871 demorou anos para ser implementada. De todo modo, estamos falando de uma cidade em que quase metade da população é de origem africana (quer dizer, com a marca da escravidão) e quase um quinto era escrava. Simplificando: de cada 10 habitantes do Rio, 5 eram afrodescendentes, 2 dos quais eram escravizados. Isto significa dizer que havia um expressivo contingente da população urbana carioca (mais ou menos 3 em cada 10) composta de gente que poderia ser vista na rua como escravizada, por ser descendente de africanos, não sendo porém escravizada realmente.

Acresce que o Rio foi palco de uma outra singularidade histórica, que moldou seu destino: sendo a capital de uma colônia, foi a sede escolhida pelo centro do poder imperial para o estabelecimento da burocracia portuguesa quando a Corte precisou sair de Portugal, às pressas, em fins de 1807. Certo que Portugal era um país secundário no contexto europeu, mas era um país europeu, no fim das contas, e isso significava que em sua capital, Lisboa, havia os requintes da vida de uma grande cidade europeia, a começar da burocracia, passando pela vida cultural bastante exigente e chegando à condição de sede de embaixadas. E ocorreu que tudo isso, em maior ou menor grau, aterrissou no Rio, uma cidade que era muito acanhada, que inchou e explodiu de tamanho e de importância no começo do século XIX. Alguns anos depois, com a Independência do Brasil, o mesmo Rio virou capital do novo país, que, mais uma vez singularmente, começou sua história nova como um império, e não como república – opção feita apenas pelo Brasil, em toda a América do Sul.

Vamos somando isso e temos uma imagem dessa cidade que Machado de Assis registra em sua ficção: porto internacional, lugar de grande comércio de larga escala, sede de grandes companhias de exportação e importação; sede da monarquia portuguesa e depois do império brasileiro, com toda a sua burocracia e sua pompa; cidade moderna pelo contato direto com as novidades europeias; e finalmente cidade atrasadíssima em matéria social, pela manutenção de uma prática escravista condenada por todos, pelo menos desde a Revolução Francesa, que no entanto é a inspiração das independências americanas.

Para complicar mais um pouco o panorama social, é preciso ainda lembrar a instituição da alforria. Escravizados buscavam sua liberdade, como se sabe, de várias formas. A mais radical era a fuga, complementada com a organização de quilombos, locais de organização social alternativa ao mundo das leis escravistas, que existiram até mesmo em cidades como o Rio de Janeiro. Com o passar do século XIX, marcado pela pressão internacional e pelas lutas locais pela abolição, a alforria toma lugar de destaque como meio de obter liberdade.

A alforria tinha várias feições. Os veículos formais dela podiam ser uma declaração registrada em cartório, um testamento, uma declaração privada escrita ou até mesmo o registro de batismo, quando o senhor libertava o recém-nascido. Mas é importante saber que as condições da alforria eram muito variadas, podendo gerar uma série de constrangimentos sociais. Podia haver uma alforria incondicional, que libertava o sujeito sem mais; podia ser comprada, com o escravo ou alguma entidade abolicionista pagando ao dono um valor estipulado por este como indenização pelo valor do bem que era o escravizado; havia também uma modalidade intermediária, a coartação, em que o escravizado recebia o benefício de trabalhar por conta própria por um tempo, até acumular o dinheiro com que poderia comprar sua liberdade (era chamado "escravo de ganho"); e havia a alforria condicional, que limitava a liberdade concedida mediante obrigação do alforriado de continuar prestando serviços a seu dono até a morte deste, por exemplo.

Até a altura de 1860, todas as alforrias podiam ser revogadas, um horror quase inimaginável: uma pessoa podia ter comprado sua liberdade, com esforço, ou podia ter sido contemplada pela sorte de ser alforriada por uma velha senhora, por exemplo, e no dia seguinte sua condição podia ser revertida, por simples ato do antigo dono. Isso significa que até aquela década um escravizado liberto nunca se livrava do fantasma do cativeiro, que podia retornar a qualquer momento. Por outro lado, havia alforrias concedidas contra a vontade do senhor: se conseguisse provar que sua servidão era ilegal, o escravizado podia acionar o aparelho judiciário para ver cumprida a lei. Isso sem contar as alforrias por serviços, por exemplo na guerra.

De todo modo, era nas cidades que os escravizados tinham maiores chances de obter alforria, especialmente os que trabalhavam nas casas, os escravos domésticos. E entre todos, as mulheres tinham mais chance de obter a alforria do que homens, e parece que chamados mulatos ou pardos conseguiam o benefício mais do que os pretos, pelos dados conhecidos. (Sobre o uso das palavras "mulato", "pardo" e outras, ver o vocabulário, logo abaixo.) Finalmente, vale lembrar que a alforria funcionava também como um elemento de pressão ideológica sobre o escravizado, que com a perspectiva de ganhar a liberdade tendia a ter comportamento dócil, submisso, como forma de captar a benevolência, que porém podia não vir.

Essa trama complexa de possibilidades dá alguma ideia do que era concretamente a vida no Rio de Janeiro, na relação entre pretos, pardos e brancos, entre escravizados e senhores, entre alforriados e livres. Pode-se imaginar o quanto valia o favor, o "jeitinho", a atitude subserviente, atitudes que poderiam render benefícios que chegavam até à alforria, mas que não garantiam nada, porque o poder dos proprietários era absoluto.[1]

---

1. Para consulta, ver: *Dicionário do Brasil colonial (1500-1808)*, dirigido por Ronaldo Vainfas, editora Objetiva, 2000; *Dicionário do Brasil Imperial (1822-1889)*, dirigido por Ronaldo Vainfas, editora Objetiva, 2002; *Dicionário da escravidão negro no Brasil*, de Clóvis Moura (EDUSP, 2004); *Dicionário da escravidão e da liberdade* (organizado por Lilia Schwarcz e Flávio Gomes, Companhia das Letras, 2018).

Agregado: indivíduo não escravizado, que podia ser um alforriado ou um homem nascido livre, que vivia trabalhando em pequenas tarefas junto a seu senhor, como um funcionário doméstico, podendo desempenhar pequenos serviços de reparos e pintura ou, no caso das mulheres, serviços de costura e assemelhados (o pai e a mãe de Machado de Assis viviam nessa condição quando ele nasceu) até trabalhos mais sutis (como é o caso de José Dias, em *Dom Casmurro*).

Alforria: o mesmo que libertação da pessoa escravizada. A chamada "carta de alforria" era o instrumento legal desse procedimento. Havia vários modos de ocorrer a alforria, que podiam ser compradas ou concedidas. Compradas com dinheiro poupado pelo escravizado, caso ele pudesse ter alguma renda, como era o caso dos chamados escravos de ganho (em alguns lugares chamados também de "ganhadores"); ou compradas com dinheiro arrecadado por outros, como grupos de escravos já alforriados, sociedades emancipadoras, etc. Concedidas gratuitamente na hora do batismo, por exemplo, muitas vezes pelo dono da mãe que era também o pai biológico da criança; ou concedidas por reconhecimento a serviços prestados, como ocorria em testamentos; ou prometidas sob condições (por exemplo, um proprietário concedia em seu testamento a liberdade a alguma pessoa escravizada desde que esta permanecesse cuidando da viúva até que esta falecesse).

Ama de leite: empregada doméstica, muitas vezes escravizada, que tinha como função dar seu leite para o recém-nascido da família proprietária (ou contratadora, em caso de ser a mulher livre).

Escravo de ganho: figura muito presente nas cidades brasileiras do período do Império, era o escravo colocado para trabalhar quase como autônomo, prestando serviços na rua ou em casas (como limpador, pintor, vendedor de algum produto, etc.), mas permanecendo vinculado a seu proprietário; ao final da jornada de trabalho, o escravo de ganho repassava o ganho do dia para o senhor, ficando com alguma parte, muitas vezes economizada para compra da alforria. Também era chamado de *preto de ganho* e *ganhador*.

Fâmulos: designação elegante e eufemística dos escravos domésticos.

Forro: escravo alforriado, que tinha ganhado (ou comprado) a alforria.

Moleque: designação genérica do menino escravo, muito mais comum do que *pajem*. Sua presença na sociedade do tempo de Machado de Assis era ao mesmo tempo quase invisível (não recebem nomes os moleques mencionados) e essencial – eram eles os mensageiros das incontáveis cartas e bilhetes que cruzam os enredos, ligando personagens e estabelecendo comunicações rápidas, num tempo em que o telefone era a tecnologia mais avançada para esses fins, mas constituía-se numa raridade absoluta (D. Pedro II tinha um no palácio de São Cristóvão desde 1877, mas o aparelho só se tornou acessível a algumas dezenas de pessoas nos anos finais de vida de Machado).

Mucama: escrava doméstica.

Mulato: pessoa mestiça de africano ou afrodescendente e europeu ou eurodescendente. A palavra tem origem controversa: alguns dicionários, como o *Houaiss*, afirmam haver origem em *mulo* ou *mula*, com raiz no latim, por analogia com este animal híbrido, e por aí haveria um preconceito eugenista, tanto pela figura mesma desse animal, quanto pelo aspecto de esterilidade; mas pelo menos um importante lexicógrafo, Silveira Bueno, sustenta outra origem: para ele, a palavra proviria do árabe *muallad*, ou *mowallad*, significando aquele que é nascido de pai árabe e de mãe estrangeira, ou de pai escravo e de mãe livre. O termo era usado em contraste com *preto*: este é o indivíduo de pele escura, sem marca de ascendência europeia, enquanto aquele tem cor de pele menos escura, com alguma ascendência europeia. Atualmente, o termo *mulato*, tanto quanto o termo *mestiço*, têm sido discutidos criticamente e mesmo recusados pelos movimentos identitários. Ver *pardo*.

Pajem: termo antigo do português, que no Brasil do século XIX designava o menino escravo (eventualmente um indivíduo livre, talvez filho de escrava), encarregado de pequenos serviços domésticos, como, muito particularmente, levar e trazer os tantos bilhetes que as personagens de ficção trocam entre si. Era comumente chamado de *moleque*.

Pardo: genericamente, era designação mais ou menos equivalente para o que também se chamava *mulato*, pessoa nascida de um genitor africano ou afrodescendente e outro europeu ou eurodescendente. Nesse território semântico de extrema sensibilidade, pelas implicações que traz até nossos dias, vale ainda observar que em certos contextos e momentos o termo *pardo* chegou a ser usado para designar uma pessoa de pele mais clara do que a dos chamados *mulatos*. Mas a pesquisa histórica (especialmente a partir do trabalho de Hebe Mattos) tem demonstrado que a palavra tendia mais a ser usada para pessoas forras, quer dizer, libertas, do que simplesmente para pessoas mestiças: portanto, "pardo" era o indivíduo livre com alguma ascendência africana.

Sinhá: termo usado pelos de baixo para designar a senhora, a proprietária. A palavra *Iaiá* é uma variação possível. Também aparece nas formas *Nhanhã*, *Nhá* e outras.

Sinhô: A forma popular de *senhor*, isto é, o dono de escravizados. Daí *Nhô*, *Nhonhô* e outras variações.

ALTO DA TIJUCA
RUA DO ENGENHO V
Tijuca
Cosme Velho
Botafogo
RUA DO CATETE
Glória
Baía de
Guanabara

Rio de Janeiro
por volta de 1870
Engenho Velho
São Cristóvão
MORRO DE SÃO DIOGO
RUA DO ATERRADO
RUA FORMOSA
Cidade Nova
RUA DA PRINCESA
GAMBOA
RUA LARGA DE SÃO JOAQUIM
RUA DO AREAL
CAMPO DE SANTANA
RUA DO COSTA
SAÚDE
PRAÇA DA CONSTITUIÇÃO
RUA DO LAVRADIO
pa
RUA DA LAPA
RUA DAS MANGUEIRAS
RUA DOS BARBONOS
LARGO DA CARIOCA
RUA DA CARIOCA
Centro
PASSEIO PÚBLICO
RUA DA ASSEMBLEIA
RUA DE SÃO JOSÉ
LARGO DO PAÇO
RUA DA GUARDA VELHA
RUA DE DOM MANUEL
Misericórdia
BECO DO COTOVELO

VÁRIAS HISTÓRIAS

ADVERTÊNCIA

Mon ami, faisons toujours des contes...
Le temps se passe, et le conte de la vie
S'achève, sans qu'on s'en aperçoive.

Diderot[1]

As várias histórias que formam este volume foram escolhidas entre outras, e podiam ser acrescentadas, se não conviesse limitar o livro às suas trezentas páginas. É a quinta coleção que dou ao público. As palavras de Diderot que vão por epígrafe no rosto desta coleção servem de desculpa aos que acharem excessivos tantos contos. É um modo de passar o tempo. Não pretendem sobreviver como os do filósofo. Não são feitos daquela matéria, nem daquele estilo que dão aos de Mérimée o caráter de obras-primas, e colocam os de Poe[2] entre os primeiros escritos da América. O tamanho não é o que faz mal a este gênero de histórias, é naturalmente a qualidade; mas há sempre uma qualidade nos contos, que os torna superiores aos grandes romances, se uns e outros são medíocres: é serem curtos.

M. DE A.

1. "Meu amigo, sempre façamos contos... / O tempo escoa-se, e o conto da vida / acaba, sem a gente dar por isso." Denis Diderot (1713-1784), filósofo e escritor francês, um dos editores da famosa *Enciclopédia*, marco do Iluminismo.
2. Prosper Merimée (1803-1870), historiador e escritor francês, um dos modelos de contista para Machado de Assis, junto com o estado--unidense Edgar Allan Poe (1809-1849), escritor que Machado chegou a traduzir ao português.

A CARTOMANTE[1]

Hamlet observa a Horácio que há mais coisas no céu e na terra do que sonha a nossa filosofia.[2] Era a mesma explicação que dava a bela Rita ao moço Camilo, numa sexta-feira de novembro de 1869, quando este ria dela, por ter ido na véspera consultar uma cartomante; a diferença é que o fazia por outras palavras.

– Ria, ria. Os homens são assim; não acreditam em nada. Pois saiba que fui, e que ela adivinhou o motivo da consulta, antes mesmo que eu lhe dissesse o que era. Apenas começou a botar as cartas, disse-me: "A senhora gosta de uma pessoa...". Confessei que sim, e então ela continuou a botar as cartas, combinou-as, e no fim declarou-me que eu tinha medo de que você me esquecesse, mas que não era verdade...

– Errou! – interrompeu Camilo, rindo.

– Não diga isso, Camilo. Se você soubesse como eu tenho andado, por sua causa. Você sabe; já lhe disse. Não ria de mim, não ria...

Camilo pegou-lhe nas mãos, e olhou para ela sério e fixo. Jurou que lhe queria muito, que os seus sustos pareciam de criança; em todo o caso, quando tivesse algum receio, a melhor cartomante era ele mesmo. Depois, repreendeu-a; disse-lhe que era imprudente andar por essas casas. Vilela podia sabê-lo, e depois...

– Qual saber! Tive muita cautela, ao entrar na casa.

– Onde é a casa?

---

1. Conto originalmente publicado na *Gazeta de Notícias*, em 28 de novembro de 1884.

2. *Hamlet*, famosa tragédia sobre o príncipe da Dinamarca, que volta a sua casa para vingar a morte do pai, escrita pelo inglês William Shakespeare (1564-1616). A forma mais comum da mesma frase, no Brasil, é diferente: "Há mais coisas entre o céu e a terra do que sonha a nossa vã filosofia".

– Aqui perto, na rua da Guarda Velha; não passava ninguém nessa ocasião. Descansa; eu não sou maluca.

Camilo riu outra vez:

– Tu crês deveras nessas coisas? – perguntou-lhe.

Foi então que ela, sem saber que traduzia Hamlet em vulgar,[3] disse-lhe que havia muita coisa misteriosa e verdadeira neste mundo. Se ele não acreditava, paciência; mas o certo é que a cartomante adivinhara tudo. Que mais? A prova é que ela agora estava tranquila e satisfeita.

Cuido que ele ia falar, mas reprimiu-se. Não queria arrancar-lhe as ilusões. Também ele, em criança, e ainda depois, foi supersticioso, teve um arsenal inteiro de crendices, que a mãe lhe incutiu e que aos vinte anos desapareceram. No dia em que deixou cair toda essa vegetação parasita, e ficou só o tronco da religião, ele, como tivesse recebido da mãe ambos os ensinos, envolveu-os na mesma dúvida, e logo depois em uma só negação total. Camilo não acreditava em nada. Por quê? Não poderia dizê-lo, não possuía um só argumento: limitava-se a negar tudo. E digo mal, porque negar é ainda afirmar, e ele não formulava a incredulidade; diante do mistério, contentou-se em levantar os ombros, e foi andando.

Separaram-se contentes, ele ainda mais que ela. Rita estava certa de ser amada; Camilo, não só o estava, mas via-a estremecer e arriscar-se por ele, correr às cartomantes, e, por mais que a repreendesse, não podia deixar de sentir-se lisonjeado. A casa do encontro era na antiga rua dos Barbonos, onde morava uma comprovinciana de Rita. Esta desceu pela rua das Mangueiras, na direção de Botafogo, onde residia; Camilo desceu pela da Guarda Velha, olhando de passagem para a casa da cartomante.

Vilela, Camilo e Rita, três nomes, uma aventura e nenhuma explicação das origens. Vamos a ela. Os dois primeiros eram amigos de infância. Vilela seguiu a carreira

---

3. Traduzia *Hamlet* em vulgar: traduzia *Hamlet* em linguagem comum.

de magistrado. Camilo entrou no funcionalismo, contra a vontade do pai, que queria vê-lo médico; mas o pai morreu, e Camilo preferiu não ser nada, até que a mãe lhe arranjou um emprego público. No princípio de 1869, voltou Vilela da província, onde casara com uma dama formosa e tonta; abandonou a magistratura e veio abrir banca de advogado. Camilo arranjou-lhe casa para os lados de Botafogo, e foi a bordo[4] recebê-lo.

– É o senhor? – exclamou Rita, estendendo-lhe a mão. – Não imagina como meu marido é seu amigo, falava sempre do senhor.

Camilo e Vilela olharam-se com ternura. Eram amigos deveras. Depois, Camilo confessou de si para si que a mulher do Vilela não desmentia as cartas do marido. Realmente, era graciosa e viva nos gestos, olhos cálidos, boca fina e interrogativa. Era um pouco mais velha que ambos: contava trinta anos, Vilela vinte e nove e Camilo vinte e seis. Entretanto, o porte grave de Vilela fazia-o parecer mais velho que a mulher, enquanto Camilo era um ingênuo na vida moral e prática. Faltava-lhe tanto a ação do tempo, como os óculos de cristal, que a natureza põe no berço de alguns para adiantar os anos. Nem experiência, nem intuição.

Uniram-se os três. Convivência trouxe intimidade. Pouco depois morreu a mãe de Camilo, e nesse desastre, que o foi, os dois mostraram-se grandes amigos dele. Vilela cuidou do enterro, dos sufrágios[5] e do inventário; Rita tratou especialmente do coração, e ninguém o faria melhor.

Como daí chegaram ao amor, não o soube ele nunca. A verdade é que gostava de passar as horas ao lado dela, era a sua enfermeira moral, quase uma irmã, mas principalmente era mulher e bonita. *Odor di femina*:[6] eis o que

---

4. Foi a bordo: longas viagens eram feitas por navio; ir a bordo do navio para receber um visitante era um costume elegante.

5. Sufrágio: oração pela pessoa falecida.

6. *Odor di femina*: cheiro de fêmea, em italiano.

ele aspirava nela, e em volta dela, para incorporá-lo em si próprio. Liam os mesmos livros, iam juntos a teatros e passeios. Camilo ensinou-lhe as damas e o xadrez e jogavam às noites – ela mal, ele, para lhe ser agradável, pouco menos mal. Até aí as coisas. Agora a ação da pessoa, os olhos teimosos de Rita, que procuravam muita vez os dele, que os consultavam antes de o fazer ao marido, as mãos frias, as atitudes insólitas. Um dia, fazendo ele anos, recebeu de Vilela uma rica bengala de presente, e de Rita apenas um cartão com um vulgar cumprimento a lápis, e foi então que ele pôde ler no próprio coração; não conseguia arrancar os olhos do bilhetinho. Palavras vulgares; mas há vulgaridades sublimes, ou, pelo menos, deleitosas. A velha caleça de praça, em que pela primeira vez passeaste com a mulher amada, fechadinhos ambos, vale o carro de Apolo.[7] Assim é o homem, assim são as coisas que o cercam.

Camilo quis sinceramente fugir, mas já não pôde. Rita, como uma serpente, foi-se acercando dele, envolveu-o todo, fez-lhe estalar os ossos num espasmo, e pingou-lhe o veneno na boca. Ele ficou atordoado e subjugado. Vexame, sustos, remorsos, desejos, tudo sentiu de mistura; mas a batalha foi curta e a vitória delirante. Adeus, escrúpulos! Não tardou que o sapato se acomodasse ao pé, e aí foram ambos, estrada fora, braços dados, pisando folgadamente por cima de ervas e pedregulhos, sem padecer nada mais que algumas saudades, quando estavam ausentes um do outro. A confiança e estima de Vilela continuavam a ser as mesmas.

Um dia, porém, recebeu Camilo uma carta anônima, que lhe chamava imoral e pérfido, e dizia que a aventura era sabida de todos. Camilo teve medo, e, para desviar as suspeitas, começou a rarear as visitas à casa de Vilela. Este notou-lhe as ausências. Camilo respondeu que o motivo

7. Caleça de praça: modesta carruagem de aluguel, um táxi daquele tempo. Carro de Apolo: na mitologia grega, Apolo, o deus do sol, dirigia uma imponente carruagem, que ao passar pelo céu iluminava o mundo.

era uma paixão frívola de rapaz. Candura gerou astúcia. As ausências prolongaram-se, e as visitas cessaram inteiramente. Pode ser que entrasse também nisso um pouco de amor-próprio, uma intenção de diminuir os obséquios do marido, para tornar menos dura a aleivosia do ato.

Foi por esse tempo que Rita, desconfiada e medrosa, correu à cartomante para consultá-la sobre a verdadeira causa do procedimento de Camilo. Vimos que a cartomante restituiu-lhe a confiança, e que o rapaz repreendeu-a por ter feito o que fez. Correram ainda algumas semanas. Camilo recebeu mais duas ou três cartas anônimas, tão apaixonadas, que não podiam ser advertência da virtude, mas despeito de algum pretendente; tal foi a opinião de Rita, que, por outras palavras mal compostas, formulou este pensamento: – a virtude é preguiçosa e avara,[8] não gasta tempo nem papel; só o interesse é ativo e pródigo.

Nem por isso Camilo ficou mais sossegado; temia que o anônimo fosse ter com Vilela, e a catástrofe viria então sem remédio. Rita concordou que era possível.

– Bem – disse ela –; eu levo os sobrescritos[9] para comparar a letra com as das cartas que lá aparecerem; se alguma for igual, guardo-a e rasgo-a...

Nenhuma apareceu; mas daí a algum tempo Vilela começou a mostrar-se sombrio, falando pouco, como desconfiado. Rita deu-se pressa em dizê-lo ao outro, e sobre isso deliberaram. A opinião dela é que Camilo devia tornar à casa deles, tatear[10] o marido, e pode ser até que lhe ouvisse a confidência de algum negócio particular. Camilo divergia; aparecer depois de tantos meses era confirmar a suspeita ou denúncia. Mais valia acautelarem-se, sacrificando-se por algumas semanas. Combinaram os meios de se corresponderem, em caso de necessidade, e separaram-se com lágrimas.

8. Avara: mesquinha.
9. Sobrescritos: o nome e o endereço escritos no envelope de correspondência.
10. Tatear: sondar.

No dia seguinte, estando na repartição, recebeu Camilo este bilhete de Vilela: "Vem já, já, à nossa casa; preciso falar-te sem demora". Era mais de meio-dia. Camilo saiu logo; na rua, advertiu que teria sido mais natural chamá-lo ao escritório; por que em casa? Tudo indicava matéria especial, e a letra, fosse realidade ou ilusão, afigurou-se-lhe trêmula. Ele combinou todas essas coisas com a notícia da véspera.

– Vem já, já, à nossa casa; preciso falar-te sem demora – repetia ele com os olhos no papel.

Imaginariamente, viu a ponta da orelha de um drama, Rita subjugada e lacrimosa, Vilela indignado, pegando da pena e escrevendo o bilhete, certo de que ele acudiria, e esperando-o para matá-lo. Camilo estremeceu, tinha medo: depois sorriu amarelo, e em todo caso repugnava-lhe a ideia de recuar, e foi andando. De caminho, lembrou-se de ir a casa; podia achar algum recado de Rita, que lhe explicasse tudo. Não achou nada, nem ninguém. Voltou à rua, e a ideia de estarem descobertos parecia-lhe cada vez mais verossímil; era natural uma denúncia anônima, até da própria pessoa que o ameaçara antes; podia ser que Vilela conhecesse agora tudo. A mesma suspensão das suas visitas, sem motivo aparente, apenas com um pretexto fútil, viria confirmar o resto.

Camilo ia andando inquieto e nervoso. Não relia o bilhete, mas as palavras estavam decoradas, diante dos olhos, fixas; ou então – o que era ainda pior – eram-lhe murmuradas ao ouvido, com a própria voz de Vilela. "Vem já, já, à nossa casa; preciso falar-te sem demora." Ditas assim, pela voz do outro, tinham um tom de mistério e ameaça. Vem, já, já, para quê? Era perto de uma hora da tarde. A comoção crescia de minuto a minuto. Tanto imaginou o que se iria passar, que chegou a crê-lo e vê-lo. Positivamente, tinha medo. Entrou a cogitar em ir armado, considerando que, se nada houvesse, nada perdia, e a precaução era útil. Logo depois rejeitava a ideia, vexado de si mesmo, e seguia, picando o passo, na direção do largo da Carioca, para entrar num tílburi.[11] Chegou, entrou e mandou seguir a trote largo.

"Quanto antes, melhor", pensou ele; "não posso estar assim..."

Mas o mesmo trote do cavalo veio agravar-lhe a comoção. O tempo voava, e ele não tardaria a entestar com o perigo. Quase no fim da rua da Guarda Velha, o tílburi teve de parar, a rua estava atravancada com uma carroça, que caíra. Camilo, em si mesmo, estimou o obstáculo, e esperou. No fim de cinco minutos, reparou que ao lado, à esquerda, ao pé do tílburi, ficava a casa da cartomante, a quem Rita consultara uma vez, e nunca ele desejou tanto crer na lição das cartas. Olhou, viu as janelas fechadas, quando todas as outras estavam abertas e pejadas[12] de curiosos do incidente da rua. Dir-se-ia a morada do indiferente Destino.

Camilo reclinou-se no tílburi, para não ver nada. A agitação dele era grande, extraordinária, e do fundo das camadas morais emergiam alguns fantasmas de outro tempo, as velhas crenças, as superstições antigas. O cocheiro propôs-lhe voltar à primeira travessa, e ir por outro caminho: ele respondeu que não, que esperasse. E inclinava-se para fitar a casa... Depois fez um gesto incrédulo: era a ideia de ouvir a cartomante, que lhe passava ao longe, muito longe, com vastas asas cinzentas; desapareceu, reapareceu, e tornou a esvair-se no cérebro; mas daí a pouco moveu outra vez as asas, mais perto, fazendo uns giros concêntricos... Na rua, gritavam os homens, safando a carroça:

– Anda! Agora! Empurra! Vá! Vá!

Daí a pouco estaria removido o obstáculo. Camilo fechava os olhos, pensava em outras coisas; mas a voz do marido sussurrava-lhe a orelhas as palavras da carta: "Vem, já, já...". E ele via as contorções do drama e tremia. A casa olhava para ele. As pernas queriam descer e entrar... Camilo achou-se diante de um longo véu opaco... pensou rapidamente no

11. Tílburi: carro pequeno, puxado por apenas um cavalo.
12. Pejadas: cheias.

inexplicável de tantas coisas. A voz da mãe repetia-lhe uma porção de casos extraordinários: e a mesma frase do príncipe de Dinamarca reboava-lhe dentro: "Há mais coisas no céu e na terra do que sonha a filosofia...". Que perdia ele, se...?

Deu por si na calçada, ao pé da porta: disse ao cocheiro que esperasse, e rápido enfiou pelo corredor, e subiu a escada. A luz era pouca, os degraus comidos dos pés, o corrimão pegajoso; mas ele não viu nem sentiu nada. Trepou e bateu. Não aparecendo ninguém, teve ideia de descer; mas era tarde, a curiosidade fustigava-lhe o sangue, as fontes latejavam-lhe; ele tornou a bater uma, duas, três pancadas. Veio uma mulher; era a cartomante. Camilo disse que ia consultá-la, ela fê-lo entrar. Dali subiram ao sótão, por uma escada ainda pior que a primeira e mais escura. Em cima, havia uma salinha, mal alumiada por uma janela, que dava para o telhado dos fundos. Velhos trastes, paredes sombrias, um ar de pobreza, que antes aumentava do que destruía o prestígio.

A cartomante fê-lo sentar diante da mesa, e sentou-se do lado oposto, com as costas para a janela, de maneira que a pouca luz de fora batia em cheio no rosto de Camilo. Abriu uma gaveta e tirou um baralho de cartas compridas e enxovalhadas. Enquanto as baralhava, rapidamente, olhava para ele, não de rosto, mas por baixo dos olhos. Era uma mulher de quarenta anos, italiana, morena e magra, com grandes olhos sonsos e agudos. Voltou[13] três cartas sobre a mesa, e disse-lhe:

– Vejamos primeiro o que é que o traz aqui. O senhor tem um grande susto...

Camilo, maravilhado, fez um gesto afirmativo.

– E quer saber – continuou ela – se lhe acontecerá alguma coisa ou não...

– A mim e a ela – explicou vivamente ele.

A cartomante não sorriu: disse-lhe só que esperasse. Rápido pegou outra vez das cartas e baralhou-as, com os longos

---

13. Voltou: virou (as cartas).

dedos finos, de unhas descuradas;[14] baralhou-as bem, transpôs os maços, uma, duas, três vezes; depois começou a estendê-las. Camilo tinha os olhos nela, curioso e ansioso.

– As cartas dizem-me...

Camilo inclinou-se para beber uma a uma as palavras. Então ela declarou-lhe que não tivesse medo de nada. Nada aconteceria nem a um nem a outro; ele, o terceiro, ignorava tudo. Não obstante, era indispensável muita cautela: ferviam invejas e despeitos. Falou-lhe do amor que os ligava, da beleza de Rita... Camilo estava deslumbrado. A cartomante acabou, recolheu as cartas e fechou-as na gaveta.

– A senhora restituiu-me a paz ao espírito – disse ele estendendo a mão por cima da mesa e apertando a da cartomante.

Esta levantou-se, rindo.

– Vá – disse ela –; vá, *ragazzo innamorato*...[15]

E de pé, com o dedo indicador, tocou-lhe na testa. Camilo estremeceu, como se fosse a mão da própria sibila,[16] e levantou-se também. A cartomante foi à cômoda, sobre a qual estava um prato com passas, tirou um cacho destas, começou a despencá-las e comê-las, mostrando duas fileiras de dentes que desmentiam as unhas. Nessa mesma ação comum, a mulher tinha um ar particular. Camilo, ansioso por sair, não sabia como pagasse; ignorava o preço.

– Passas custam dinheiro – disse ele afinal, tirando a carteira. – Quantas quer mandar buscar?

– Pergunte ao seu coração – respondeu ela.

Camilo tirou uma nota de dez mil-réis, e deu-lha. Os olhos da cartomante fuzilaram. O preço usual era dois mil-réis.

– Vejo bem que o senhor gosta muito dela... E faz bem; ela gosta muito do senhor. Vá, vá, tranquilo. Olhe a escada, é escura; ponha o chapéu...

---

14. Descuradas: descuidadas.
15. *Ragazzo innamorato*: rapaz apaixonado.
16. Sibila: profetisa, bruxa, adivinha.

A cartomante tinha já guardado a nota na algibeira,[17] e descia com ele, falando, com um leve sotaque. Camilo despediu-se dela embaixo, e desceu a escada que levava à rua, enquanto a cartomante, alegre com a paga, tornava acima, cantarolando uma barcarola.[18] Camilo achou o tílburi esperando; a rua estava livre. Entrou e seguiu a trote largo.

Tudo lhe parecia agora melhor, as outras coisas traziam outro aspecto, o céu estava límpido e as caras joviais. Chegou a rir dos seus receios, que chamou pueris; recordou os termos da carta de Vilela e reconheceu que eram íntimos e familiares. Onde é que ele lhe descobrira a ameaça? Advertiu também que eram urgentes, e que fizera mal em demorar-se tanto; podia ser algum negócio grave e gravíssimo.

– Vamos, vamos depressa – repetia ele ao cocheiro.

E consigo, para explicar a demora ao amigo, engenhou qualquer coisa; parece que formou também o plano de aproveitar o incidente para tornar à antiga assiduidade... De volta com os planos, reboavam-lhe na alma as palavras da cartomante. Em verdade, ela adivinhara o objeto da consulta, o estado dele, a existência de um terceiro; por que não adivinharia o resto? O presente que se ignora vale o futuro. Era assim, lentas e contínuas, que as velhas crenças do rapaz iam tornando ao de cima,[19] e o mistério empolgava-o com as unhas de ferro. Às vezes queria rir, e ria de si mesmo, algo vexado; mas a mulher, as cartas, as palavras secas e afirmativas, a exortação: "Vá, vá, *ragazzo innamorato*"; e no fim, ao longe, a barcarola da despedida, lenta e graciosa, tais eram os elementos recentes, que formavam, com os antigos, uma fé nova e vivaz.

A verdade é que o coração ia alegre e impaciente, pensando nas horas felizes de outrora e nas que haviam de vir.

---

17. Algibeira: bolso para guardar dinheiro.
18. Barcarola: canção tradicional italiana.
19. Tornando ao de cima: voltando a primeiro plano, retornando ao plano principal.

Ao passar pela Glória,[20] Camilo olhou para o mar, estendeu os olhos para fora, até onde a água e o céu dão um abraço infinito, e teve assim uma sensação do futuro, longo, longo, interminável.

Daí a pouco chegou à casa de Vilela. Apeou-se, empurrou a porta de ferro do jardim e entrou. A casa estava silenciosa. Subiu os seis degraus de pedra, e mal teve tempo de bater, a porta abriu-se, e apareceu-lhe Vilela.

– Desculpa, não pude vir mais cedo; que há?

Vilela não lhe respondeu; tinha as feições decompostas; fez-lhe sinal, e foram para uma saleta interior. Entrando, Camilo não pôde sufocar um grito de terror: ao fundo sobre o canapé, estava Rita morta e ensanguentada. Vilela pegou-o pela gola, e, com dois tiros de revólver, estirou-o morto no chão.

20. Glória: bairro carioca que então ficava junto ao mar.

Entre santos[1]

Quando eu era capelão de são Francisco de Paula[2] (contava um padre velho) aconteceu-me uma aventura extraordinária.

Morava ao pé[3] da igreja, e recolhi-me tarde, uma noite. Nunca me recolhi tarde que não fosse ver primeiro se as portas do templo estavam bem fechadas. Achei-as bem fechadas, mas lobriguei[4] luz por baixo delas. Corri assustado à procura da ronda;[5] não a achei, tornei atrás e fiquei no adro,[6] sem saber que fizesse. A luz, sem ser muito intensa, era-o demais para ladrões; além disso notei que era fixa e igual, não andava de um lado para outro, como seria a das velas ou lanternas de pessoas que estivessem roubando. O mistério arrastou-me; fui a casa buscar as chaves da sacristia (o sacristão[7] tinha ido passar a noite em Niterói), benzi-me primeiro, abri a porta e entrei.

O corredor estava escuro. Levava comigo uma lanterna e caminhava devagarinho, calando o mais que podia o rumor dos sapatos. A primeira e a segunda porta que comunicam com a igreja estavam fechadas; mas via-se a mesma luz e, porventura, mais intensa que do lado da rua. Fui andando, até que dei com a terceira porta aberta. Pus a um canto a lanterna, com o meu lenço por cima, para que me não vissem de dentro, e aproximei-me a espiar o que era.

---

1. Publicado pela primeira vez na *Gazeta de Notícias*, em 1º de janeiro de 1886.

2. Capelão: o padre responsável pela igreja (neste caso, a de s. Francisco de Paula).

3. Ao pé: bem perto.

4. Lobriguei: enxerguei.

5. Ronda: a pessoa encarregada pela vigilância.

6. Adro: pátio externo em frente à porta principal da igreja.

7. Sacristia: peça da igreja em que se guardam itens usados na missa, como as roupas cerimoniais do padre. Sacristão: auxiliar do padre, que por este tempo era um empregado que morava nas dependências da igreja em que trabalhava.

Detive-me logo. Com efeito, só então adverti que viera inteiramente desarmado e que ia correr grande risco aparecendo na igreja sem mais defesa que as duas mãos. Correram ainda alguns minutos. Na igreja a luz era a mesma, igual e geral, e de uma cor de leite que não tinha a luz das velas. Ouvi também vozes, que ainda mais me atrapalharam, não cochichadas nem confusas, mas regulares, claras e tranquilas, à maneira de conversação. Não pude entender logo o que diziam. No meio disto, assaltou-me uma ideia que me fez recuar. Como naquele tempo os cadáveres eram sepultados nas igrejas, imaginei que a conversação podia ser de defuntos. Recuei espavorido, e só passado algum tempo é que pude reagir e chegar outra vez à porta, dizendo a mim mesmo que semelhante ideia era um disparate. A realidade ia dar-me coisa mais assombrosa que um diálogo de mortos. Encomendei-me[8] a Deus, benzi-me outra vez e fui andando, sorrateiramente, encostadinho à parede, até entrar. Vi então uma coisa extraordinária.

Dois dos três santos do outro lado, são José e são Miguel (à direita de quem entra na igreja pela porta da frente), tinham descido dos nichos[9] e estavam sentados nos seus altares.[10] As dimensões não eram as das próprias imagens, mas de homens. Falavam para o lado de cá, onde estão os altares de são João Batista e são Francisco de Sales. Não posso descrever o que senti. Durante algum tempo, que não chego a calcular, fiquei sem ir para diante nem para trás, arrepiado e trêmulo. Com certeza, andei beirando o abismo da loucura, e não caí nele por misericórdia divina. Que perdi a consciência de mim mesmo e de toda outra realidade que não fosse aquela, tão nova e tão única, posso afirmá-lo; só assim se explica a temeridade com que, dali a algum tempo, entrei mais pela igreja, a fim de olhar também para o lado oposto. Vi aí a mesma coisa: são Francisco de Sales

8. Encomendei-me: pedi a proteção.

9. Nicho: espaço específico para as estátuas, no interior da igreja.

10. Altares: cada um desses santos dispunha de um altar, sempre nas laterais da igreja.

e são João, descidos dos nichos, sentados nos altares e falando com os outros santos.

Tinha sido tal a minha estupefação que eles continuaram a falar, creio eu, sem que eu sequer ouvisse o rumor das vozes. Pouco a pouco, adquiri a percepção delas e pude compreender que não tinham interrompido a conversação; distingui-as, ouvi claramente as palavras, mas não pude colher desde logo o sentido. Um dos santos, falando para o lado do altar-mor,[11] fez-me voltar a cabeça, e vi então que são Francisco de Paula, o orago[12] da igreja, fizera a mesma coisa que os outros e falava para eles, como eles falavam entre si. As vozes não subiam do tom médio e, contudo, ouviam-se bem, como se as ondas sonoras tivessem recebido um poder maior de transmissão. Mas, se tudo isso era espantoso, não menos o era a luz, que não vinha de parte nenhuma, porque os lustres e castiçais estavam todos apagados; era como um luar, que ali penetrasse, sem que os olhos pudessem ver a lua; comparação tanto mais exata quanto que, se fosse realmente luar, teria deixado alguns lugares escuros, como ali acontecia, e foi num desses recantos que me refugiei.

Já então procedia automaticamente. A vida que vivi durante esse tempo todo não se pareceu com a outra vida anterior e posterior. Basta considerar que, diante de tão estranho espetáculo, fiquei absolutamente sem medo; perdi a reflexão, apenas sabia ouvir e contemplar.

Compreendi, no fim de alguns instantes, que eles inventariavam e comentavam as orações e implorações daquele dia. Cada um notava alguma coisa. Todos eles, terríveis psicólogos, tinham penetrado a alma e a vida dos fiéis, e desfibravam os sentimentos de cada um, como os anatomistas escalpelam um cadáver. São João Batista e são Francisco de Paula, duros ascetas,[13] mostravam-se às

---

11. Altar-mor: o altar principal, no ponto oposto à entrada da igreja.
12. Orago: o santo a quem era dedicada a igreja.
13. Asceta: o fiel disciplinado, dedicado, que se submete a privações e sacrifícios em favor de sua fé.

vezes enfadados e absolutos. Não era assim são Francisco de Sales; esse ouvia ou contava as coisas com a mesma indulgência que presidira ao seu famoso livro da *Introdução à vida devota.*[14]

Era assim, segundo o temperamento de cada um, que eles iam narrando e comentando. Tinham já contado casos de fé sincera e castiça,[15] outros de indiferença, dissimulação e versatilidade; os dois ascetas estavam a mais e mais anojados,[16] mas são Francisco de Sales recordava-lhes o texto da Escritura:[17] muitos são os chamados e poucos os escolhidos,[18] significando assim que nem todos os que ali iam à igreja levavam o coração puro. São João abanava a cabeça.

– Francisco de Sales, digo-te que vou criando um sentimento singular em santo: começo a descrer dos homens.

– Exageras tudo, João Batista – atalhou o santo bispo –,[19] não exageremos nada. Olha, ainda hoje aconteceu aqui uma coisa que me fez sorrir, e pode ser, entretanto, que te indignasse. Os homens não são piores do que eram em outros séculos; descontemos o que há neles ruim, e ficará muita coisa boa. Crê isto e hás de sorrir ouvindo o meu caso.

– Eu?

– Tu, João Batista, e tu também, Francisco de Paula, e todos vós haveis de sorrir comigo: e, pela minha parte, posso fazê-lo, pois já intercedi e alcancei do Senhor aquilo mesmo que me veio pedir esta pessoa.

– Que pessoa?

– Uma pessoa mais interessante que o teu escrivão, José, e que o teu lojista, Miguel...

---

14. Livro publicado em 1609 por são Francisco de Sales (França, 1567-1622).
15. Castiça: pura.
16. Anojado: desgostoso, com nojo.
17. Escritura: o texto da Bíblia.
18. Frase do evangelho de Mateus, 22:14.
19. Francisco de Sales foi bispo.

– Pode ser – atalhou são José –, mas não há de ser mais interessante que a adúltera que aqui veio hoje prostrar-se a meus pés. Vinha pedir-me que lhe limpasse o coração da lepra da luxúria. Brigara ontem mesmo com o namorado, que a injuriou torpemente, e passou a noite em lágrimas. De manhã, determinou abandoná-lo e veio buscar aqui a força precisa para sair das garras do demônio. Começou rezando bem, cordialmente; mas pouco a pouco vi que o pensamento a ia deixando para remontar aos primeiros deleites. As palavras, paralelamente, iam ficando sem vida. Já a oração era morna, depois fria, depois inconsciente; os lábios, afeitos à reza, iam rezando; mas a alma, que eu espiava cá de cima, essa já não estava aqui, estava com o outro. Afinal persignou-se,[20] levantou-se e saiu sem pedir nada.

– Melhor é o meu caso.

– Melhor que isto? – perguntou são José, curioso.

– Muito melhor – respondeu são Francisco de Sales –, e não é triste como o dessa pobre alma ferida do mal da terra, que a graça do Senhor ainda pode salvar. E por que não salvará também a esta outra? Lá vai o que é.

Calaram-se todos, inclinaram-se os bustos, atentos, esperando. Aqui fiquei com medo; lembrou-me que eles, que veem tudo o que se passa no interior da gente, como se fôssemos de vidro, pensamentos recônditos, intenções torcidas, ódios secretos, bem podiam ter-me lido já algum pecado ou gérmen de pecado. Mas não tive tempo de refletir muito; são Francisco de Sales começou a falar.

– Tem cinquenta anos o meu homem – disse ele –; a mulher está de cama, doente de uma erisipela[21] na perna esquerda. Há cinco dias vive aflito porque o mal agrava-se e a ciência não responde pela cura. Vede, porém, até onde pode ir um preconceito público. Ninguém acredita na dor do Sales (ele tem o meu nome), ninguém acredita que ele ame outra coisa que não seja dinheiro, e logo que houve notícia da sua aflição desabou em todo o bairro um aguaceiro de motes e

20. Persignou-se: fez o sinal da cruz.

21. Erisipela: infecção na pele.

dichotes;[22] nem faltou quem acreditasse que ele gemia antecipadamente pelos gastos da sepultura.

– Bem podia ser que sim – ponderou são João.

– Mas não era. Que ele é usurário e avaro[23] não o nego; usurário, como a vida, e avaro, como a morte. Ninguém extraiu nunca tão implacavelmente da algibeira[24] dos outros o ouro, a prata, o papel e o cobre; ninguém os amuou com mais zelo e prontidão. Moeda que lhe cai na mão dificilmente torna a sair; e tudo o que lhe sobra das casas mora dentro de um armário de ferro, fechado a sete chaves. Abre-o às vezes, por horas mortas, contempla o dinheiro alguns minutos, e fecha-o outra vez depressa; mas nessas noites não dorme, ou dorme mal. Não tem filhos. A vida que leva é sórdida; come para não morrer, pouco e ruim. A família compõe-se da mulher e de uma preta escrava, comprada com outra, há muitos anos, e às escondidas, por serem de contrabando.[25] Dizem até que nem as pagou, porque o vendedor faleceu logo sem deixar nada escrito. A outra preta morreu há pouco tempo; e aqui vereis se este homem tem ou não o gênio da economia; Sales libertou o cadáver...[26]

E o santo bispo calou-se para saborear o espanto dos outros.

– O cadáver?

– Sim, o cadáver. Fez enterrar a escrava como pessoa livre e miserável, para não acudir às despesas da sepultura. Pouco embora, era alguma coisa. E para ele não há pouco; com pingos d'água é que se alagam as ruas. Nenhum desejo de representação, nenhum gosto nobiliário;[27] tudo isso

22. Motes e dichotes: falatório, fofocas (no contexto).

23. Usurário e avaro: agiota (empresta dinheiro a juros) e sovina.

24. Algibeira: bolso para guardar dinheiro.

25. De contrabando: a partir de 1850, ficou proibida a entrada de pessoas escravizadas no Brasil, mas é certo que em alguma medida continuou a haver tráfico entre a África e o Brasil.

26. Libertou o cadáver: o proprietário "alforriou" a escrava apenas depois de morta.

27. Gosto nobiliário: gosto por tornar-se nobre, receber título de nobreza.

custa dinheiro, e ele diz que o dinheiro não lhe cai do céu. Pouca sociedade,[28] nenhuma recreação de família. Ouve e conta anedotas da vida alheia, que é regalo[29] gratuito.

– Compreende-se a incredulidade pública – ponderou são Miguel.

– Não digo que não, porque o mundo não vai além da superfície das coisas. O mundo não vê que, além de caseira eminente, educada por ele, e sua confidente de mais de vinte anos, a mulher deste Sales é amada deveras pelo marido. Não te espantes, Miguel; naquele muro aspérrimo brotou uma flor descorada e sem cheiro, mas flor. A botânica sentimental tem dessas anomalias. Sales ama a esposa; está abatido e desvairado com a ideia de a perder. Hoje de manhã, muito cedo, não tendo dormido mais de duas horas, entrou a cogitar no desastre próximo. Desesperando da terra, voltou-se para Deus; pensou em nós, e especialmente em mim, que sou o santo do seu nome. Só um milagre podia salvá-la; determinou vir aqui. Mora perto, e veio correndo. Quando entrou trazia o olhar brilhante e esperançado; podia ser a luz da fé, mas era outra coisa muito particular, que vou dizer. Aqui peço-vos que redobreis de atenção.

Vi os bustos inclinarem-se ainda mais; eu próprio não pude esquivar-me ao movimento e dei um passo para diante. A narração do santo foi tão longa e miúda, a análise tão complicada, que não as ponho aqui integralmente, mas em substância.

– Quando pensou em vir pedir-me que intercedesse pela vida da esposa, Sales teve uma ideia específica de usurário, a de prometer-me uma perna de cera.[30] Não foi o crente, que simboliza desta maneira a lembrança do benefício; foi o

---

28. Pouca sociedade: pouca vida social.

29. Regalo: presente.

30. Perna de cera: no catolicismo popular, era comum haver pagamentos de promessas assim, em que o beneficiado pelo milagre oferecia ao santo uma imagem da parte curada (uma perna, neste caso). Eram os chamados ex-votos.

usurário que pensou em forçar a graça divina pela expectação[31] do lucro. E não foi só a usura que falou, mas também a avareza; porque em verdade, dispondo-se à promessa, mostrava ele querer deveras a vida da mulher – intuição de avaro –; despender[32] é documentar: só se quer de coração aquilo que se paga a dinheiro, disse-lho a consciência pela mesma boca escura. Sabeis que pensamentos tais não se formulam como outros, nascem das entranhas do caráter e ficam na penumbra da consciência. Mas eu li tudo nele logo que aqui entrou alvoroçado, com o olhar fúlgido[33] de esperança; li tudo e esperei que acabasse de benzer-se e rezar.

– Ao menos, tem alguma religião – ponderou são José.

– Alguma tem, mas vaga e econômica. Não entrou nunca em irmandades e ordens terceiras,[34] porque nelas se rouba o que pertence ao Senhor; é o que ele diz para conciliar a devoção com a algibeira. Mas não se pode ter tudo; é certo que ele teme a Deus e crê na doutrina.

– Bem, ajoelhou-se e rezou.

– Rezou. Enquanto rezava, via eu a pobre alma, que padecia deveras, conquanto a esperança começasse a trocar-se em certeza intuitiva. Deus tinha de salvar a doente, por força, graças à minha intervenção, e eu ia interceder; é o que ele pensava, enquanto os lábios repetiam as palavras da oração. Acabando a oração, ficou Sales algum tempo olhando, com as mãos postas; afinal falou a boca do homem, falou para confessar a dor, para jurar que nenhuma outra mão, além da do Senhor, podia atalhar o golpe. A mulher ia morrer... ia morrer... ia morrer... E repetia a palavra, sem sair dela. A mulher ia morrer. Não passava adiante. Prestes a formular o pedido e a promessa não achava palavras idôneas, nem aproximativas, nem sequer dúbias, não

31. Expectação: esperança, expectativa.
32. Despender: gastar.
33. Fúlgido: brilhante, iluminado.
34. Irmandades e ordens terceiras: associações de fiéis católicos, nas quais se angaria dinheiro para obras.

achava nada, tão longo era o descostume de dar alguma coisa. Afinal saiu o pedido; a mulher ia morrer, ele rogava-me que a salvasse, que pedisse por ela ao Senhor. A promessa, porém, é que não acabava de sair. No momento em que a boca ia articular a primeira palavra, a garra da avareza mordia-lhe as entranhas e não deixava sair nada. Que a salvasse... que intercedesse por ela...

No ar, diante dos olhos, recortava-se-lhe a perna de cera, e logo a moeda que ela havia de custar. A perna desapareceu, mas ficou a moeda, redonda, luzidia, amarela, ouro puro, completamente ouro, melhor que o dos castiçais do meu altar, apenas dourados. Para onde quer que virasse os olhos, via a moeda, girando, girando, girando. E os olhos a apalpavam, de longe, e transmitiam-lhe a sensação fria do metal e até a do relevo do cunho.[35] Era ela mesma, velha amiga de longos anos, companheira do dia e da noite, era ela que ali estava no ar, girando, às tontas; era ela que descia do teto, ou subia do chão, ou rolava no altar, indo da Epístola ao Evangelho,[36] ou tilintava nos pingentes do lustre.

Agora a súplica dos olhos e a melancolia deles eram mais intensas e puramente voluntárias. Vi-os alongarem-se para mim, cheios de contrição, de humilhação, de desamparo; e a boca ia dizendo algumas coisas soltas – Deus, os anjos do Senhor, as bentas chagas –,[37] palavras lacrimosas e trêmulas, como para pintar por elas a sinceridade da fé e a imensidade da dor. Só a promessa da perna é que não saía. Às vezes, a alma, como pessoa que recolhe as forças, a fim de saltar um valo, fitava longamente a morte da mulher e rebolcava-se[38] no desespero que ela lhe havia de trazer; mas, à beira do valo, quando ia a dar o salto, recuava. A moeda emergia dele e a promessa ficava no coração do homem.

---

35. O cunho: a imagem cunhada na moeda.
36. A Epístola e o Evangelho são partes do ritual da missa.
37. As bentas chagas: as abençoadas cicatrizes de Cristo.
38. Rebolcava-se: revirava-se.

O tempo ia passando. A alucinação crescia, porque a moeda, acelerando e multiplicando os saltos, multiplicava-se a si mesma e parecia uma infinidade delas; e o conflito era cada vez mais trágico. De repente, o receio de que a mulher podia estar expirando gelou o sangue ao pobre homem e ele quis precipitar-se. Podia estar expirando... Pedia-me que intercedesse por ela, que a salvasse...

Aqui o demônio da avareza sugeria-lhe uma transação nova, uma troca de espécie, dizendo-lhe que o valor da oração era superfino e muito mais excelso que o das obras terrenas. E o Sales, curvo, contrito, com as mãos postas, o olhar submisso, desamparado, resignado, pedia-me que lhe salvasse a mulher. Que lhe salvasse a mulher, e prometia-me trezentos – não menos –, trezentos padre-nossos e trezentas ave-marias.[39] E repetia enfático: trezentos, trezentas, trezentos... Foi subindo, chegou a quinhentos, a mil padre-nossos e mil ave-marias. Não via esta soma escrita por letras do alfabeto, mas em algarismos, como se ficasse assim mais viva, mais exata, e a obrigação maior, e maior também a sedução. Mil padre-nossos, mil ave-marias. E voltaram as palavras lacrimosas e trêmulas, as bentas chagas, os anjos do Senhor... 1.000 – 1.000 – 1.000. Os quatro algarismos foram crescendo tanto, que encheram a igreja de alto a baixo, e com eles, crescia o esforço do homem, e a confiança também; a palavra saía-lhe mais rápida, impetuosa, já falada, mil, mil, mil, mil ... Vamos lá, podeis rir à vontade – concluiu são Francisco de Sales.

E os outros santos riram efetivamente, não daquele grande riso descomposto dos deuses de Homero,[40] quando

39. Padre-nossos (ou pai-nossos) e ave-marias: duas orações católicas bem conhecidas dos fiéis.

40. Homero: tido como o autor da *Ilíada* e da *Odisseia*, clássicos gregos do século VIII a.C.; neles, são narradas cenas em que os vários deuses manifestam vigorosamente sentimentos humanos, como alegria, raiva, amor, etc., bem diferente do que ocorre com os santos católicos.

viram o coxo Vulcano[41] servir à mesa, mas de um riso modesto, tranquilo, beato e católico.

Depois, não pude ouvir mais nada. Caí redondamente no chão. Quando dei por mim era dia claro... Corri a abrir todas as portas e janelas da igreja e da sacristia, para deixar entrar o sol, inimigo dos maus sonhos.

41. Vulcano: para os latinos, era equivalente ao deus Hefesto dos gregos, um deus filho de Zeus, mas de aspecto monstruoso e com defeito numa perna; atribui-se a ele a profissão de ferreiro, sendo ele então um dos raros deuses que trabalhavam manualmente. No episódio em que serve deuses sentados à mesa, seu defeito físico na perna foi visto publicamente e motivou o mencionado riso de escárnio.

Uns braços[1]

Inácio estremeceu, ouvindo os gritos do solicitador,[2] recebeu o prato que este lhe apresentava e tratou de comer, debaixo de uma trovoada de nomes, malandro, cabeça de vento, estúpido, maluco.

– Onde anda que nunca ouve o que lhe digo? Hei de contar tudo a seu pai, para que lhe sacuda a preguiça do corpo com uma boa vara de marmelo, ou um pau; sim, ainda pode apanhar, não pense que não. Estúpido! Maluco!

– Olhe que lá fora é isto mesmo que você vê aqui – continuou, voltando-se para dona Severina, senhora que vivia com ele maritalmente, há anos. – Confunde-me os papéis todos, erra as casas, vai a um escrivão em vez de ir a outro, troca os advogados: é o diabo! É o tal sono pesado e contínuo. De manhã é o que se vê; primeiro que acorde é preciso quebrar-lhe os ossos... Deixe; amanhã hei de acordá-lo a pau de vassoura!

Dona Severina tocou-lhe no pé, como pedindo que acabasse. Borges expectorou ainda alguns impropérios, e ficou em paz com Deus e os homens.

Não digo que ficou em paz com os meninos, porque o nosso Inácio não era propriamente menino. Tinha quinze anos feitos e bem feitos. Cabeça inculta, mas bela, olhos de rapaz que sonha, que adivinha, que indaga, que quer saber e não acaba de saber nada. Tudo isso posto sobre um corpo não destituído de graça, ainda que malvestido. O pai é barbeiro[3] na Cidade Nova,[4] e pô-lo de agente, escrevente, ou

1. Publicado na *Gazeta de Notícias*, a 5 de novembro de 1885.

2. Solicitador: um auxiliar de advogado que acompanha processos e pode tomar certas providências no trato jurídico.

3. Barbeiro: ainda no tempo em que se passa a história, 1870, o barbeiro era também uma espécie de enfermeiro, aplicando sangrias (retirada de sangue) para supostamente aliviar dores.

4. Cidade Nova: nome de um bairro do Rio de Janeiro, bem próximo ao atual Centro.

que quer que era, do solicitador Borges, com esperança de vê-lo no foro,[5] porque lhe parecia que os procuradores de causas ganhavam muito. Passava-se isto na rua da Lapa,[6] em 1870.

Durante alguns minutos não se ouviu mais que o tinir dos talheres e o ruído da mastigação. Borges abarrotava-se de alface e vaca; interrompia-se para virgular a oração com um golpe de vinho e continuava logo calado.

Inácio ia comendo devagarinho, não ousando levantar os olhos do prato, nem para colocá-los onde eles estavam no momento em que o terrível Borges o descompôs. Verdade é que seria agora muito arriscado. Nunca ele pôs os olhos nos braços de dona Severina que se não[7] esquecesse de si e de tudo.

Também a culpa era antes de dona Severina em trazê-los assim nus, constantemente. Usava mangas curtas em todos os vestidos de casa, meio palmo abaixo do ombro; dali em diante ficavam-lhe os braços à mostra. Na verdade, eram belos e cheios, em harmonia com a dona, que era antes grossa que fina, e não perdiam a cor nem a maciez por viverem ao ar; mas é justo explicar que ela os não trazia assim por faceira,[8] senão porque já gastara todos os vestidos de mangas compridas. De pé, era muito vistosa; andando, tinha meneios engraçados; ele, entretanto, quase que só a via à mesa, onde, além dos braços, mal poderia mirar-lhe o busto. Não se pode dizer que era bonita; mas também não era feia. Nenhum adorno; o próprio penteado consta de mui pouco; alisou os cabelos,

---

5. Foro: foro ou fórum é o prédio onde se administra a Justiça.

6. Lapa: bairro e rua do Centro do Rio de Janeiro, famoso pelo aqueduto da Carioca.

7. Que se não esquecesse: o mesmo que "que não se esquecesse". Essa ordem, no texto escrito, era comum no tempo do autor.

8. Faceira: alegre, despreocupada. Uma mulher andar com os braços à mostra era um sinal de intimidade e de desinibição, pelo fato de exibir parte do corpo que a moral da época considerava que devia ser escondida em público.

apanhou-os, atou-os e fixou-os no alto da cabeça com o pente de tartaruga que a mãe lhe deixou. Ao pescoço, um lenço escuro; nas orelhas, nada. Tudo isso com vinte e sete anos floridos e sólidos.

Acabaram de jantar. Borges, vindo o café, tirou quatro charutos da algibeira,[9] comparou-os, apertou-os entre os dedos, escolheu um e guardou os restantes. Aceso o charuto, fincou os cotovelos na mesa e falou a dona Severina de trinta mil coisas que não interessavam nada ao nosso Inácio; mas enquanto falava, não o descompunha e ele podia devanear à larga.

Inácio demorou o café o mais que pôde. Entre um e outro gole alisava a toalha, arrancava dos dedos pedacinhos de pele imaginários ou passava os olhos pelos quadros da sala de jantar, que eram dois, um são Pedro e um são João, registros trazidos de festas encaixilhados em casa. Vá que disfarçasse com são João, cuja cabeça moça alegra as imaginações católicas, mas com o austero são Pedro[10] era demais. A única defesa do moço Inácio é que ele não via nem um nem outro; passava os olhos por ali como por nada. Via só os braços de dona Severina – ou porque sorrateiramente olhasse para eles, ou porque andasse com eles impressos na memória.

– Homem, você não acaba mais? – bradou de repente o solicitador.

Não havia remédio; Inácio bebeu a última gota, já fria, e retirou-se, como de costume, para o seu quarto, nos fundos da casa. Entrando, fez um gesto de zanga e desespero e foi depois encostar-se a uma das duas janelas que davam para o mar. Cinco minutos depois, a vista das águas próximas e das montanhas ao longe restituía-lhe o sentimento confuso, vago, inquieto, que lhe doía e fazia bem, alguma coisa que deve sentir a planta, quando abotoa a primeira

9. Algibeira: bolso (no colete, aqui).

10. São João é retratado como jovem, enquanto são Pedro aparece como um velho.

flor.[11] Tinha vontade de ir embora e de ficar. Havia cinco semanas que ali morava, e a vida era sempre a mesma, sair de manhã com o Borges, andar por audiências e cartórios, correndo, levando papéis ao selo,[12] ao distribuidor, aos escrivães, aos oficiais de justiça. Voltava à tarde, jantava e recolhia-se ao quarto, até a hora da ceia; ceava e ia dormir. Borges não lhe dava intimidade na família, que se compunha apenas de dona Severina, nem Inácio a via mais de três vezes por dia, durante as refeições. Cinco semanas de solidão, de trabalho sem gosto, longe da mãe e das irmãs; cinco semanas de silêncio, porque ele só falava uma ou outra vez na rua; em casa, nada.

"Deixe estar", pensou ele um dia, "fujo daqui e não volto mais."

Não foi; sentiu-se agarrado e acorrentado pelos braços de dona Severina. Nunca vira outros tão bonitos e tão frescos. A educação que tivera não lhe permitia encará-los logo abertamente, parece até que a princípio afastava os olhos, vexado. Encarou-os pouco a pouco, ao ver que eles não tinham outras mangas, e assim os foi descobrindo, mirando e amando. No fim de três semanas eram eles, moralmente falando, as suas tendas de repouso. Aguentava toda a trabalheira de fora, toda a melancolia da solidão e do silêncio, toda a grosseria do patrão, pela única paga de ver, três vezes por dia, o famoso par de braços.

Naquele dia, enquanto a noite ia caindo e Inácio estirava-se na rede (não tinha ali outra cama), dona Severina, na sala da frente, recapitulava o episódio do jantar e, pela primeira vez, desconfiou alguma coisa. Rejeitou a ideia logo, uma criança! Mas há ideias que são da família das moscas teimosas: por mais que a gente as sacuda, elas tornam e pousam. Criança? Tinha quinze anos; e ela advertiu

11. Quando abotoa a primeira flor: quando a primeira flor aparece em forma de botão.

12. Ao selo: os papéis de um processo precisavam receber um selo, uma forma de reconhecimento formal de sua fidedignidade.

que entre o nariz e a boca do rapaz havia um princípio de rascunho de buço. Que admira que começasse a amar? E não era ela bonita? Esta outra ideia não foi rejeitada, antes afagada e beijada. E recordou então os modos dele, os esquecimentos, as distrações, e mais um incidente, e mais outro, tudo eram sintomas, e concluiu que sim.

– Que é que você tem? – disse-lhe o solicitador, estirado no canapé,[13] ao cabo de alguns minutos de pausa.

– Não tenho nada.

– Nada? Parece que cá em casa anda tudo dormindo! Deixem estar, que eu sei de um bom remédio para tirar o sono aos dorminhocos...

E foi por ali, no mesmo tom zangado, fuzilando ameaças, mas realmente incapaz de as cumprir, pois era antes grosseiro que mau. Dona Severina interrompia-o que não, que era engano, não estava dormindo, estava pensando na comadre Fortunata. Não a visitavam desde o Natal; por que não iriam lá uma daquelas noites? Borges redarguia que andava cansado, trabalhava como um negro,[14] não estava para visitas de parola,[15] e descompôs a comadre, descompôs o compadre, descompôs o afilhado, que não ia ao colégio, com dez anos! Ele, Borges, com dez anos, já sabia ler, escrever e contar, não muito bem, é certo, mas sabia. Dez anos! Havia de ter um bonito fim: – vadio, e o côvado e meio[16] nas costas. A tarimba[17] é que viria ensiná-lo.

Dona Severina apaziguava-o com desculpas, a pobreza da comadre, o caiporismo[18] do compadre, e fazia-lhe

---

13. Canapé: um tipo de sofá.

14. Como um negro: como provavelmente qualquer pessoa livre em sua época, Borges considera o trabalho pesado uma condição de escravizado, um negro.

15. Visita de parola: visita para conversar, sem finalidade prática.

16. Côvado e meio: medida de farda militar (um côvado equivalia a 66 cm), aqui significando o uso de uniforme; a sugestão é que o menino só endireitaria ao ingressar no exército.

17. Tarimba: cama dura; figuradamente, a vida militar.

18. Caiporismo: azar.

carinhos, a medo, que eles podiam irritá-lo mais. A noite caíra de todo; ela ouviu o *tlic* do lampião do gás da rua, que acabavam de acender, e viu o clarão dele nas janelas da casa fronteira. Borges, cansado do dia, pois era realmente um trabalhador de primeira ordem, foi fechando os olhos e pegando no sono, e deixou-a só na sala, às escuras, consigo e com a descoberta que acaba de fazer.

Tudo parecia dizer à dama que era verdade; mas essa verdade, desfeita a impressão do assombro, trouxe-lhe uma complicação moral, que ela só conheceu pelos efeitos, não achando meio de discernir o que era. Não podia entender-se nem equilibrar-se, chegou a pensar em dizer tudo ao solicitador, e ele que mandasse embora o fedelho. Mas que era tudo? Aqui estacou: realmente, não havia mais que suposição, coincidência e possivelmente ilusão. Não, não, ilusão não era. E logo recolhia os indícios vagos, as atitudes do mocinho, o acanhamento, as distrações, para rejeitar a ideia de estar enganada. Daí a pouco (capciosa natureza!), refletindo que seria mau acusá-lo sem fundamento, admitiu que se iludisse, para o único fim de observá-lo melhor e averiguar bem a realidade das coisas.

Já nessa noite, dona Severina mirava por baixo dos olhos os gestos de Inácio; não chegou a achar nada, porque o tempo do chá era curto e o rapazinho não tirou os olhos da xícara. No dia seguinte pôde observar melhor, e nos outros otimamente. Percebeu que sim, que era amada e temida, amor adolescente e virgem, retido pelos liames[19] sociais e por um sentimento de inferioridade que o impedia de reconhecer-se a si mesmo. Dona Severina compreendeu que não havia recear nenhum desacato, e concluiu que o melhor era não dizer nada ao solicitador; poupava-lhe um desgosto, e outro à pobre criança. Já se persuadia bem que ele era criança, e assentou de o tratar tão secamente como até ali, ou ainda mais. E assim fez; Inácio começou a sentir

19. Liames: ligações, relações.

que ela fugia com os olhos, ou falava áspero, quase tanto como o próprio Borges. De outras vezes, é verdade que o tom da voz saía brando e até meigo, muito meigo; assim como o olhar geralmente esquivo, tanto errava por outras partes, que, para descansar, vinha pousar na cabeça dele; mas tudo isso era curto.

– Vou-me embora – repetia ele na rua como nos primeiros dias.

Chegava a casa e não se ia embora. Os braços de dona Severina fechavam-lhe um parêntese no meio do longo e fastidioso período da vida que levava, e essa oração intercalada trazia uma ideia original e profunda, inventada pelo céu unicamente para ele. Deixava-se estar e ia andando. Afinal, porém, teve de sair, e para nunca mais; eis aqui como e por quê.

Dona Severina tratava-o desde alguns dias com benignidade. A rudeza da voz parecia acabada, e havia mais do que brandura, havia desvelo[20] e carinho. Um dia recomendava-lhe que não apanhasse ar, outro que não bebesse água fria depois do café quente, conselhos, lembranças, cuidados de amiga e mãe, que lhe lançaram na alma ainda maior inquietação e confusão. Inácio chegou ao extremo de confiança de rir um dia à mesa, coisa que jamais fizera; e o solicitador não o tratou mal dessa vez, porque era ele que contava um caso engraçado, e ninguém pune a outro pelo aplauso que recebe. Foi então que dona Severina viu que a boca do mocinho, graciosa estando calada, não o era menos quando ria.

A agitação de Inácio ia crescendo, sem que ele pudesse acalmar-se nem entender-se. Não estava bem em parte nenhuma. Acordava de noite, pensando em dona Severina. Na rua, trocava de esquinas, errava as portas, muito mais que dantes, e não via mulher, ao longe ou ao perto, que lha[21] não trouxesse à memória. Ao entrar no corredor da casa, voltando do trabalho, sentia sempre algum alvoroço,

20. Desvelo: grande cuidado, atenção, zelo.

21. Lha: contração de dois pronomes, *lhe* + *a*.

às vezes grande, quando dava com ela no topo da escada, olhando através das grades de pau da cancela, como tendo acudido a ver quem era.

Um domingo – nunca ele esqueceu esse domingo – estava só no quarto, à janela, virado para o mar, que lhe falava a mesma linguagem obscura e nova de dona Severina. Divertia-se em olhar para as gaivotas, que faziam grandes giros no ar, ou pairavam em cima d'água, ou avoaçavam somente. O dia estava lindíssimo. Não era só um domingo cristão; era um imenso domingo universal.

Inácio passava-os todos ali no quarto ou à janela, ou relendo um dos três folhetos que trouxera consigo, contos de outros tempos, comprados a tostão, debaixo do passadiço do Largo do Paço.[22] Eram duas horas da tarde. Estava cansado, dormira mal a noite, depois de haver andado muito na véspera; estirou-se na rede, pegou em um dos folhetos, a *Princesa Magalona*,[23] e começou a ler. Nunca pôde entender por que é que todas as heroínas dessas velhas histórias tinham a mesma cara e talhe de dona Severina, mas a verdade é que os tinham. Ao cabo de meia hora, deixou cair o folheto e pôs os olhos na parede, donde, cinco minutos depois, viu sair a dama dos seus cuidados. O natural era que se espantasse; mas não se espantou. Embora com as pálpebras cerradas viu-a desprender-se de todo, parar, sorrir e andar para a rede. Era ela mesma, eram os seus mesmos braços.

É certo, porém, que dona Severina tanto não podia sair da parede, dado que houvesse ali porta ou rasgão, que estava justamente na sala da frente ouvindo os passos do solicitador que descia as escadas. Ouviu-o descer; foi à janela vê-lo sair e só se recolheu quando ele se perdeu ao longe, no caminho da rua das Mangueiras. Então entrou e

22. Largo do Paço: um espaço aberto diante do antigo Paço Imperial, atualmente parte da Praça XV, no Centro do Rio de Janeiro.
23. *Princesa Magalona*: história muito popular naquele tempo, sobre o amor dessa princesa com um nobre, um enredo cheio de sobressaltos passado na Idade Média. Era publicada em folhetos baratos.

foi sentar-se no canapé. Parecia fora do natural, inquieta, quase maluca; levantando-se, foi pegar na jarra que estava em cima do aparador e deixou-a no mesmo lugar; depois caminhou até à porta, deteve-se e voltou, ao que parece, sem plano. Sentou-se outra vez, cinco ou dez minutos. De repente, lembrou-se que Inácio comera pouco ao almoço e tinha o ar abatido, e advertiu[24] que podia estar doente; podia ser até que estivesse muito mal.

Saiu da sala, atravessou rasgadamente o corredor e foi até o quarto do mocinho, cuja porta achou escancarada. Dona Severina parou, espiou, deu com ele na rede, dormindo, com o braço para fora e o folheto caído no chão. A cabeça inclinava-se um pouco do lado da porta, deixando ver os olhos fechados, os cabelos revoltos e um grande ar de riso e de beatitude.

Dona Severina sentiu bater-lhe o coração com veemência e recuou. Sonhara de noite com ele; pode ser que ele estivesse sonhando com ela. Desde madrugada que a figura do mocinho andava-lhe diante dos olhos como uma tentação diabólica. Recuou ainda, depois voltou, olhou dois, três, cinco minutos, ou mais. Parece que o sono dava à adolescência de Inácio uma expressão mais acentuada, quase feminina, quase pueril. "Uma criança!", disse ela a si mesma, naquela língua sem palavras que todos trazemos conosco. E esta ideia abateu-lhe o alvoroço do sangue e dissipou-lhe em parte a turvação dos sentidos.

– Uma criança!

E mirou-o lentamente, fartou-se de vê-lo, com a cabeça inclinada, o braço caído; mas, ao mesmo tempo que o achava criança, achava-o bonito, muito mais bonito que acordado, e uma dessas ideias corrigia ou corrompia a outra. De repente estremeceu e recuou assustada: ouvira um ruído ao pé, na saleta do engomado;[25] foi ver, era

24. Advertiu: percebeu.

25. Saleta do engomado: pequena peça (sala), nas casas antigas, para passar e engomar a roupa.

um gato que deitara uma tigela ao chão. Voltando devagarinho a espiá-lo, viu que dormia profundamente. Tinha o sono duro a criança! O rumor que a abalara tanto não o fez sequer mudar de posição. E ela continuou a vê-lo dormir – dormir e talvez sonhar.

Que não possamos ver os sonhos uns dos outros! Dona Severina ter-se-ia visto a si mesma na imaginação do rapaz; ter-se-ia visto diante da rede, risonha e parada; depois inclinar-se, pegar-lhe nas mãos, levá-las ao peito, cruzando ali os braços, os famosos braços. Inácio, namorado deles, ainda assim ouvia as palavras dela, que eram lindas, cálidas, principalmente novas – ou, pelo menos, pertenciam a algum idioma que ele não conhecia, posto que o entendesse. Duas, três e quatro vezes a figura esvaía-se, para tornar logo, vindo do mar ou de outra parte, entre gaivotas, ou atravessando o corredor, com toda a graça robusta de que era capaz. E tornando, inclinava-se, pegava-lhe outra vez das mãos e cruzava ao peito os braços, até que, inclinando-se, ainda mais, muito mais, abrochou[26] os lábios e deixou-lhe um beijo na boca.

Aqui o sonho coincidiu com a realidade, e as mesmas bocas uniram-se na imaginação e fora dela. A diferença é que a visão não recuou, e a pessoa real tão depressa cumprira o gesto, como fugiu até à porta, vexada e medrosa. Dali passou à sala da frente, aturdida do que fizera, sem olhar fixamente para nada. Afiava o ouvido, ia até o fim do corredor, a ver se escutava algum rumor que lhe dissesse que ele acordara, e só depois de muito tempo é que o medo foi passando. Na verdade, a criança tinha o sono duro; nada lhe abria os olhos, nem os fracassos contíguos, nem os beijos de verdade. Mas, se o medo foi passando, o vexame ficou e cresceu. Dona Severina não acabava de crer[27] que fizesse aquilo; parece que embrulhara os seus

26. Abrochou: franziu, apertou.

27. Não acabava de crer: não conseguia crer.

desejos na ideia de que era uma criança namorada[28] que ali estava sem consciência nem imputação; e, meia mãe, meia amiga,[29] inclinara-se e beijara-o. Fosse como fosse, estava confusa, irritada, aborrecida, mal consigo e mal com ele. O medo de que ele podia estar fingindo que dormia apontou-lhe na alma e deu-lhe um calefrio.[30]

Mas a verdade é que dormiu ainda muito, e só acordou para jantar. Sentou-se à mesa lépido. Conquanto achasse dona Severina calada e severa e o solicitador tão ríspido como nos outros dias, nem a rispidez de um, nem a severidade da outra podiam dissipar-lhe a visão graciosa que ainda trazia consigo, ou amortecer-lhe a sensação do beijo. Não reparou que dona Severina tinha um xale que lhe cobria os braços; reparou depois, na segunda-feira, e na terça-feira, também, e até sábado, que foi o dia em que Borges mandou dizer ao pai que não podia ficar com ele; e não o fez zangado, porque o tratou relativamente bem e ainda lhe disse à saída:

– Quando precisar de mim para alguma coisa, procure-me.

– Sim, senhor. A senhora dona Severina...

– Está lá para o quarto, com muita dor de cabeça. Venha amanhã ou depois despedir-se dela.

Inácio saiu sem entender nada. Não entendia a despedida, nem a completa mudança de Dona Severina, em relação a ele, nem o xale, nem nada. Estava tão bem! Falava-lhe com tanta amizade! Como é que, de repente... Tanto pensou que acabou supondo de sua parte algum olhar indiscreto, alguma distração que a ofendera; não era outra coisa; e daqui[31] a cara fechada e o xale que cobria os braços tão

---

28. Criança namorada: criança adorável. As conotações eróticas da ideia de "namoro" se misturam com a constatação de que ele era um adolescente, de certa forma um ingênuo.
29. Meia mãe, meia amiga: metade mãe, metade amiga.
30. Calefrio: forma antiga de "calafrio".
31. Daqui: por isso.

bonitos... Não importa; levava consigo o sabor do sonho. E através dos anos, por meio de outros amores, mais efetivos e longos, nenhuma sensação achou nunca igual à daquele domingo, na rua da Lapa, quando ele tinha quinze anos. Ele mesmo exclama às vezes, sem saber que se engana:

– E foi um sonho! Um simples sonho!

Um homem célebre[1]

– Ah! O senhor é que é o Pestana? – perguntou sinhazinha Mota, fazendo um largo gesto admirativo. E logo depois, corrigindo a familiaridade: – Desculpe meu modo, mas... é mesmo o senhor?

Vexado, aborrecido, Pestana respondeu que sim, que era ele. Vinha do piano, enxugando a testa com o lenço, e ia a chegar à janela, quando a moça o fez parar. Não era baile; apenas um sarau íntimo, pouca gente, vinte pessoas ao todo, que tinham ido jantar com a viúva Camargo, rua do Areal, naquele dia dos anos dela, cinco de novembro de 1875... Boa e patusca[2] viúva! Amava o riso e a folga,[3] apesar dos sessenta anos em que entrava, e foi a última vez que folgou e riu, pois faleceu nos primeiros dias de 1876. Boa e patusca viúva! Com que alma e diligência[4] arranjou ali umas danças, logo depois do jantar, pedindo ao Pestana que tocasse uma quadrilha![5] Nem foi preciso acabar o pedido; Pestana curvou-se gentilmente, e correu ao piano. Finda a quadrilha, mal teriam descansado uns dez minutos, a viúva correu novamente ao Pestana para um obséquio mui particular.

– Diga, minha senhora.

– É que nos toque agora aquela sua polca[6] "Não bula comigo, Nhonhô".[7]

---

1. Publicado pela primeira vez na *Gazeta de Notícias*, em 29 de junho de 1888.
2. Patusca: alegre, divertida.
3. Folga: aqui, diversão.
4. Diligência: organização, precisão.
5. Quadrilha: um gênero de música e de dança coletiva de salão, com movimentos combinados entre os pares. Era uma dança socialmente elevada, sem muito contato físico.
6. Polca: gênero de música moderna e muito popular no contexto, de ritmo veloz, em que os pares dançavam enlaçados se deslocando pelo salão. Era dançada com contato físico intenso, sugerindo sensualidade.
7. *Não bula comigo, Nhonhô*: não mexa comigo, meu senhor.

Pestana fez uma careta, mas dissimulou depressa, inclinou-se calado, sem gentileza, e foi para o piano, sem entusiasmo. Ouvidos os primeiros compassos, derramou-se pela sala uma alegria nova, os cavalheiros correram às damas, e os pares entraram a saracotear a polca da moda. Da moda; tinha sido publicada[8] vinte dias antes, e já não havia recanto da cidade em que não fosse conhecida. Ia chegando à consagração do assobio e da cantarola[9] noturna.

Sinhazinha Mota estava longe de supor que aquele Pestana que ela vira à mesa de jantar e depois ao piano, metido numa sobrecasaca cor de rapé,[10] cabelo negro, longo e cacheado, olhos cuidosos,[11] queixo rapado, era o mesmo Pestana compositor; foi uma amiga que lho disse quando o viu vir do piano, acabada a polca. Daí a pergunta admirativa. Vimos que ele respondeu aborrecido e vexado.[12] Nem assim as duas moças lhe pouparam finezas,[13] tais e tantas, que a mais modesta vaidade se contentaria de as ouvir; ele recebeu-as cada vez mais enfadado,[14] até que, alegando dor de cabeça, pediu licença para sair. Nem elas, nem a dona da casa, ninguém logrou[15] retê-lo. Ofereceram-lhe remédios caseiros, algum repouso, não aceitou nada, teimou em sair e saiu.

Rua fora, caminhou depressa, com medo de que ainda o chamassem; só afrouxou, depois que dobrou a esquina da

---

8. Publicada: nesta época não havia ainda a gravação de música, e as composições, como esta polca, eram difundidas por partituras impressas, compradas por pessoas que tocavam algum instrumento (o piano era relativamente comum nas casas das classes média e alta).
9. Cantarola: um canto informal, um "laraiá".
10. Sobrecasaca cor de rapé: vestimenta antiga, com abas longas; já era antiga e formal no momento em que se passa a história. Rapé: cor de canela, marrom-avermelhado.
11. Cuidosos: cuidadosos, minuciosos.
12. Vexado: envergonhado, desconfortado.
13. Finezas: gentilezas, elogios.
14. Enfadado: entediado.
15. Logrou: conseguiu.

rua Formosa.[16] Mas aí mesmo esperava-o a sua grande polca festiva. De uma casa modesta, à direita, a poucos metros de distância, saíam as notas da composição do dia, sopradas em clarineta. Dançava-se. Pestana parou alguns instantes, pensou em arrepiar caminho, mas dispôs-se a andar, estugou[17] o passo, atravessou a rua, e seguiu pelo lado oposto ao da casa do baile. As notas foram-se perdendo, ao longe, e o nosso homem entrou na rua do Aterrado, onde morava. Já perto de casa, viu vir dois homens: um deles, passando rentezinho com o Pestana, começou a assobiar a mesma polca, rijamente, com brio, e o outro pegou a tempo na música, e aí foram os dois abaixo, ruidosos e alegres, enquanto o autor da peça, desesperado, corria a meter-se em casa.

Em casa, respirou. Casa velha, escada velha, um preto velho que o servia, e que veio saber se ele queria cear.

– Não quero nada – bradou o Pestana –; faça-me café e vá dormir.

Despiu-se, enfiou uma camisola,[18] e foi para a sala dos fundos. Quando o preto acendeu o gás da sala, Pestana sorriu e, dentro d'alma, cumprimentou uns dez retratos que pendiam da parede. Um só era a óleo, o de um padre, que o educara, que lhe ensinara latim e música, e que, segundo os ociosos, era o próprio pai do Pestana. Certo é que lhe deixou em herança aquela casa velha, e os velhos trastes,[19] ainda do tempo de Pedro I.[20] Compusera alguns motetes o padre, era doido por música, sacra ou profana,[21] cujo gosto

16. Rua Formosa: atual rua General Caldwell, era na época marcada por estalagens, cortiços e residências populares.

17. Estugou: apressou.

18. Camisola: neste tempo, também os homens dormiam com uma veste longa.

19. Trastes: móveis.

20. Tempo de Pedro I: a história do conto começa em 1875; Pedro I foi imperador do Brasil até 1831, mais de quarenta anos antes.

21. Motetes ou motetos: gênero musical para três vozes, ligada ao ambiente católico. Sacra ou profana: religiosa ou não religiosa, para fins religiosos ou para fins de diversão.

incutiu no moço, ou também lhe transmitiu no sangue, se é que tinham razão as bocas vadias, coisa de que se não ocupa a minha história, como ides ver.

Os demais retratos eram de compositores clássicos, Cimarosa, Mozart, Beethoven, Gluck, Bach, Schumann,[22] e ainda uns três, alguns gravados, outros litografados, todos mal encaixilhados e de diferente tamanho, mas postos ali como santos de uma igreja. O piano era o altar; o evangelho da noite lá estava aberto: era uma sonata[23] de Beethoven.

Veio o café; Pestana engoliu a primeira xícara, e sentou-se ao piano. Olhou para o retrato de Beethoven, e começou a executar a sonata, sem saber de si, desvairado ou absorto, mas com grande perfeição. Repetiu a peça, depois parou alguns instantes, levantou-se e foi a uma das janelas. Tornou ao piano; era a vez de Mozart, pegou de um trecho, e executou-o do mesmo modo, com a alma alhures.[24] Haydn[25] levou-o à meia-noite e à segunda xícara de café.

Entre meia-noite e uma hora, Pestana pouco mais fez que estar à janela e olhar para as estrelas, entrar e olhar para os retratos. De quando em quando ia ao piano, e, de pé, dava uns golpes soltos no teclado, como se procurasse algum pensamento; mas o pensamento não aparecia e ele voltava a encostar-se à janela. As estrelas pareciam-lhe outras tantas notas musicais fixadas no céu à espera de alguém que as fosse descolar; tempo viria em que o céu tinha de ficar vazio, mas então a terra seria uma constelação de partituras. Nenhuma imagem, desvario ou reflexão trazia uma lembrança qualquer de sinhazinha Mota, que entretanto, a essa mesma hora, adormecia, pensando nele, famoso autor de tantas polcas amadas. Talvez a ideia conjugal tirou à moça alguns

---

22. Compositores de música erudita europeia, entre os séculos XVII e começo do XIX.

23. Sonata: forma de composição erudita, com três movimentos (partes), sem canto.

24. Alhures: em outro lugar, distante.

25. Haydn: outro compositor erudito europeu.

momentos de sono. Que tinha? Ela ia em vinte anos, ele em trinta, boa conta. A moça dormia ao som da polca, ouvida de cor, enquanto o autor desta não cuidava nem da polca nem da moça, mas das velhas obras clássicas, interrogando o céu e a noite, rogando aos anjos, em último caso ao diabo. Por que não faria ele uma só que fosse daquelas páginas imortais?

Às vezes, como que ia surgir das profundezas do inconsciente uma aurora de ideia: ele corria ao piano, para aventá-la inteira, traduzi-la, em sons, mas era em vão: a ideia esvaía-se. Outras vezes, sentado, ao piano, deixava os dedos correrem, à ventura,[26] a ver se as fantasias brotavam deles, como dos de Mozart: mas nada, nada, a inspiração não vinha, a imaginação deixava-se estar dormindo. Se acaso uma ideia aparecia, definida e bela, era eco apenas de alguma peça alheia, que a memória repetia, e que ele supunha inventar. Então, irritado, erguia-se, jurava abandonar a arte, ir plantar café ou puxar carroça: mas daí a dez minutos, ei-lo outra vez, com os olhos em Mozart, a imitá-lo ao piano.

Duas, três, quatro horas. Depois das quatro foi dormir; estava cansado, desanimado, morto; tinha que dar lições[27] no dia seguinte. Pouco dormiu; acordou às sete horas. Vestiu-se e almoçou.

– Meu senhor quer a bengala ou o chapéu de sol?[28] – perguntou o preto, segundo as ordens que tinha, porque as distrações do senhor eram frequentes.

– A bengala.

– Mas parece que hoje chove.

– Chove – repetiu Pestana maquinalmente.

– Parece que sim, senhor, o céu está meio escuro.

---

26. À ventura: livremente.

27. Dar lições: como acontece com muitos músicos, ele precisava lecionar para ter renda adequada.

28. Chapéu de sol: um guarda-chuva (na época também se usava para proteger do sol).

Pestana olhava para o preto, vago, preocupado. De repente:

– Espera aí.

Correu à sala dos retratos, abriu o piano, sentou-se e espalmou as mãos no teclado. Começou a tocar alguma coisa própria, uma inspiração real e pronta, uma polca, uma polca buliçosa,[29] como dizem os anúncios.[30] Nenhuma repulsa da parte do compositor; os dedos iam arrancando as notas, ligando-as, meneando-as; dir-se-ia que a musa compunha e bailava a um tempo. Pestana esquecera as discípulas, esquecera o preto, que o esperava com a bengala e o guarda-chuva, esquecera até os retratos que pendiam gravemente da parede. Compunha só, teclando ou escrevendo, sem os vãos esforços da véspera, sem exasperação, sem nada pedir ao céu, sem interrogar os olhos de Mozart. Nenhum tédio. Vida, graça, novidade escorriam-lhe da alma como de uma fonte perene.

Em pouco tempo estava a polca feita. Corrigiu ainda alguns pontos, quando voltou para jantar: mas já a cantarolava, andando, na rua. Gostou dela; na composição recente e inédita circulava o sangue da paternidade e da vocação. Dois dias depois, foi levá-la ao editor[31] das outras polcas suas, que andariam já por umas trinta. O editor achou-a linda.

– Vai fazer grande efeito.

Veio a questão do título. Pestana, quando compôs a primeira polca, em 1871, quis dar-lhe um título poético, escolheu este: *Pingos de sol.* O editor abanou a cabeça, e disse-lhe que os títulos deviam ser, já de si, destinados à popularidade, ou por alusão a algum sucesso do dia – ou pela graça das palavras; indicou-lhe dois: *A lei de 28 de Setembro*,[32] ou *Candongas não fazem festa.*

---

29. Buliçosa: sacudida, viva, que faz dançar espontaneamente.

30. Anúncios: as partituras de música eram anunciadas nos jornais.

31. Editor: o empresário que produzia e imprimia as partituras para a venda.

32. Lei de 28 de setembro: nesta data, no ano de 1871, foi assinada a Lei do ventre livre, marco de grande importância no caminho da abolição da escravatura.

– Mas que quer dizer *Candongas não fazem festa*?[33] – perguntou o autor.

– Não quer dizer nada, mas populariza-se logo.

Pestana, ainda donzel inédito,[34] recusou qualquer das denominações e guardou a polca, mas não tardou que compusesse outra, e a comichão da publicidade levou-o a imprimir as duas, com os títulos que ao editor parecessem mais atraentes ou apropriados. Assim se regulou pelo tempo adiante.[35]

Agora, quando Pestana entregou a nova polca, e passaram ao título, o editor acudiu que trazia um, desde muitos dias, para a primeira obra que ele lhe apresentasse, título de espavento, longo e meneado.[36] Era este: *Senhora dona, guarde o seu balaio.*

– E para a vez seguinte – acrescentou – já trago outro de cor.

Exposta à venda, esgotou-se logo a primeira edição. A fama do compositor bastava à procura; mas a obra em si mesma era adequada ao gênero, original, convidava a dançá-la e decorava-se depressa. Em oito dias, estava célebre. Pestana, durante os primeiros, andou deveras namorado da composição, gostava de a cantarolar baixinho, detinha-se na rua, para ouvi-la tocar em alguma casa, e zangava-se quando não a tocavam bem. Desde logo, as orquestras de teatro a executaram, e ele lá foi a um deles. Não desgostou também de a ouvir assobiada, uma noite, por um vulto que descia a rua do Aterrado.[37]

Essa lua de mel durou apenas um quarto de lua.[38] Como das outras vezes, e mais depressa ainda, os velhos

33. Candongas: palavra de origem africana, significa trapaça e fofoca, mas também pessoa carinhosa.

34. Donzel inédito: era virgem no mundo das partituras impressas, estava apenas começando sua carreira (em 1871).

35. Se regulou: se combinou.

36. Espavento: assombro, espanto; meneado: balançado, sacudido.

37. Rua do Aterrado: atualmente parte da avenida Presidente Vargas, centro do Rio de Janeiro.

38. Um quarto de lua: uma semana.

mestres retratados o fizeram sangrar de remorsos. Vexado e enfastiado, Pestana arremeteu contra aquela que o viera consolar tantas vezes, musa de olhos marotos e gestos arredondados, fácil e graciosa. E aí voltaram as náuseas de si mesmo, o ódio a quem lhe pedia a nova polca da moda, e juntamente o esforço de compor alguma coisa ao sabor clássico, uma página que fosse, uma só, mas tal que pudesse ser encadernada entre Bach e Schumann. Vão estudo, inútil esforço. Mergulhava naquele Jordão sem sair batizado.[39] Noites e noites, gastou-as assim, confiado e teimoso, certo de que a vontade era tudo, e que, uma vez que abrisse mão da música fácil...

– As polcas que vão para o inferno fazer dançar o diabo – disse ele um dia, de madrugada, ao deitar-se.

Mas as polcas não quiseram ir tão fundo. Vinham à casa de Pestana, à própria sala dos retratos, irrompiam tão prontas, que ele não tinha mais que o tempo de as compor, imprimi-las depois, gostá-las[40] alguns dias, aborrecê-las, e tornar às velhas fontes, donde lhe não manava[41] nada. Nessa alternativa viveu até casar, e depois de casar.

– Casar com quem? – perguntou Sinhazinha Mota ao tio escrivão que lhe deu aquela notícia.

– Vai casar com uma viúva.

– Velha?

– Vinte e sete anos.

– Bonita?

– Não, nem feia, assim, assim. Ouvi dizer que ele se enamorou dela, porque a ouviu cantar na última festa de são Francisco de Paula. Mas ouvi também que ela possui outra prenda, que não é rara, mas vale menos: está tísica.[42]

---

39. Jordão: rio que corre na fronteira entre a Jordânia, de um lado, e a Cisjordânia e o estado de Israel, do outro. Foi nele que, segundo a Bíblia, Jesus Cristo foi batizado.
40. Gostá-las: aqui, degustá-las, apreciá-las.
41. Manava: saía, emanava.
42. Tísica: tuberculosa. A doença era fatal, na época.

Os escrivães não deviam ter espírito – mau espírito, quero dizer. A sobrinha deste sentiu no fim um pingo de bálsamo, que lhe curou a dentadinha da inveja. Era tudo verdade. Pestana casou daí a dias com uma viúva de vinte e sete anos, boa cantora[43] e tísica. Recebeu-a como a esposa espiritual do seu gênio. O celibato era, sem dúvida, a causa da esterilidade e do transvio,[44] dizia ele consigo; artisticamente considerava-se um arruador[45] de horas mortas; tinha as polcas por aventuras de petimetres.[46] Agora, sim, é que ia engendrar uma família de obras sérias, profundas, inspiradas e trabalhadas.

Essa esperança abotoou[47] desde as primeiras horas do amor, e desabrochou à primeira aurora do casamento. Maria, balbuciou a alma dele, dá-me o que não achei na solidão das noites, nem no tumulto dos dias.

Desde logo, para comemorar o consórcio, teve ideia de compor um noturno.[48] Chamar-lhe-ia *Ave, Maria*. A felicidade como que lhe trouxe um princípio de inspiração; não querendo dizer nada à mulher, antes de pronto, trabalhava às escondidas; coisa difícil, porque Maria, que amava igualmente a arte, vinha tocar com ele, ou ouvi-lo somente, horas e horas, na sala dos retratos. Chegaram a fazer alguns concertos semanais, com três artistas, amigos do Pestana. Um domingo, porém, não se pôde ter o marido, e chamou a mulher para tocar um trecho do noturno; não lhe disse o que era nem de quem era. De repente, parando, interrogou-a com os olhos.

– Acaba – disse Maria –; não é Chopin?

Pestana empalideceu, fitou os olhos no ar, repetiu um ou dois trechos e ergueu-se. Maria assentou-se ao piano, e,

---

43. Cantora de música erudita.
44. Transvio: dispersão, perda do caminho certo.
45. Arruador: aquele que anda pelas ruas; passeador.
46. Petimetre: sujeito excessivamente enfeitado, mauricinho.
47. Abotoou: transformou-se em botão (como uma flor).
48. Noturno: tipo de composição musical de cunho triste, melancólico.

depois de algum esforço de memória, executou a peça de Chopin. A ideia, o motivo eram os mesmos; Pestana achara-os em algum daqueles becos escuros da memória, velha cidade de traições. Triste, desesperado, saiu de casa, e dirigiu-se para o lado da ponte, caminho de São Cristóvão.[49]

– Para que lutar? – dizia ele. – Vou com as polcas... Viva a polca!

Homens que passavam por ele, e ouviam isto, ficavam olhando, como para um doido. E ele ia andando, alucinado, mortificado, eterna peteca entre a ambição e a vocação... Passou o velho matadouro; ao chegar à porteira da estrada de ferro, teve ideia de ir pelo trilho acima e esperar o primeiro trem que viesse e o esmagasse. O guarda fê-lo recuar. Voltou a si e tornou a casa.

Poucos dias depois – uma clara e fresca manhã de maio de 1876 –, eram seis horas, Pestana sentiu nos dedos um frêmito particular e conhecido. Ergueu-se devagarinho, para não acordar Maria, que tossira toda noite, e agora dormia profundamente. Foi para a sala dos retratos, abriu o piano, e, o mais surdamente que pôde, extraiu uma polca. Fê-la publicar com um pseudônimo; nos dois meses seguintes compôs e publicou mais duas. Maria não soube nada; ia tossindo e morrendo, até que expirou, uma noite, nos braços do marido, apavorado e desesperado.

Era noite de Natal. A dor do Pestana teve um acréscimo, porque na vizinhança havia um baile, em que se tocaram várias de suas melhores polcas. Já o baile era duro de sofrer; as suas composições davam-lhe um ar de ironia e perversidade. Ele sentia a cadência dos passos, adivinhava os movimentos, porventura lúbricos,[50] a que obrigava alguma daquelas composições; tudo isso ao pé do cadáver pálido, um molho de ossos, estendido na cama... Todas as horas da noite passaram assim, vagarosas ou rápidas, úmidas de

49. São Cristóvão: bairro bem próximo ao Centro do Rio de Janeiro.
50. Lúbricos: sensuais.

lágrimas e de suor, de águas-da-colônia e de Labarraque,[51] saltando sem parar, como ao som da polca de um grande Pestana invisível.

Enterrada a mulher, o viúvo teve uma única preocupação: deixar a música, depois de compor um réquiem,[52] que faria executar no primeiro aniversário da morte de Maria. Escolheria outro emprego, escrevente, carteiro, mascate, qualquer coisa que lhe fizesse esquecer a arte assassina e surda.

Começou a obra; empregou tudo, arrojo, paciência, meditação, e até os caprichos do acaso, como fizera outrora, imitando Mozart. Releu e estudou o réquiem deste autor. Passaram-se semanas e meses. A obra, célere a princípio, afrouxou o andar. Pestana tinha altos e baixos. Ora achava-a incompleta, não lhe sentia a alma sacra, nem ideia, nem inspiração, nem método; ora elevava-se-lhe o coração e trabalhava com vigor. Oito meses, nove, dez, onze, e o réquiem não estava concluído. Redobrou de esforços; esqueceu lições e amizades. Tinha refeito muitas vezes a obra; mas agora queria concluí-la, fosse como fosse. Quinze dias, oito, cinco... A aurora do aniversário veio achá-lo trabalhando.

Contentou-se da missa rezada e simples, para ele só. Não se pode dizer se todas as lágrimas que lhe vieram sorrateiramente aos olhos foram do marido, ou se algumas eram do compositor. Certo é que nunca mais tornou ao réquiem.

– Para quê? – dizia ele a si mesmo.

Correu ainda um ano. No princípio de 1878, apareceu-lhe o editor.

– Lá vão dois anos – disse este – que nos não dá um ar da sua graça. Toda a gente pergunta se o senhor perdeu o talento. Que tem feito?

– Nada.

---

51. Água-da-colônia: um perfume suave, usado, no contexto, para suavizar os odores do quarto do doente; Labarraque (de Antoine Labarraque, químico francês, 1777-1850): desinfetante e desodorizante.
52. Réquiem: composição fúnebre.

– Bem sei o golpe que o feriu; mas lá vão dois anos. Venho propor-lhe um contrato: vinte polcas durante doze meses; o preço antigo, e uma porcentagem maior na venda. Depois, acabado o ano, podemos renovar.

Pestana assentiu com um gesto. Poucas lições tinha, vendera a casa para saldar dívidas, e as necessidades iam comendo o resto, que era assaz[53] escasso. Aceitou o contrato.

– Mas a primeira polca há de ser já – explicou o editor. – É urgente. Viu a carta do Imperador ao Caxias?[54] Os liberais foram chamados ao poder; vão fazer a reforma eleitoral. A polca há de chamar-se: *Bravos à Eleição Direta!* Não é política; é um bom título de ocasião.

Pestana compôs a primeira obra do contrato. Apesar do longo tempo de silêncio, não perdera a originalidade nem a inspiração. Trazia a mesma nota genial. As outras polcas vieram vindo, regularmente. Conservara os retratos e os repertórios; mas fugia de gastar todas as noites ao piano, para não cair em novas tentativas. Já agora pedia uma entrada de graça, sempre que havia alguma boa ópera ou concerto de artista, ia, metia-se a um canto, gozando aquela porção de coisas que nunca lhe haviam de brotar do cérebro. Uma ou outra vez, ao tornar para casa, cheio de música, despertava nele o maestro inédito; então, sentava-se ao piano, e, sem ideia, tirava algumas notas, até que ia dormir, vinte ou trinta minutos depois.

Assim foram passando os anos, até 1885. A fama do Pestana dera-lhe definitivamente o primeiro lugar entre os compositores de polcas; mas o primeiro lugar da aldeia não contentava a este César, que continuava a preferir-lhe, não o segundo, mas o centésimo em Roma.[55] Tinha ainda as

---

53. Assaz: muito.

54. Caxias: Luís Alves de Lima e Silva (1803-1880), o duque de Caxias, militar e político de grande destaque no tempo do Império no Brasil. Em 1878, subiu ao poder o partido Liberal, com o Visconde de Sinimbu como primeiro-ministro.

55. César, Roma: alusão ao célebre e poderoso imperador da Roma antiga.

alternativas[56] de outro tempo, acerca de suas composições; a diferença é que eram menos violentas. Nem entusiasmo nas primeiras horas, nem horror depois da primeira semana; algum prazer e certo fastio.

Naquele ano, apanhou uma febre de nada, que em poucos dias cresceu, até virar perniciosa. Já estava em perigo, quando lhe apareceu o editor, que não sabia da doença, e ia dar-lhe notícia da subida dos conservadores,[57] e pedir-lhe uma polca de ocasião. O enfermeiro, pobre clarineta de teatro,[58] referiu-lhe o estado do Pestana, de modo que o editor entendeu calar-se. O doente é que instou para que lhe dissesse o que era; o editor obedeceu.

– Mas há de ser quando estiver bom de todo – concluiu.

– Logo que a febre decline um pouco – disse o Pestana.

Seguiu-se uma pausa de alguns segundos. O clarineta foi pé ante pé preparar o remédio; o editor levantou-se e despediu-se.

– Adeus.

– Olhe – disse o Pestana –, como é provável que eu morra por estes dias, faço-lhe logo duas polcas; a outra servirá para quando subirem os liberais.

Foi a única pilhéria[59] que disse em toda a vida, e era tempo, porque expirou na madrugada seguinte, às quatro horas e cinco minutos, bem com os homens e mal consigo mesmo.

---

56. Alternativas: aqui, oscilações.

57. Em agosto de 1885 subiram os conservadores, depois de um longo período de sete anos de gabinetes liberais. No Segundo Reinado só havia esses dois partidos, que designavam primeiros-ministros e sustentavam ministérios. Ao longo do Segundo Reinado (1847-1889, portanto 42 anos), houve 32 gabinetes, o que dá uma ideia da instabilidade política.

58. Enfermeiro e clarineta de teatro: por aqui se constata que um músico (clarinetista, no caso) não vivia de seu ofício, precisando trabalhar também como enfermeiro.

59. Pilhéria: piada.

A DESEJADA DAS GENTES[1]

– Ah! Conselheiro,[2] aí começa a falar em verso.[3]

– Todos os homens devem ter uma lira no coração –[4] ou não sejam homens. Que a lira ressoe a toda a hora, nem por qualquer motivo, não o digo eu, mas de longe em longe, e por algumas reminiscências particulares... Sabe por que é que lhe pareço poeta, apesar das Ordenações do Reino[5] e dos cabelos grisalhos? É porque vamos por esta Glória[6] adiante, costeando aqui a Secretaria de Estrangeiros... Lá está o outeiro célebre...[7] Adiante há uma casa...

– Vamos andando.

– Vamos... Divina Quintília! Todas essas caras que aí passam são outras, mas falam-me daquele tempo, como se fossem as mesmas de outrora; é a lira que ressoa, e a imaginação faz o resto. Divina Quintília!

– Chamava-se Quintília? Conheci de vista, quando andava na Escola de Medicina, uma linda moça com esse nome. Diziam que era a mais bela da cidade.

---

1. Publicado pela primeira vez na *Gazeta de Notícias*, em 15 de julho de 1886.
2. Conselheiro: o personagem a quem se refere fazia parte do Conselho de Estado, ligado diretamente ao imperador e por isso instância de grande importância na estrutura política da monarquia no Brasil.
3. Falar em verso: o personagem que está falando aponta o caráter poético, no sentido de "sonhador", das ideias de seu interlocutor, o conselheiro.
4. Lira: antigo instrumento musical, de cordas, ligada à poesia (lírica); ter uma lira no coração: ter capacidade ou sensibilidade poética.
5. Ordenações do Reino: antigas compilações oficiais de leis do reino português (a primeira em 1446, outra em 1521 e outra ainda em 1603). O personagem menciona sua condição de velho, por conhecer tais Ordenações.
6. Glória: bairro do Rio de Janeiro, próximo ao mar, famoso por uma igreja localizada num outeiro, um pequeno morro.
7. Outeiro célebre: o outeiro (pequeno morro) da Glória, onde se situa a igreja do mesmo nome, no Rio de Janeiro.

– Há de ser a mesma, porque tinha essa fama. Magra e alta?

– Isso. Que fim levou?

– Morreu em 1859. Vinte de abril. Nunca me há de esquecer[8] esse dia. Vou contar-lhe um caso interessante para mim, e creio que também para o senhor. Olhe, a casa era aquela... Morava com um tio, chefe de esquadra reformado; tinha outra casa no Cosme Velho.[9] Quando conheci Quintília... Que idade pensa que teria, quando a conheci?

– Se foi em 1855...

– Em 1855.

– Devia ter vinte anos.

– Tinha trinta.

– Trinta?

– Trinta anos. Não os parecia, nem era nenhuma inimiga que lhe dava essa idade. Ela própria a confessava e até com afetação. Ao contrário, uma de suas amigas afirmava que Quintília não passava dos vinte e sete; mas como ambas tinham nascido no mesmo dia, dizia isso para diminuir-se a si própria.

– Mau, nada de ironias; olhe que a ironia não faz boa cama[10] com a saudade.

– Que é a saudade senão uma ironia do tempo e da fortuna? Veja lá; começo a ficar sentencioso. Trinta anos; mas em verdade, não os parecia. Lembra-se bem que era magra e alta; tinha os olhos como eu então dizia, que pareciam cortados da capa da última noite, mas apesar de noturnos, sem mistérios nem abismos. A voz era brandíssima, um tanto apaulistada, a boca larga, e os dentes, quando ela simplesmente falava, davam-lhe à boca um ar de riso. Ria

8. Nunca me há de esquecer esse dia: hoje, dizemos "Nunca vou esquecer esse dia", no mesmo sentido.

9. Cosme Velho: bairro do Rio de Janeiro, um pouco afastado do mar, na subida do morro do Corcovado.

10. Não faz boa cama: não combina.

também, e foram os risos dela, de parceria com os olhos, que me doeram muito durante certo tempo.

– Mas se os olhos não tinham mistérios...

– Tanto não os tinham que cheguei ao ponto de supor que eram as portas abertas do castelo, e o riso o clarim que chamava os cavaleiros. Já a conhecíamos, eu e o meu companheiro de escritório, o João Nóbrega, ambos principiantes na advocacia, e íntimos como ninguém mais; mas nunca nos lembrou[11] namorá-la. Ela andava então no galarim;[12] era bela, rica, elegante, e da primeira roda.[13] Mas um dia, no antigo Teatro Provisório entre dois atos dos *Puritanos*,[14] estando eu num corredor, ouvi um grupo de moços que falavam dela, como de uma fortaleza inexpugnável. Dois confessaram haver tentado alguma coisa, mas sem fruto; e todos pasmavam do celibato da moça, que lhes parecia sem explicação. E chalaceavam:[15] um dizia que era promessa até ver se engordava primeiro; outro que estava esperando a segunda mocidade do tio para casar com ele; outro que provavelmente encomendara algum anjo ao porteiro do céu; trivialidades que me aborreceram muito, e da parte dos que confessavam tê-la cortejado ou amado, achei que era uma grosseria sem nome. No que eles estavam todos de acordo é que ela era extraordinariamente bela; aí foram entusiastas e sinceros.

– Oh! Ainda me lembro!... era muito bonita.

– No dia seguinte, ao chegar ao escritório, entre duas causas[16] que não vinham, contei ao Nóbrega a conversação da véspera. Nóbrega riu-se do caso, refletiu, e depois de

11. Nos lembrou: nos ocorreu.

12. Galarim: auge.

13. Primeira roda: o mais alto círculo social.

14. *Os puritanos*: ópera composta por Vincenzo Bellini. Entre dois atos: nesse gênero de espetáculo, é comum haver um intervalo que permite ao público sair do lugar, caminhar pelos corredores, etc.

15. Chalaceavam: gracejavam, zombavam.

16. Causas: aqui, processos judiciais. Duas causas que não vinham: dois processos que não chegavam (para dar início ao trabalho).

dar alguns passos, parou diante de mim, olhando, calado. "Aposto que a namoras?", perguntei-lhe. "Não", disse ele; "nem tu? Pois lembrou-me uma coisa: vamos tentar o assalto à fortaleza? Que perdemos com isso? Nada; ou ela nos põe na rua, e já podemos esperá-lo, ou aceita um de nós, e tanto melhor para o outro que verá o seu amigo feliz". "Estás falando sério?" "Muito sério." Nóbrega acrescentou que não era só a beleza dela que a fazia atraente. Note que ele tinha a presunção de ser espírito prático, mas era principalmente um sonhador que vivia lendo e construindo aparelhos sociais e políticos.[17] Segundo ele, os tais rapazes do teatro evitavam falar dos bens da moça, que eram um dos feitiços dela, e uma das causas prováveis da desconsolação de uns e dos sarcasmos de todos. E dizia-me: "Escuta, nem divinizar o dinheiro, nem também bani-lo; não vamos crer que ele dá tudo, mas reconheçamos que dá alguma coisa e até muita coisa – este relógio, por exemplo. Combatamos pela nossa Quintília, minha ou tua, mas provavelmente minha, porque sou mais bonito que tu".

– Conselheiro, a confissão é grave; foi assim brincando...?

– Foi assim brincando, cheirando ainda aos bancos da academia[18], que nos metemos em negócio de tanta ponderação, que podia acabar em nada, mas deu muito de si. Era um começo estouvado, quase um passatempo de crianças, sem a nota da sinceridade; mas o homem põe e a espécie dispõe. Conhecíamo-la, posto não tivéssemos encontros frequentes; uma vez que nos dispusemos a uma ação comum, entrou um elemento novo na nossa vida, e dentro de um mês estávamos brigados.

– Brigados?

– Ou quase. Não tínhamos contado com ela, que nos enfeitiçou a ambos, violentamente. Em algumas semanas já

17. Aparelhos sociais e políticos: teorias, utopias.

18. Academia: o curso superior de Direito.

pouco falávamos de Quintília, e com indiferença; tratávamos de enganar um ao outro e dissimular o que sentíamos. Foi assim que as nossas relações se dissolveram, no fim de seis meses, sem ódio, nem luta, nem demonstração externa, porque ainda nos falávamos, onde o acaso nos reunia; mas já então tínhamos banca[19] separada.

– Começo a ver uma pontinha do drama...

– Tragédia, diga tragédia; porque daí a pouco tempo, ou por desengano verbal que ela lhe desse, ou por desespero de vencer, Nóbrega deixou-me só em campo. Arranjou uma nomeação de juiz municipal lá para os sertões da Bahia, onde definhou e morreu antes de acabar o quatriênio.[20] E juro-lhe que não foi o inculcado espírito prático de Nóbrega que o separou de mim; ele, que tanto falara das vantagens do dinheiro, morreu apaixonado como um simples Werther.[21]

– Menos a pistola.

– Também o veneno mata; e o amor de Quintília podia dizer-se alguma coisa parecido com isso; foi o que o matou, e o que ainda hoje me dói... Mas vejo pelo seu dito que o estou aborrecendo...

– Pelo amor de Deus. Juro-lhe que não; foi uma graçola que me escapou. Vamos adiante, conselheiro; ficou só em campo.

– Quintília não deixava ninguém estar só em campo – não digo por ela, mas pelos outros. Muitos vinham ali tomar um cálice de esperanças, e iam cear a outra parte. Ela não favorecia a um mais que a outro; mas era lhana,[22] graciosa e tinha essa espécie de olhos derramados que não foram

---

19. Banca: escritório de advocacia.

20. Quatriênio: período de quatro anos.

21. Werther: nome do protagonista do romance *Os sofrimentos do jovem Werther* (1774), do alemão J. W. Goethe (1749-1832), em que o personagem se suicida com um tiro de pistola, por não conseguir realizar uma paixão arrebatadora que sentia por certa moça, prometida a outro.

22. Lhana: simples, franca.

feitos para homens ciumentos. Tive ciúmes amargos e, às vezes, terríveis. Todo argueiro[23] me parecia um cavaleiro, e todo cavaleiro um diabo. Afinal acostumei-me a ver que eram passageiros de um dia. Outros me metiam mais medo, eram os que vinham dentro da luva das amigas.[24] Creio que houve duas ou três negociações dessas, mas sem resultado. Quintília declarou que nada faria sem consultar o tio, e o tio aconselhou a recusa – coisa que ela sabia de antemão. O bom velho não gostava nunca da visita de homens, com receio de que a sobrinha escolhesse algum e casasse. Estava tão acostumado a trazê-la ao pé de si, como uma muleta da velha alma aleijada, que temia perdê-la inteiramente.

– Não seria essa a causa da isenção sistemática da moça?

– Vai ver que não.

– O que noto é que o senhor era mais teimoso que os outros...

– ...Iludido, a princípio, porque no meio de tantas candidaturas malogradas, Quintília preferia-me a todos os outros homens, e conversava comigo mais largamente e mais intimamente, a tal ponto que chegou a correr que nos casávamos.

– Mas conversavam de quê?

– De tudo o que ela não conversava com os outros; e era de fazer pasmar que uma pessoa tão amiga de bailes e passeios, de valsar e rir, fosse comigo tão severa e grave, tão diferente do que costumava ou parecia ser.

– A razão é clara: achava a sua conversação menos insossa que a dos outros homens.

– Obrigado; era mais profunda a causa da diferença, e a diferença ia-se acentuando com os tempos. Quando a vida cá embaixo[25] a aborrecia muito, ia para o Cosme Velho, e

23. Argueiro: coisa insignificante.
24. Dentro da luva das amigas: por intermédio de amigas, com apoio delas.
25. Cá embaixo: no Centro da cidade, que fica ao nível do mar, diferente do Cosme Velho, que fica já em certa altitude.

ali as nossas conversações eram mais frequentes e compridas. Não lhe posso dizer, nem o senhor compreenderia nada, o que foram as horas que ali passei, incorporando na minha vida toda a vida que jorrava dela. Muitas vezes quis dizer-lhe o que sentia, mas as palavras tinham medo e ficavam no coração. Escrevi cartas sobre cartas; todas me pareciam frias, difusas, ou inchadas de estilo. Demais, ela não dava ensejo a nada, tinha um ar de velha amiga. No princípio de 1857 adoeceu meu pai em Itaboraí;[26] corri a vê-lo, achei-o moribundo. Este fato reteve-me fora da Corte[27] uns quatro meses. Voltei pelos fins de maio. Quintília recebeu-me triste da minha tristeza, e vi claramente que o meu luto passara aos olhos dela...

– Mas que era isso senão amor?

– Assim o cri, e dispus a minha vida para desposá-la. Nisto, adoeceu o tio gravemente. Quintília não ficava só, se ele morresse, porque, além dos muitos parentes espalhados que tinha, morava com ela agora, na casa da rua do Catete,[28] uma prima, dona Ana, viúva; mas é certo que a afeição principal ia-se embora e nessa transição da vida presente à vida ulterior podia eu alcançar o que desejava. A moléstia do tio foi breve; ajudada da velhice,[29] levou-o em duas semanas. Digo-lhe aqui que a morte dele lembrou-me a de meu pai, e a dor que então senti foi quase a mesma. Quintília viu-me padecer, compreendeu o duplo motivo, e, segundo me disse depois, estimou a coincidência do golpe, uma vez que tínhamos de o receber sem falta e tão breve. A palavra pareceu-me um convite matrimonial; dois meses depois cuidei[30] de pedi-la em casamento. Dona Ana ficara morando com ela e

---

26. Itaboraí: cidade do interior do estado do Rio de Janeiro.
27. A Corte: o Rio de Janeiro, capital do país, no regime monárquico era chamada de Corte.
28. Rua do Catete: importante rua entre o bairro da Glória e o bairro do Catete, no Rio de Janeiro.
29. Ajudada da velhice: ajudada pela velhice.
30. Cuidei: aqui, tratei.

estavam no Cosme Velho. Fui ali, achei-as juntas no terraço, que ficava perto da montanha. Eram quatro horas da tarde de um domingo. Dona Ana, que nos presumia namorados, deixou-nos o campo livre.

– Enfim!

– No terraço, lugar solitário, e posso dizer agreste, proferi a primeira palavra. O meu plano era justamente precipitar tudo, com medo de que cinco minutos de conversa me tirassem as forças. Ainda assim, não sabe o que me custou; custaria menos uma batalha, e juro-lhe que não nasci para guerras. Mas aquela mulher magrinha e delicada impunha-se-me, como nenhuma outra, antes e depois...

– E então?

– Quintília adivinhara, pelo transtorno do meu rosto, o que lhe ia pedir, e deixou-me falar para preparar a resposta. A resposta foi interrogativa e negativa. Casar para quê? Era melhor que ficássemos amigos como dantes. Respondi-lhe que a amizade era, em mim, desde muito, a simples sentinela do amor; não podendo mais contê-lo, deixou que ele saísse. Quintília sorriu da metáfora, o que me doeu, e sem razão; ela, vendo o efeito, fez-se outra vez séria e tratou de persuadir-me de que era melhor não casar. "Estou velha", disse ela; "vou em trinta e três anos". "Mas se eu a amo assim mesmo", repliquei, e disse-lhe uma porção de coisas, que não poderia repetir agora. Quintília refletiu um instante; depois insistiu nas relações de amizade; disse que, posto que mais moço que ela, tinha a gravidade de um homem mais velho e inspirava-lhe confiança como nenhum outro. Desesperançado, dei algumas passadas, depois sentei-me outra vez e narrei-lhe tudo. Ao saber da minha briga com o amigo e companheiro da academia, e a separação em que ficamos, sentiu-se, não sei se diga, magoada ou irritada. Censurou-nos a ambos, não valia a pena que chegássemos a tal ponto. "A senhora diz isso porque não sente a mesma coisa." "Mas então é um delírio?" "Creio que sim; o que lhe afianço é que ainda agora, se fosse necessário, separar-me-ia dele uma e cem vezes; e creio poder afirmar-lhe que ele faria a mesma coisa." Aqui olhou ela espantada para mim, como se olha para uma pessoa cujas faculdades parecem transtornadas; depois abanou a cabeça, e repetiu que fora um erro; não valia a pena. "Fiquemos amigos", disse-me, estendendo a mão. "É impossível; pede-me coisa superior às minhas forças, nunca poderei ver na senhora uma simples amiga; não desejo impor-lhe nada; dir-lhe-ei até que nem mais insisto, porque não aceitaria outra resposta agora." Trocamos ainda algumas palavras, e retirei-me... Veja a minha mão.

– Treme-lhe ainda...

– E não lhe contei tudo. Não lhe digo aqui os aborrecimentos que tive, nem a dor e o despeito que me ficaram. Estava arrependido, zangado, devia ter provocado aquele desengano desde as primeiras semanas; mas a culpa foi da esperança, que é uma planta daninha, que me comeu o lugar de outras plantas melhores. No fim de cinco dias saí para Itaboraí, onde me chamaram alguns interesses do inventário de meu pai. Quando voltei, três semanas depois, achei em casa uma carta de Quintília.

– Oh!

– Abri-a alvoroçadamente: datava de quatro dias. Era longa; aludia aos últimos sucessos,[31] e dizia coisas meigas e graves. Quintília afirmava ter esperado por mim todos os dias, não cuidando[32] que eu levasse o egoísmo até não voltar lá mais, por isso escrevia-me, pedindo que fizesse dos meus sentimentos pessoais e sem eco uma página de história acabada; que ficasse só o amigo, e lá fosse ver a sua amiga. E concluía com estas singulares palavras: "Quer uma garantia? Juro-lhe que não casarei nunca". Compreendi que um vínculo de simpatia moral nos ligava um ao outro; com a diferença que o que era em mim paixão específica, era nela uma simples eleição de caráter. Éramos

31. Sucessos: aqui, acontecimentos.

32. Cuidando: imaginando.

dois sócios, que entravam no comércio da vida com diferente capital: eu, tudo o que possuía; ela, quase um óbolo.[33] Respondi à carta dela nesse sentido; e declarei que era tal a minha obediência e o meu amor, que cedia, mas de má vontade, porque, depois do que se passara entre nós, ia sentir-me humilhado. Risquei a palavra *ridículo*, já escrita, para poder ir vê-la sem este vexame; bastava o outro.

– Aposto que seguiu atrás da carta? É o que eu faria, porque essa moça, ou eu me engano ou estava morta por casar com o senhor.

– Deixe a sua fisiologia[34] usual; este caso é particularíssimo.

– Deixe-me adivinhar o resto; o juramento era um anzol místico; depois, o senhor, que o recebera, podia desobrigá-la dele, uma vez que aproveitasse com a absolvição. Mas, enfim, correr à casa dela.

– Não corri; fui dois dias depois. No intervalo, respondeu ela à minha carta com um bilhete carinhoso, que rematava com esta ideia: "não fale de humilhação, onde não houve público". Fui, voltei uma e mais vezes e restabeleceram-se as nossas relações. Não se falou em nada; ao princípio, custou-me muito parecer o que era dantes; depois, o demônio da esperança veio pousar outra vez no meu coração; e, sem nada exprimir, cuidei[35] que um dia, um dia tarde, ela viesse a casar comigo. E foi essa esperança que me retificou aos meus próprios olhos, na situação em que me achava. Os boatos de nosso casamento correram mundo. Chegaram aos nossos ouvidos; eu negava formalmente e sério; ela dava de ombros e ria. Foi essa fase

33. Óbolo: esmola, pequena quantia de dinheiro.

34. Fisiologia: análise dos aspectos físicos de um organismo, neste caso os aspectos relativos ao caso de amor. É possível que o personagem que conversa com o conselheiro seja um médico, alguém que aprendeu a interpretar traços fisiológicos das pessoas, neste caso de alguém apaixonado.

35. Cuidei: aqui, imaginei.

da nossa vida a mais serena para mim, salvo um incidente curto, um diplomata austríaco ou não sei quê, rapagão, elegante, ruivo, olhos grandes e atrativos, e fidalgo ainda por cima. Quintília mostrou-se-lhe tão graciosa, que ele cuidou estar aceito, e tratou de ir adiante. Creio que algum gesto meu, inconsciente, ou então um pouco da percepção fina que o céu lhe dera, levou depressa o desengano à legação austríaca.[36] Pouco depois ela adoeceu; e foi então que a nossa intimidade cresceu de vulto. Ela, enquanto se tratava, resolveu não sair, e isso mesmo lhe disseram os médicos. Lá passava eu muitas horas diariamente. Ou elas tocavam, ou jogávamos os três, ou então lia-se alguma coisa; a maior parte das vezes conversávamos somente. Foi então que a estudei muito; escutando as suas leituras vi que os livros puramente amorosos achava-os incompreensíveis, e, se as paixões aí eram violentas, largava-os com tédio. Não falava assim por ignorante; tinha notícia vaga das paixões, e assistira a algumas alheias.

– De que moléstia padecia?

– Da espinha.[37] Os médicos diziam que a moléstia não era talvez recente, e ia tocando o ponto melindroso. Chegamos assim a 1859. Desde março desse ano a moléstia agravou-se muito; teve uma pequena parada, mas para os fins do mês chegou ao estado desesperador. Nunca vi depois criatura mais enérgica diante da iminente catástrofe; estava então de uma magreza transparente, quase fluida; ria, ou antes, sorria apenas, e vendo que eu escondia as minhas lágrimas, apertava-me as mãos agradecida. Um dia, estando só com o médico, perguntou-lhe a verdade; ele ia mentir; ela disse-lhe que era inútil, que estava perdida. "Perdida, não", murmurou o médico. "Jura que não estou perdida?" Ele hesitou, ela agradeceu-lho. Uma vez certa que morria, ordenou o que prometera a si mesma.

36. Legação austríaca: na linguagem diplomática, a representação austríaca no exterior.

37. Espinha: a coluna vertebral.

– Casou com o senhor, aposto?

– Não me relembre essa triste cerimônia; ou antes, deixe-me relembrá-la, porque me traz algum alento do passado. Não aceitou recusas nem pedidos meus; casou comigo à beira da morte. Foi no dia 18 de abril de 1859. Passei os últimos dois dias, até 20 de abril, ao pé da minha noiva moribunda, e abracei-a pela primeira vez feita cadáver.

– Tudo isso é bem esquisito.

– Não sei o que dirá a sua fisiologia. A minha, que é de profano, crê que aquela moça tinha ao casamento uma aversão puramente física. Casou meio defunta, às portas do nada. Chame-lhe monstro, se quer, mas acrescente divino.

A CAUSA SECRETA[1]

Garcia, em pé, mirava e estalava as unhas; Fortunato, na cadeira de balanço, olhava para o teto; Maria Luísa, perto da janela, concluía um trabalho de agulha. Havia já cinco minutos que nenhum deles dizia nada. Tinham falado do dia, que estivera excelente, de Catumbi,[2] onde morava o casal Fortunato, e de uma casa de saúde, que adiante se explicará. Como os três personagens aqui presentes estão agora mortos e enterrados, tempo é de contar a história sem rebuço.[3]

Tinham falado também de outra coisa, além daquelas três, coisa tão feia e grave, que não lhes deixou muito gosto para tratar do dia, do bairro e da casa de saúde. Toda a conversação a este respeito foi constrangida. Agora mesmo, os dedos de Maria Luísa parecem ainda trêmulos, ao passo que há no rosto de Garcia uma expressão de severidade, que lhe não é habitual. Em verdade, o que se passou foi de tal natureza, que para fazê-lo entender é preciso remontar à origem da situação.

Garcia tinha-se formado em medicina, no ano anterior, 1861. No de 1860, estando ainda na Escola, encontrou-se com Fortunato, pela primeira vez, à porta da Santa Casa; entrava, quando o outro saía. Fez-lhe impressão a figura; mas, ainda assim, tê-la-ia esquecido, se não fosse o segundo encontro, poucos dias depois. Morava na rua de Dom Manoel. Uma de suas raras distrações era ir ao teatro de São Januário,[4] que ficava perto, entre essa rua e a praia;

1. Publicado pela primeira vez na *Gazeta de Notícias*, em 1º de agosto de 1885.

2. Catumbi: bairro da zona central do Rio de Janeiro.

3. Rebuço: disfarce.

4. Teatro de São Januário: ficava na rua Dom Manuel, região central do Rio de Janeiro, próximo ao mar, numa zona considerada perigosa. Com o passar dos anos, teve seu nome mudado para Teatro de Variedades e Ateneu Dramático.

ia uma ou duas vezes por mês, e nunca achava acima de quarenta pessoas. Só os mais intrépidos ousavam estender os passos até aquele recanto da cidade. Uma noite, estando nas cadeiras, apareceu ali Fortunato, e sentou-se ao pé dele.

A peça era um dramalhão, cosido[5] a facadas, ouriçado de imprecações e remorsos; mas Fortunato ouvia-a com singular interesse. Nos lances dolorosos, a atenção dele redobrava, os olhos iam avidamente de um personagem a outro, a tal ponto que o estudante suspeitou haver na peça reminiscências pessoais do vizinho. No fim do drama, veio uma farsa; mas Fortunato não esperou por ela e saiu; Garcia saiu atrás dele. Fortunato foi pelo beco do Cotovelo, rua de São José, até o largo da Carioca. Ia devagar, cabisbaixo, parando às vezes, para dar uma bengalada em algum cão que dormia; o cão ficava ganindo e ele ia andando. No largo da Carioca entrou num tílburi,[6] e seguiu para os lados da praça da Constituição. Garcia voltou para casa sem saber mais nada.

Decorreram algumas semanas. Uma noite, eram nove horas, estava em casa, quando ouviu rumor de vozes na escada; desceu logo do sótão, onde morava, ao primeiro andar, onde vivia um empregado do arsenal de guerra.[7] Era este que alguns homens conduziam, escada acima, ensanguentado. O preto que o servia acudiu a abrir a porta; o homem gemia, as vozes eram confusas, a luz pouca. Deposto o ferido na cama, Garcia disse que era preciso chamar um médico.

– Já aí vem um – acudiu alguém.

Garcia olhou: era o próprio homem da Santa Casa e do teatro. Imaginou que seria parente ou amigo do ferido; mas rejeitou a suposição, desde que lhe ouvira perguntar se este tinha família ou pessoa próxima. Disse-lhe o preto que

---

5. Cosido: costurado.

6. Tílburi: carro de duas rodas, puxado por apenas um cavalo, com lugar apenas para o cocheiro e um passageiro.

7. Arsenal de guerra: estabelecimento oficial do Exército onde se guardavam e consertavam armas.

não, e ele assumiu a direção do serviço, pediu às pessoas estranhas que se retirassem, pagou aos carregadores, e deu as primeiras ordens. Sabendo que o Garcia era vizinho e estudante de medicina pediu-lhe que ficasse para ajudar o médico. Em seguida contou o que se passara.

– Foi uma malta de capoeiras.[8] Eu vinha do quartel de Moura,[9] onde fui visitar um primo, quando ouvi um barulho muito grande, e logo depois um ajuntamento. Parece que eles feriram também a um sujeito que passava, e que entrou por um daqueles becos; mas eu só vi a este senhor, que atravessava a rua no momento em que um dos capoeiras, roçando por ele, meteu-lhe o punhal. Não caiu logo; disse onde morava e, como era a dois passos, achei melhor trazê-lo.

– Conhecia-o antes? – perguntou Garcia.

– Não, nunca o vi. Quem é?

– É um bom homem, empregado no arsenal de guerra. Chama-se Gouvêa.

– Não sei quem é.

Médico e subdelegado vieram daí a pouco; fez-se o curativo, e tomaram-se as informações. O desconhecido declarou chamar-se Fortunato Gomes da Silveira, ser capitalista,[10] solteiro, morador em Catumbi. A ferida foi reconhecida grave. Durante o curativo ajudado pelo estudante, Fortunato serviu de criado, segurando a bacia, a vela, os panos, sem perturbar nada, olhando friamente para o ferido, que gemia muito. No fim, entendeu-se particularmente com o médico, acompanhou-o até o patamar da escada, e reiterou ao subdelegado a declaração de estar pronto a au-

---

8. Malta de capoeiras: um grupo de capoeiristas, que por vezes, como aqui, agrediam e assaltavam. A capoeira era uma arte marcial de origem banto, trazida ao Brasil e aqui desenvolvida basicamente por escravizados e afrodescendentes.

9. Quartel de Moura: uma sede do exército, no bairro de Misericórdia, região central da cidade.

10. Capitalista: aqui, investidor, gestor de capital, adiante vai-se ver que é dono de imóveis.

xiliar as pesquisas da polícia. Os dois saíram, ele e o estudante ficaram no quarto.

Garcia estava atônito. Olhou para ele, viu-o sentar-se tranquilamente, estirar as pernas, meter as mãos nas algibeiras[11] das calças, e fitar os olhos no ferido. Os olhos eram claros, cor de chumbo, moviam-se devagar, e tinham a expressão dura, seca e fria. Cara magra e pálida; uma tira estreita de barba, por baixo do queixo, e de uma têmpora a outra, curta, ruiva e rara. Teria quarenta anos. De quando em quando, voltava-se para o estudante, e perguntava alguma coisa acerca do ferido; mas tornava logo a olhar para ele, enquanto o rapaz lhe dava a resposta. A sensação que o estudante recebia era de repulsa ao mesmo tempo que de curiosidade; não podia negar que estava assistindo a um ato de rara dedicação, e se era desinteressado como parecia, não havia mais que aceitar o coração humano como um poço de mistérios.

Fortunato saiu pouco antes de uma hora; voltou nos dias seguintes, mas a cura fez-se depressa, e, antes de concluída, desapareceu sem dizer ao obsequiado onde morava. Foi o estudante que lhe deu as indicações do nome, rua e número.

– Vou agradecer-lhe a esmola que me fez, logo que possa sair – disse o convalescente.

Correu a Catumbi daí a seis dias. Fortunato recebeu-o constrangido, ouviu impaciente as palavras de agradecimento, deu-lhe uma resposta enfastiada e acabou batendo com as borlas do chambre[12] no joelho. Gouvêa, defronte dele, sentado e calado, alisava o chapéu com os dedos, levantando os olhos de quando em quando, sem achar mais nada que dizer. No fim de dez minutos, pediu licença para sair, e saiu.

– Cuidado com os capoeiras! – disse-lhe o dono da casa, rindo-se.

---

11. Algibeiras: bolsos.

12. Borlas do chambre: as pontas do cinto (uma espécie de pompom) do roupão.

O pobre-diabo[13] saiu de lá mortificado, humilhado, mastigando a custo o desdém, forcejando por esquecê-lo, explicá-lo ou perdoá-lo, para que no coração só ficasse a memória do benefício; mas o esforço era vão. O ressentimento, hóspede novo e exclusivo, entrou e pôs fora o benefício, de tal modo que o desgraçado não teve mais que trepar à cabeça e refugiar-se ali como uma simples ideia. Foi assim que o próprio benfeitor insinuou a este homem o sentimento da ingratidão.

Tudo isso assombrou o Garcia. Este moço possuía, em gérmen, a faculdade de decifrar os homens, de decompor os caracteres, tinha o amor da análise, e sentia o regalo,[14] que dizia ser supremo, de penetrar muitas camadas morais, até apalpar o segredo de um organismo. Picado de curiosidade, lembrou-se de ir ter com o homem de Catumbi, mas advertiu que nem recebera dele o oferecimento formal da casa. Quando menos, era-lhe preciso um pretexto, e não achou nenhum.

Tempos depois, estando já formado e morando na rua de Matacavalos, perto da do Conde,[15] encontrou Fortunato em uma gôndola,[16] encontrou-o ainda outras vezes, e a frequência trouxe a familiaridade. Um dia Fortunato convidou-o a ir visitá-lo ali perto, em Catumbi.

– Sabe que estou casado?

– Não sabia.

– Casei-me há quatro meses, podia dizer quatro dias. Vá jantar conosco domingo.

– Domingo?

– Não esteja forjando desculpas; não admito desculpas. Vá domingo.

Garcia foi lá domingo. Fortunato deu-lhe um bom jantar, bons charutos e boa palestra, em companhia da senhora, que

13. Pobre-diabo: pessoa desimportante.
14. Regalo: aqui, prazer.
15. Ruas do Centro do Rio de Janeiro.
16. Gôndola: aqui, espécie de ônibus.

era interessante. A figura dele não mudara; os olhos eram as mesmas chapas de estanho, duras e frias; as outras feições não eram mais atraentes que dantes. Os obséquios, porém, se não resgatavam a natureza, davam alguma compensação, e não era pouco. Maria Luísa é que possuía ambos os feitiços, pessoa e modos. Era esbelta, airosa,[17] olhos meigos e submissos; tinha vinte e cinco anos e parecia não passar de dezenove. Garcia, à segunda vez que lá foi, percebeu que entre eles havia alguma dissonância de caracteres, pouca ou nenhuma afinidade moral, e da parte da mulher para com o marido uns modos que transcendiam o respeito e confinavam na resignação e no temor. Um dia, estando os três juntos, perguntou Garcia a Maria Luísa se tivera notícia das circunstâncias em que ele conhecera o marido.

– Não – respondeu a moça.

– Vai ouvir uma ação bonita.

– Não vale a pena – interrompeu Fortunato.

– A senhora vai ver se vale a pena – insistiu o médico.

Contou o caso da rua de Dom Manoel. A moça ouviu-o espantada. Insensivelmente estendeu a mão e apertou o pulso ao marido, risonha e agradecida, como se acabasse de descobrir-lhe o coração. Fortunato sacudia os ombros, mas não ouvia com indiferença. No fim contou ele próprio a visita que o ferido lhe fez, com todos os pormenores da figura, dos gestos, das palavras atadas, dos silêncios, em suma, um estúrdio.[18] E ria muito ao contá-la. Não era o riso da dobrez.[19] A dobrez é evasiva e oblíqua; o riso dele era jovial e franco.

"Singular homem!", pensou Garcia.

Maria Luísa ficou desconsolada com a zombaria do marido; mas o médico restituiu-lhe a satisfação anterior, voltando a referir a dedicação deste e as suas raras qualidades de enfermeiro; tão bom enfermeiro, concluiu ele, que, se algum dia fundar uma casa de saúde, irei convidá-lo.

---

17. Airosa: de bom aspecto, bonita.

18. Estúrdio: estranho, esquisito.

19. Dobrez: fingimento, dissimulação.

– Valeu? – perguntou Fortunato.

– Valeu o quê?

– Vamos fundar uma casa de saúde?

– Não valeu nada; estou brincando.

– Podia-se fazer alguma coisa; e para o senhor, que começa a clínica, acho que seria bem bom. Tenho justamente uma casa que vai vagar, e serve.

Garcia recusou nesse e no dia seguinte; mas a ideia tinha-se metido na cabeça ao outro, e não foi possível recuar mais. Na verdade, era uma boa estreia para ele, e podia vir a ser um bom negócio para ambos. Aceitou finalmente, daí a dias, e foi uma desilusão para Maria Luísa. Criatura nervosa e frágil, padecia só com a ideia de que o marido tivesse de viver em contato com enfermidades humanas, mas não ousou opor-se-lhe, e curvou a cabeça. O plano fez-se e cumpriu-se depressa. Verdade é que Fortunato não curou de mais nada, nem então, nem depois. Aberta a casa, foi ele o próprio administrador e chefe de enfermeiros, examinava tudo, ordenava tudo, compras e caldos, drogas e contas.

Garcia pôde então observar que a dedicação ao ferido da rua Dom Manoel não era um caso fortuito, mas assentava na própria natureza deste homem. Via-o servir como nenhum dos fâmulos.[20] Não recuava diante de nada, não conhecia moléstia aflitiva ou repelente, e estava sempre pronto para tudo, a qualquer hora do dia ou da noite. Toda a gente pasmava e aplaudia. Fortunato estudava, acompanhava as operações, e nenhum outro curava[21] os cáusticos.[22] "Tenho muita fé nos cáusticos", dizia ele.

A comunhão dos interesses apertou os laços da intimidade. Garcia tornou-se familiar na casa; ali jantava quase todos os dias, ali observava a pessoa e a vida de Maria Luísa, cuja solidão moral era evidente. E a solidão como que

20. Fâmulos: genericamente, servos; no contexto, muito provavelmente pessoas escravizadas.

21. Curava: cuidava.

22. Cáusticos: desagradáveis, impertinentes.

lhe duplicava o encanto. Garcia começou a sentir que alguma coisa o agitava, quando ela aparecia, quando falava, quando trabalhava, calada, ao canto da janela, ou tocava ao piano umas músicas tristes. Manso e manso, entrou-lhe o amor no coração. Quando deu por ele, quis expeli-lo, para que entre ele e Fortunato não houvesse outro laço que o da amizade; mas não pôde. Pôde apenas trancá-lo; Maria Luísa compreendeu ambas as coisas, a afeição e o silêncio, mas não se deu por achada.[23]

No começo de outubro deu-se um incidente que desvendou ainda mais aos olhos do médico a situação da moça. Fortunato metera-se a estudar anatomia e fisiologia,[24] e ocupava-se nas horas vagas em rasgar e envenenar gatos e cães. Como os guinchos dos animais atordoavam os doentes, mudou o laboratório para casa, e a mulher, compleição nervosa, teve de os sofrer.[25] Um dia, porém, não podendo mais, foi ter com o médico e pediu-lhe que, como coisa sua, alcançasse do marido a cessação de tais experiências.

– Mas a senhora mesma...

Maria Luísa acudiu, sorrindo:

– Ele naturalmente achará que sou criança. O que eu queria é que o senhor, como médico, lhe dissesse que isso me faz mal; e creia que faz...

Garcia alcançou prontamente que o outro acabasse com tais estudos. Se os foi fazer em outra parte, ninguém o soube, mas pode ser que sim. Maria Luísa agradeceu ao médico, tanto por ela como pelos animais, que não podia ver padecer. Tossia de quando em quando; Garcia perguntou-lhe se tinha alguma coisa, ela respondeu que nada.

– Deixe ver o pulso.

– Não tenho nada.

---

23. Não se deu por achada: não demonstrou saber.

24. Anatomia: estudo da forma e da estrutura dos elementos do corpo humano; fisiologia: estudo das funções e dos processos físico-químicos do corpo.

25. Os sofrer: tolerá-los, suportá-los.

Não deu o pulso, e retirou-se. Garcia ficou apreensivo. Cuidava, ao contrário, que ela podia ter alguma coisa, que era preciso observá-la e avisar o marido em tempo.

Dois dias depois – exatamente o dia em que os vemos agora –, Garcia foi lá jantar. Na sala disseram-lhe que Fortunato estava no gabinete, e ele caminhou para ali: ia chegando à porta, no momento em que Maria Luísa saía aflita.

– Que é? – perguntou-lhe.

– O rato! O rato! – exclamou a moça sufocada e afastando-se.

Garcia lembrou-se que, na véspera, ouvira ao Fortunado queixar-se de um rato, que lhe levara um papel importante; mas estava longe de esperar o que viu. Viu Fortunato sentado à mesa, que havia no centro do gabinete, e sobre a qual pusera um prato com espírito[26] de vinho. O líquido flamejava. Entre o polegar e o índice[27] da mão esquerda segurava um barbante, de cuja ponta pendia o rato atado pela cauda. Na direita tinha uma tesoura. No momento em que o Garcia entrou, Fortunato cortava ao rato uma das patas; em seguida desceu o infeliz até a chama, rápido, para não matá-lo, e dispôs-se a fazer o mesmo à terceira, pois já lhe havia cortado a primeira. Garcia estacou horrorizado.

– Mate-o logo! – disse-lhe.

– Já vai.

E com um sorriso único, reflexo de alma satisfeita, alguma coisa que traduzia a delícia íntima das sensações supremas, Fortunato cortou a terceira pata ao rato, e fez pela terceira vez o mesmo movimento até a chama. O miserável estorcia-se, guinchando, ensanguentado, chamuscado, e não acabava de morrer. Garcia desviou os olhos, depois voltou-os novamente, e estendeu a mão para impedir que o suplício continuasse, mas não chegou a fazê-lo, porque o diabo do homem impunha medo, com toda aquela serenidade radiosa da fisionomia. Faltava cortar a última

26. Espírito: aqui, o líquido volátil e combustível.
27. Índice: o dedo indicador.

pata; Fortunato cortou-a muito devagar, acompanhando a tesoura com os olhos; a pata caiu, e ele ficou olhando para o rato meio cadáver. Ao descê-lo pela quarta vez, até a chama, deu ainda mais rapidez ao gesto, para salvar, se pudesse, alguns farrapos de vida.

Garcia, defronte, conseguia dominar a repugnância do espetáculo para fixar a cara do homem. Nem raiva, nem ódio; tão somente um vasto prazer, quieto e profundo, como daria a outro a audição de uma bela sonata ou a vista de uma estátua divina, alguma coisa parecida com a pura sensação estética. Pareceu-lhe, e era verdade, que Fortunato havia-o inteiramente esquecido. Isto posto, não estaria fingindo, e devia ser aquilo mesmo. A chama ia morrendo, o rato podia ser que tivesse ainda um resíduo de vida, sombra de sombra; Fortunato aproveitou-o para cortar-lhe o focinho e pela última vez chegar a carne ao fogo. Afinal deixou cair o cadáver no prato, e arredou de si toda essa mistura de chamusco e sangue.

Ao levantar-se deu com o médico e teve um sobressalto. Então, mostrou-se enraivecido contra o animal, que lhe comera o papel; mas a cólera evidentemente era fingida.

"Castiga sem raiva", pensou o médico, "pela necessidade de achar uma sensação de prazer, que só a dor alheia lhe pode dar: é o segredo deste homem."

Fortunato encareceu a importância do papel, a perda que lhe trazia, perda de tempo, é certo, mas o tempo agora era-lhe preciosíssimo. Garcia ouvia só, sem dizer nada, nem lhe dar crédito. Relembrava os atos dele, graves e leves, achava a mesma explicação para todos. Era a mesma troca das teclas da sensibilidade, um diletantismo[28] *sui generis*,[29] uma redução de Calígula.[30]

---

28. Diletantismo: que se faz sem compromisso profissional, por prazer.
29. *Sui generis*: algo único, sem similar (do latim, "de seu próprio gênero").
30. Calígula: imperador romano famoso por sua crueldade.

Quando Maria Luísa voltou ao gabinete, daí a pouco, o marido foi ter com ela, rindo, pegou-lhe nas mãos e falou-lhe mansamente:

– Fracalhona!

E voltando-se para o médico:

– Há de crer que quase desmaiou?

Maria Luísa defendeu-se a medo, disse que era nervosa e mulher; depois foi sentar-se à janela com as suas lãs e agulhas, e os dedos ainda trêmulos, tal qual a vimos no começo desta história. Hão de lembrar-se que, depois de terem falado de outras coisas, ficaram calados os três, o marido sentado e olhando para o teto, o médico estalando as unhas. Pouco depois foram jantar; mas o jantar não foi alegre. Maria Luísa cismava e tossia; o médico indagava de si mesmo se ela não estaria exposta a algum excesso na companhia de tal homem. Era apenas possível; mas o amor trocou-lhe a possibilidade em certeza; tremeu por ela e cuidou de os vigiar.

Ela tossia, tossia, e não se passou muito tempo que a moléstia não tirasse a máscara. Era a tísica,[31] velha dama insaciável, que chupa a vida toda, até deixar um bagaço de ossos. Fortunato recebeu a notícia como um golpe; amava deveras a mulher, a seu modo, estava acostumado com ela, custava-lhe perdê-la. Não poupou esforços, médicos, remédios, ares, todos os recursos e todos os paliativos. Mas foi tudo vão. A doença era mortal.

Nos últimos dias, em presença dos tormentos supremos da moça, a índole do marido subjugou qualquer outra afeição. Não a deixou mais; fitou o olho baço e frio naquela decomposição lenta e dolorosa da vida, bebeu uma a uma as aflições da bela criatura, agora magra e transparente, devorada de febre e minada de morte. Egoísmo aspérrimo, faminto de sensações, não lhe perdoou um só minuto de agonia, nem lhos[32] pagou com uma só lágrima, pública ou

31. Tísica: tuberculose, doença então incurável.

32. Lhos: contração de dois pronomes, *lhe* + *os*.

íntima. Só quando ela expirou, é que ele ficou aturdido. Voltando a si, viu que estava outra vez só.

De noite, indo repousar uma parenta de Maria Luísa, que a ajudara a morrer, ficaram na sala Fortunato e Garcia, velando o cadáver, ambos pensativos; mas o próprio marido estava fatigado, o médico disse-lhe que repousasse um pouco.

– Vá descansar, passe pelo sono uma hora ou duas: eu irei depois.

Fortunato saiu, foi deitar-se no sofá da saleta contígua, e adormeceu logo. Vinte minutos depois acordou, quis dormir outra vez, cochilou alguns minutos, até que se levantou e voltou à sala. Caminhava nas pontas dos pés para não acordar a parenta, que dormia perto. Chegando à porta, estacou assombrado.

Garcia tinha-se chegado ao cadáver, levantara o lenço e contemplara por alguns instantes as feições defuntas. Depois, como se a morte espiritualizasse tudo, inclinou-se e beijou-a na testa. Foi nesse momento que Fortunato chegou à porta. Estacou assombrado; não podia ser o beijo da amizade, podia ser o epílogo de um livro adúltero. Não tinha ciúmes, note-se; a natureza compô-lo de maneira que lhe não deu ciúmes nem inveja, mas dera-lhe vaidade, que não é menos cativa ao ressentimento. Olhou assombrado, mordendo os beiços.

Entretanto, Garcia inclinou-se ainda para beijar outra vez o cadáver; mas então não pôde mais. O beijo rebentou em soluços, e os olhos não puderam conter as lágrimas, que vieram em borbotões, lágrimas de amor calado, e irremediável desespero. Fortunato, à porta, onde ficara, saboreou tranquilo essa explosão de dor moral que foi longa, muito longa, deliciosamente longa.

Trio em lá menor[1]

I – *Adagio Cantabile*[2]

Maria Regina acompanhou a avó até o quarto, despediu-se e recolheu-se ao seu. A mucama que a servia, apesar da familiaridade que existia entre elas, não pôde arrancar-lhe uma palavra, e saiu, meia hora depois, dizendo que Nhanhã[3] estava muito séria. Logo que ficou só, Maria Regina sentou-se ao pé da cama, com as pernas estendidas, os pés cruzados, pensando.

A verdade pede que diga que esta moça pensava amorosamente em dois homens ao mesmo tempo, um de vinte e sete anos, Maciel – outro de cinquenta, Miranda. Convenho que é abominável, mas não posso alterar a feição das coisas, não posso negar que se os dois homens estão namorados dela,[4] ela não o está menos de ambos. Uma esquisita, em suma; ou, para falar como as suas amigas de colégio, uma desmiolada. Ninguém lhe nega coração excelente e claro espírito; mas a imaginação é que é o mal, uma imaginação adusta[5] e cobiçosa, insaciável principalmente, avessa à realidade, sobrepondo às coisas da vida outras de si mesmas; daí curiosidades irremediáveis.

---

1. Publicado pela primeira vez na *Gazeta de Notícias*, em 20 de janeiro de 1886. Trio: em linguagem de música orquestral, trio é uma formação com três instrumentos. Lá menor: uma tonalidade musical.
2. *Adagio cantabile*: expressão italiana que designa um andamento musical lento (o adágio) com uma melodia nítida em meio ao conjunto sonoro, a qual pode ser executada por um instrumento solista, como se fosse uma voz humana cantando (*cantabile*, em português "cantável").
3. Nhanhã: forma familiar, íntima, de referir uma senhora (que também pode ser chamada de *sinhá*, *iaiá*, etc.); neste caso, quem a diz é a mucama, possivelmente uma escravizada que trabalhava dentro de casa cuidando da patroa.
4. Estão namorados dela: hoje diríamos "estão apaixonados por ela".
5. Adusta: aqui, fervente, quente.

A visita dos dois homens (que a namoravam de pouco)[6] durou cerca de uma hora. Maria Regina conversou alegremente com eles, e tocou ao piano uma peça clássica, uma sonata,[7] que fez a avó cochilar um pouco. No fim discutiram música. Miranda disse coisas pertinentes acerca da música moderna e antiga; a avó tinha a religião de Bellini e da *Norma*,[8] e falou das toadas[9] do seu tempo, agradáveis, saudosas e principalmente claras. A neta ia com as opiniões do Miranda; Maciel concordou polidamente com todos.

Ao pé da cama, Maria Regina reconstruía agora tudo isso, a visita, a conversação, a música, o debate, os modos de ser de um e de outro, as palavras do Miranda e os belos olhos do Maciel. Eram onze horas, a única luz do quarto era a lamparina, tudo convidava ao sonho e ao devaneio. Maria Regina, à força de recompor a noite, viu ali dois homens ao pé dela, ouviu-os, e conversou com eles durante uma porção de minutos, trinta ou quarenta, ao som da mesma sonata tocada por ela: lá, lá, lá...

II – *Allegro ma non Troppo*[10]

No dia seguinte a avó e a neta foram visitar uma amiga na Tijuca.[11] Na volta a carruagem derrubou um menino que atravessava a rua, correndo. Uma pessoa que viu isto atirou-se aos cavalos e, com perigo de si própria, conseguiu detê-los e salvar a criança, que apenas ficou ferida e

---

6. De pouco: há pouco tempo.
7. Sonata: uma modalidade de composição erudita, com três partes distintas, muitas vezes para piano solo.
8. *Norma*: famosa ópera do italiano Vincenzo Bellini, estreada em 1831.
9. Toada: cantiga sentimental, de origem popular, de andamento lento.
10. *Allegro ma non tropo* (italiano): andamento musical relativamente rápido; *allegro* quer dizer "alegre", e *ma non troppo* significa "mas não muito".
11. Tijuca: bairro do Rio de Janeiro que na época tinha ainda aspecto rural.

desmaiada. Gente, tumulto, a mãe do pequeno acudiu em lágrimas. Maria Regina desceu do carro e acompanhou o ferido até à casa da mãe, que era ali ao pé.[12]

Quem conhece a técnica do destino adivinha logo que a pessoa que salvou o pequeno foi um dos dois homens da outra noite; foi o Maciel. Feito o primeiro curativo, o Maciel acompanhou a moça até à carruagem e aceitou o lugar que a avó lhe ofereceu até a cidade. Estavam no Engenho Velho.[13] Na carruagem é que Maria Regina viu que o rapaz trazia a mão ensanguentada. A avó inquiria a miúdo[14] se o pequeno estava muito mal, se escaparia; Maciel disse-lhe que os ferimentos eram leves. Depois contou o acidente: estava parado, na calçada, esperando que passasse um tílburi,[15] quando viu o pequeno atravessar a rua por diante dos cavalos; compreendeu o perigo, e tratou de conjurá-lo,[16] ou diminuí-lo.

– Mas está ferido – disse a velha.

– Coisa de nada.

– Está, está – acudiu a moça –; podia ter-se curado também.

– Não é nada – teimou ele –; foi um arranhão, enxugo isto com o lenço.

Não teve tempo de tirar o lenço; Maria Regina ofereceu-lhe o seu. Maciel, comovido, pegou nele, mas hesitou em maculá-lo.[17] Vá, vá, dizia-lhe ela; e vendo-o acanhado, tirou-lho[18] e enxugou-lhe, ela mesma, o sangue da mão.

A mão era bonita, tão bonita como o dono; mas parece que ele estava menos preocupado com a ferida da mão que

---

12. Ao pé: perto.
13. Engenho Velho: bairro do Rio de Janeiro, vizinho da Tijuca.
14. A miúdo: repetidamente.
15. Tílburi: carro de duas rodas, puxado por apenas um cavalo, com lugar apenas para o cocheiro e um passageiro.
16. Conjurá-lo: afastá-lo.
17. Maculá-lo: sujá-lo.
18. Lho: contração dos pronomes *lhe* + *o*.

com o amarrotado dos punhos. Conversando, olhava para eles disfarçadamente e escondia-os. Maria Regina não via nada, via-o a ele, via-lhe principalmente a ação que acabava de praticar, e que lhe punha uma auréola. Compreendeu que a natureza generosa saltara por cima dos hábitos pausados e elegantes do moço, para arrancar à morte uma criança que ele nem conhecia. Falaram do assunto até a porta da casa delas; Maciel recusou, agradecendo, a carruagem que elas lhe ofereciam, e despediu-se até à noite.

– Até a noite! – repetiu Maria Regina.

Esperou-o ansiosa. Ele chegou, por volta de oito horas, trazendo uma fita preta enrolada na mão, e pediu desculpa de vir assim; mas disseram-lhe que era bom por alguma coisa e obedeceu.

– Mas está melhor!

– Estou bom, não foi nada.

– Venha, venha – disse-lhe a avó, do outro lado da sala. – Sente-se aqui ao pé de mim: o senhor é um herói.

Maciel ouvia sorrindo. Tinha passado o ímpeto generoso, começava a receber os dividendos[19] do sacrifício. O maior deles era a admiração de Maria Regina, tão ingênua e tamanha, que esquecia a avó e a sala. Maciel sentara-se ao lado da velha, Maria Regina defronte de ambos. Enquanto a avó, restabelecida do susto, contava as comoções que padecera, a princípio sem saber de nada, depois imaginando que a criança teria morrido, os dois olhavam um para o outro, discretamente, e afinal esquecidamente. Maria Regina perguntava a si mesma onde acharia melhor noivo. A avó, que não era míope, achou a contemplação excessiva, e falou de outra coisa; pediu ao Maciel algumas notícias de sociedade.

---

19. Dividendos: rendimentos.

III - *Allegro Appassionato*[20]

Maciel era homem, como ele mesmo dizia em francês, *très répandu*;[21] sacou da algibeira uma porção de novidades miúdas e interessantes. A maior de todas foi a de estar desfeito o casamento de certa viúva.

– Não me diga isso! – exclamou a avó. – E ela?

– Parece que foi ela mesma que o desfez: o certo é que esteve anteontem no baile, dançou e conversou com muita animação. Oh! Abaixo da notícia,[22] o que fez mais sensação em mim foi o colar que ela levava, magnífico...

– Com uma cruz de brilhantes? – perguntou a velha. – Conheço; é muito bonito.

– Não, não é esse.

Maciel conhecia o da cruz, que ela levara à casa de um Mascarenhas; não era esse. Este outro ainda há poucos dias estava na loja do Resende, uma coisa linda. E descreveu-o todo, número, disposição e facetado das pedras; concluiu dizendo que foi a joia da noite.

– Para tanto luxo era melhor casar – ponderou maliciosamente a avó.

– Concordo que a fortuna dela não dá para isso. Ora, espere! Vou amanhã, ao Resende, por curiosidade, saber o preço por que o vendeu. Não foi barato, não podia ser barato.

– Mas por que é que se desfez o casamento?

– Não pude saber; mas tenho de jantar sábado com o Venancinho Correia, e ele conta-me tudo. Sabe que ainda é parente dela? Bom rapaz; está inteiramente brigado com o barão...

A avó não sabia da briga; Maciel contou-lha de princípio a fim, com todas as suas causas e agravantes. A última gota no cálice foi um dito à mesa de jogo, uma alusão ao

---

20. *Allegro appassionato* (italiano): andamento musical relativamente rápido; *allegro* quer dizer "alegre", e *appassionato* significa "apaixonado".
21. *Très répandu*: aqui, muito informado, conhecedor de muitas coisas.
22. Abaixo da notícia: além da notícia.

defeito do Venancinho, que era canhoto. Contaram-lhe isto, e ele rompeu inteiramente as relações com o barão. O bonito é que os parceiros do barão acusaram-se uns aos outros de terem ido contar as palavras deste. Maciel declarou que era regra sua não repetir o que ouvia à mesa do jogo, porque é lugar em que há certa franqueza.

Depois fez a estatística da rua do Ouvidor,[23] na véspera, entre uma e quatro horas da tarde. Conhecia os nomes das fazendas e todas as cores modernas. Citou as principais *toilettes*[24] do dia. A primeira foi a de *Mme.* Pena Maia, baiana distinta, *très pschutt.*[25] A segunda foi a de *Mlle.* Pedrosa, filha de um desembargador de São Paulo, *adorable.*[26] E apontou mais três, comparou depois as cinco, deduziu e concluiu. Às vezes esquecia-se e falava francês; pode mesmo ser que não fosse esquecimento, mas propósito; conhecia bem a língua, exprimia-se com facilidade e formulara um dia este axioma etnológico – que há parisienses em toda a parte. De caminho, explicou um problema de voltarete.[27]

– A senhora tem cinco trunfos de espadilha e manilha, tem rei e dama de copas...

Maria Regina ia descambando da admiração no fastio: agarrava-se aqui e ali, contemplava a figura moça do Maciel, recordava a bela ação daquele dia, mas ia sempre escorregando; o fastio não tardava a absorvê-la. Não havia remédio. Então recorreu a um singular expediente. Tratou de combinar os dois homens, o presente com o ausente, olhando para um, e escutando o outro de memória; recurso violento e doloroso, mas tão eficaz, que ela pôde contemplar por algum tempo uma criatura perfeita e única.

---

23. Fez a estatística: narrou pormenorizadamente; a rua do Ouvidor era a rua mais agitada de comércio elegante do Rio de Janeiro na época.
24. *Toilette* (francês): aqui, vestimentas.
25. *Très pschutt* (francês): muito elegante.
26. *Adorable* (francês): adorável.
27. Voltarete: antigo jogo de cartas.

Nisto apareceu o outro, o próprio Miranda. Os dois homens cumprimentaram-se friamente; Maciel demorou-se ainda uns dez minutos e saiu.

Miranda ficou. Era alto e seco, fisionomia dura e gelada. Tinha o rosto cansado, os cinquenta anos confessavam-se tais, nos cabelos grisalhos, nas rugas e na pele. Só os olhos continham alguma coisa menos caduca. Eram pequenos, e escondiam-se por baixo da vasta arcada do sobrolho;[28] mas lá, ao fundo, quando não estavam pensativos, centelhavam[29] de mocidade. A avó perguntou-lhe, logo que Maciel saiu, se já tinha notícia do acidente do Engenho Velho, e contou-lho com grandes encarecimentos, mas o outro ouvia tudo sem admiração nem inveja.

– Não acha sublime? – perguntou ela, no fim.

– Acho que ele salvou talvez a vida a um desalmado que algum dia, sem o conhecer, pode meter-lhe uma faca na barriga.

– Oh! – protestou a avó.

– Ou mesmo conhecendo – emendou ele.

– Não seja mau – acudiu Maria Regina –; o senhor era bem capaz de fazer o mesmo, se ali estivesse.

Miranda sorriu de um modo sardônico.[30] O riso acentuou-lhe a dureza da fisionomia. Egoísta e mau, este Miranda primava por um lado único: espiritualmente, era completo. Maria Regina achava nele o tradutor maravilhoso e fiel de uma porção de ideias que lutavam dentro dela, vagamente, sem forma ou expressão. Era engenhoso e fino e até profundo, tudo sem pedantice, e sem meter-se por matos cerrados, antes quase sempre na planície das conversações ordinárias; tão certo é que as coisas valem pelas ideias que nos sugerem. Tinham ambos os mesmos gostos artísticos; Miranda estudara Direito para obedecer ao pai; a sua vocação era a música.

---

28. Sobrolho: sobrancelha.
29. Centelhavam: ardiam, queimavam.
30. Sardônico: sarcástico, maldoso.

A avó, prevendo a sonata, aparelhou a alma para alguns cochilos. Demais, não podia admitir tal homem no coração; achava-o aborrecido e antipático. Calou-se no fim de alguns minutos. A sonata veio, no meio de uma conversação que Maria Regina achou deleitosa, e não veio senão porque ele lhe pediu que tocasse; ele ficaria de bom grado a ouvi-la.

– Vovó – disse ela –, agora há de ter paciência...

Miranda aproximou-se do piano. Ao pé das arandelas,[31] a cabeça dele mostrava toda a fadiga dos anos, ao passo que a expressão da fisionomia era muito mais de pedra e fel.[32] Maria Regina notou a graduação, e tocava sem olhar para ele; difícil coisa, porque, se ele falava, as palavras entravam-lhe tanto pela alma, que a moça insensivelmente levantava os olhos, e dava logo com um velho ruim. Então é que se lembrava do Maciel, dos seus anos em flor, da fisionomia franca, meiga e boa, e afinal da ação daquele dia. Comparação tão cruel para o Miranda, como fora para o Maciel o cotejo dos seus espíritos. E a moça recorreu ao mesmo expediente. Completou um pelo outro; escutava a este com o pensamento naquele; e a música ia ajudando a ficção, indecisa a princípio, mas logo viva e acabada. Assim Titânia,[33] ouvindo namorada a cantiga do tecelão, admirava-lhe as belas formas, sem advertir que a cabeça era de burro.

IV – *Menuetto*[34]

Dez, vinte, trinta dias passaram depois daquela noite, e ainda mais vinte, e depois mais trinta. Não há cronologia certa; melhor é ficar no vago. A situação era a mesma. Era a

31. Arandelas: suportes de velas presos à parede.

32. Fel: a bile; um sabor amargo.

33. Titânia: a rainha das fadas, uma personagem de *Sonhos de uma noite de verão*, de William Shakespeare; ela é enfeitiçada e se apaixona por um sujeito com cabeça de burro, sem se dar conta desse aspecto.

34. *Menuetto* (italiano): composição musical leve e graciosa, que se pode dançar.

mesma insuficiência individual dos dois homens, e o mesmo complemento ideal por parte dela; daí um terceiro homem, que ela não conhecia.

Maciel e Miranda desconfiavam um do outro, detestavam-se a mais e mais, e padeciam muito, Miranda principalmente, que era paixão da última hora. Afinal acabaram aborrecendo a moça. Esta viu-os ir pouco a pouco. A esperança ainda os fez relapsos, mas tudo morre, até a esperança, e eles saíram para nunca mais. As noites foram passando, passando... Maria Regina compreendeu que estava acabado.

A noite em que se persuadiu bem disto foi uma das mais belas daquele ano, clara, fresca, luminosa. Não havia lua; mas nossa amiga aborrecia a lua – não se sabe bem por quê, ou porque brilha de empréstimo, ou porque toda a gente a admira, e pode ser que por ambas as razões. Era uma das suas esquisitices. Agora outra.

Tinha lido de manhã, em uma notícia de jornal, que há estrelas duplas, que nos parecem um só astro. Em vez de ir dormir, encostou-se à janela do quarto, olhando para o céu, a ver se descobria alguma delas; baldado[35] esforço. Não a descobrindo no céu, procurou-a em si mesma, fechou os olhos para imaginar o fenômeno; astronomia fácil e barata, mas não sem risco. O pior que ela tem é pôr os astros ao alcance da mão; por modo que, se a pessoa abre os olhos e eles continuam a fulgurar lá em cima, grande é o desconsolo e certa a blasfêmia. Foi o que sucedeu aqui. Maria Regina viu dentro de si a estrela dupla e única. Separadas, valiam bastante; juntas, davam um astro esplêndido. E ela queria o astro esplêndido. Quando abriu os olhos e viu que o firmamento ficava tão alto, concluiu que a criação[36] era um livro falho e incorreto, e desesperou.

No muro da chácara viu então uma coisa parecida com dois olhos de gato. A princípio teve medo, mas advertiu logo

35. Baldado: inútil.

36. A criação: aqui, o mundo.

que não era mais que a reprodução externa dos dois astros que ela vira em si mesma e que tinham ficado impressos na retina. A retina desta moça fazia refletir cá fora todas as suas imaginações. Refrescando o vento recolheu-se, fechou a janela e meteu-se na cama.

Não dormiu logo, por causa de duas rodelas de opala[37] que estavam incrustadas na parede; percebendo que era ainda uma ilusão, fechou os olhos e dormiu. Sonhou que morria, que a alma dela, levada aos ares, voava na direção de uma bela estrela dupla. O astro desdobrou-se, e ela voou para uma das duas porções; não achou ali a sensação primitiva e despenhou-se para outra; igual resultado, igual regresso, e ei-la a andar de uma para outra das duas estrelas separadas. Então uma voz surgiu do abismo, com palavras que ela não entendeu:

– É a tua pena, alma curiosa de perfeição; a tua pena é oscilar por toda a eternidade entre dois astros incompletos, ao som desta velha sonata do absoluto: lá, lá, lá...

37. Opala: certo mineral, de cor branca.

ADÃO E EVA[1]

Uma senhora de engenho, na Bahia, pelos anos de mil setecentos e tantos, tendo algumas pessoas íntimas à mesa, anunciou a um dos convivas, grande lambareiro,[2] um certo doce particular. Ele quis logo saber o que era; a dona da casa chamou-lhe curioso. Não foi preciso mais; daí a pouco estavam todos discutindo a curiosidade, se era masculina ou feminina, e se a responsabilidade da perda do paraíso devia caber a Eva ou a Adão. As senhoras diziam que a Adão, os homens que a Eva, menos o juiz de fora,[3] que não dizia nada, e frei Bento, carmelita,[4] que interrogado pela dona da casa, dona Leonor:

– Eu, senhora minha, toco viola – respondeu sorrindo; e não mentia, porque era insigne na viola e na harpa, não menos que na teologia.

Consultado, o juiz de fora respondeu que não havia matéria para opinião; porque as coisas no paraíso terrestre passaram-se de modo diferente do que está contado no primeiro livro do Pentateuco,[5] que é apócrifo.[6] Espanto geral, riso do carmelita, que conhecia o juiz de fora como um dos mais piedosos sujeitos da cidade, e sabia que era também jovial e inventivo, e até amigo da pulha,[7] uma

1. Publicado pela primeira vez na *Gazeta de Notícias*, em 1º de março de 1885.
2. Lambareiro: guloso.
3. Juiz de fora: um magistrado que vinha de fora da cidade para atuar ali.
4. Carmelita: religioso católico, ligado à Ordem do Carmo, antiga instituição daquela religião.
5. Pentateuco: o conjunto dos cinco primeiros livros da Bíblia, compartilhados entre judeus e cristãos; o Gênese (ou Gênesis) é o primeiro desses livros.
6. Apócrifo: sem autor conhecido.
7. Pulha: aqui, brincadeira verbal.

vez que fosse curial[8] e delicada; nas coisas graves, era gravíssimo.

– Frei Bento – disse-lhe dona Leonor –, faça calar o sr. Veloso.

– Não o faço calar – acudiu o frade –, porque sei que de sua boca há de sair tudo com boa significação.

– Mas a Escritura... – e ia dizendo o mestre de campo[9] João Barbosa.

– Deixemos em paz a Escritura – interrompeu o carmelita. – Naturalmente, o sr. Veloso conhece outros livros...

– Conheço o autêntico – insistiu o juiz de fora, recebendo o prato de doce que dona Leonor lhe oferecia – e estou pronto a dizer o que sei, se não mandam o contrário.

– Vá lá, diga.

– Aqui está como as coisas se passaram. Em primeiro lugar, não foi Deus que criou o mundo, foi o Diabo...

– Cruz! – exclamaram as senhoras.

– Não diga esse nome – pediu dona Leonor.

– Sim, parece que... – ia intervindo frei Bento.

– Seja o Tinhoso. Foi o Tinhoso que criou o mundo; mas Deus, que lhe leu no pensamento, deixou-lhe as mãos livres, cuidando somente de corrigir ou atenuar a obra, a fim de que ao próprio mal não ficasse a desesperança da salvação ou do benefício. E a ação divina mostrou-se logo porque, tendo o Tinhoso criado as trevas, Deus criou a luz, e assim se fez o primeiro dia. No segundo dia, em que foram criadas as águas, nasceram as tempestades e os furacões; mas as brisas da tarde baixaram do pensamento divino. No terceiro dia foi feita a terra, e brotaram dela os vegetais, mas só os vegetais sem fruto nem flor, os espinhosos, as ervas que matam como a cicuta;[10] Deus, porém, criou as árvores frutíferas e os vegetais que nutrem ou encantam. E tendo o Tinhoso cavado

8. Curial: relativo à Cúria, instituição católica; mas também significa apropriado, educado.

9. Mestre de campo: alto oficial do exército.

10. Cicuta: planta venenosa.

abismos e cavernas na terra, Deus fez o sol, a lua e as estrelas; tal foi a obra do quarto dia. No quinto foram criados os animais da terra, da água e do ar. Chegamos ao sexto dia, e aqui peço que redobrem de atenção.

Não era preciso pedi-lo; toda a mesa olhava para ele, curiosa.

Veloso continuou dizendo que no sexto dia foi criado o homem, e logo depois a mulher; ambos belos, mas sem alma, que o Tinhoso não podia dar, e só com ruins instintos. Deus infundiu-lhes a alma, com um sopro, e com outro os sentimentos nobres, puros e grandes. Nem parou nisso a misericórdia divina; fez brotar um jardim de delícias, e para ali os conduziu, investindo-os na posse de tudo. Um e outro caíram aos pés do Senhor, derramando lágrimas de gratidão.

– Vivereis aqui – disse-lhes o Senhor – e comereis de todos os frutos, menos o desta árvore, que é a da ciência do Bem e do Mal.

Adão e Eva ouviram submissos; e ficando sós, olharam um para o outro, admirados; não pareciam os mesmos. Eva, antes que Deus lhe infundisse os bons sentimentos, cogitava de armar um laço a Adão, e Adão tinha ímpetos de espancá-la. Agora, porém, embebiam-se na contemplação um do outro, ou na vista da natureza, que era esplêndida. Nunca até então viram ares tão puros, nem águas tão frescas, nem flores tão lindas e cheirosas, nem o sol tinha para nenhuma outra parte as mesmas torrentes de claridade. E dando as mãos percorreram tudo, a rir muito, nos primeiros dias, porque até então não sabiam rir. Não tinham a sensação do tempo. Não sentiam o peso da ociosidade; viviam da contemplação. De tarde iam ver morrer o sol e nascer a lua, e contar as estrelas, e raramente chegavam a mil, dava-lhes o sono e dormiam como dois anjos.

Naturalmente, o Tinhoso ficou danado quando soube do caso. Não podia ir ao paraíso, onde tudo lhe era avesso, nem chegaria a lutar com o Senhor; mas ouvindo um rumor no chão entre folhas secas, olhou e viu que era a serpente. Chamou-a alvoroçado.

– Vem cá, serpe,[11] fel rasteiro, peçonha das peçonhas, queres tu ser a embaixatriz de teu pai, para reaver as obras de teu pai?

A serpente fez com a cauda um gesto vago, que parecia afirmativo; mas o Tinhoso deu-lhe a fala, e ela respondeu que sim, que iria onde ele a mandasse – às estrelas, se lhe desse as asas da águia, ao mar, se lhe confiasse o segredo de respirar na água, ao fundo da terra, se lhe ensinasse o talento da formiga. E falava a maligna, falava à toa, sem parar, contente e pródiga[12] da língua; mas o diabo interrompeu-a:

– Nada disso, nem ao ar, nem ao mar, nem à terra, mas tão somente ao jardim de delícias, onde estão vivendo Adão e Eva.

– Adão e Eva?

– Sim, Adão e Eva.

– Duas belas criaturas que vimos andar há tempos, altas e direitas como palmeiras?

– Justamente.

– Oh! Detesto-os. Adão e Eva? Não, não, manda-me a outro lugar. Detesto-os! Só a vista deles faz-me padecer muito. Não hás de querer que lhes faça mal...

– É justamente para isso.

– Deveras? Então vou; farei tudo o que quiseres, meu senhor e pai. Anda, dize depressa o que queres que faça. Que morda o calcanhar de Eva? Morderei...

– Não – interrompeu o Tinhoso. – Quero justamente o contrário. Há no jardim uma árvore, que é a da ciência do Bem e do Mal; eles não devem tocar nela, nem comer-lhe os frutos. Vai, entra, enrosca-te na árvore, e quando um deles ali passar, chama-o de mansinho, tira uma fruta e oferece-lhe,

11. Serpe: serpente, animal que na narrativa bíblica representa a tentação do mal.

12. Pródiga: esbanjadora, que gasta impensadamente.

dizendo que é a mais saborosa fruta do mundo; se te responder que não, tu insistirás, dizendo que é bastante comê-la para conhecer o próprio segredo da vida. Vai, vai...

– Vou; mas não falarei a Adão, falarei a Eva. Vou, vou. Que é o próprio segredo da vida, não?

– Sim, o próprio segredo da vida. Vai, serpe das minhas entranhas, flor do mal, e se te saíres bem, juro que terás a melhor parte na criação, que é a parte humana, porque terás muito calcanhar de Eva que morder, muito sangue de Adão em que deitar[13] o vírus do mal... Vai, vai, não te esqueças...

Esquecer? Já levava tudo de cor. Foi, penetrou no paraíso, rastejou até a árvore do Bem e do Mal, enroscou-se e esperou. Eva apareceu daí a pouco, caminhando sozinha, esbelta, com a segurança de uma rainha que sabe que ninguém lhe arrancará a coroa. A serpente, mordida de inveja, ia chamar a peçonha[14] à língua, mas advertiu que estava ali às ordens do Tinhoso, e, com a voz de mel, chamou-a. Eva estremeceu.

– Quem me chama?

– Sou eu, estou comendo desta fruta...

– Desgraçada, é a árvore do Bem e do Mal!

– Justamente. Conheço agora tudo, a origem das coisas e o enigma da vida. Anda, come e terás um grande poder na terra.

– Não, pérfida!

– Néscia! Para que recusas o resplendor dos tempos? Escuta-me, faze o que te digo, e serás legião,[15] fundarás cidades, e chamar-te-ás Cleópatra, Dido, Semíramis; darás heróis do teu ventre, e serás Cornélia; ouvirás a voz do céu, e serás Débora; cantarás e serás Safo.[16] E um dia, se Deus quiser

---

13. Deitar: aqui, injetar.

14. Peçonha: veneno.

15. Serás legião: em linguagem bíblica, tu te desdobrarás, tu serás muitas.

16. Cleópatra, Dido, Semíramis, Cornélia, Débora e Safo: mulheres poderosas e famosas em tempos antigos. Elas foram, respectivamente, rainhas (Cleópatra, Dido, Semíramis e Cornélia), juíza e poeta.

descer à terra, escolherá as tuas entranhas, e chamar-te-ás Maria de Nazaré.[17] Que mais queres tu? Realeza, poesia, divindade, tudo trocas por uma estulta[18] obediência. Nem será só isso. Toda a natureza te fará bela e mais bela. Cores das folhas verdes, cores do céu azul, vivas ou pálidas, cores da noite, hão de refletir nos teus olhos. A mesma noite, de porfia[19] com o sol, virá brincar nos teus cabelos. Os filhos do teu seio tecerão para ti as melhores vestiduras,[20] comporão os mais finos aromas, e as aves te darão as suas plumas, e a terra as suas flores, tudo, tudo, tudo...

Eva escutava impassível; Adão chegou, ouviu-os e confirmou a resposta de Eva; nada valia a perda do paraíso, nem a ciência, nem o poder, nenhuma outra ilusão da terra. Dizendo isto, deram as mãos um ao outro, e deixaram a serpente, que saiu pressurosa para dar conta ao Tinhoso...

Deus, que ouvira tudo, disse a Gabriel:[21]

– Vai, arcanjo meu, desce ao paraíso terrestre, onde vivem Adão e Eva, e traze-os para a eterna bem-aventurança, que mereceram pela repulsa às instigações[22] do Tinhoso.

E logo o arcanjo, pondo na cabeça o elmo[23] de diamante, que rutila como um milhar de sóis, rasgou instantaneamente os ares, chegou a Adão e Eva, e disse-lhes:

– Salve, Adão e Eva. Vinde comigo para o paraíso, que merecestes pela repulsa às instigações do Tinhoso.

Um e outro, atônitos e confusos, curvaram o colo em sinal de obediência; então Gabriel deu as mãos a ambos, e os três subiram até à estância eterna, onde miríades[24] de anjos os esperavam, cantando:

---

17. Maria de Nazaré: a mãe de Jesus Cristo.
18. Estulta: insensata.
19. Porfia: luta.
20. Vestiduras: vestimentas.
21. Gabriel: anjo mensageiro de Deus.
22. Instigações: tentações.
23. Elmo: capacete.
24. Miríades: imensas quantidades.

– Entrai, entrai. A terra que deixastes fica entregue às obras do Tinhoso, aos animais ferozes e maléficos, às plantas daninhas e peçonhentas, ao ar impuro, à vida dos pântanos. Reinará nela a serpente que rasteja, babuja e morde, nenhuma criatura igual a vós porá entre tanta abominação a nota da esperança e da piedade.

E foi assim que Adão e Eva entraram no céu, ao som de todas as cítaras,[25] que uniam as suas notas em um hino aos dois egressos da criação...

...Tendo acabado de falar, o juiz de fora estendeu o prato a dona Leonor para que lhe desse mais doce, enquanto os outros convivas olhavam uns para os outros, embasbacados; em vez de explicação, ouviam uma narração enigmática, ou, pelo menos, sem sentido aparente. Dona Leonor foi a primeira que falou:

– Bem dizia eu que o sr. Veloso estava logrando a gente. Não foi isso que lhe pedimos, nem nada disso aconteceu, não é, frei Bento?

– Lá o saberá o sr. Juiz – respondeu o carmelita sorrindo.

E o juiz de fora, levando à boca uma colher de doce:

– Pensando bem, creio que nada disso aconteceu; mas também, dona Leonor, se tivesse acontecido, não estaríamos aqui saboreando este doce, que está, na verdade, uma coisa primorosa. É ainda aquela sua antiga doceira de Itapagipe?[26]

---

25. Cítara: antigo instrumento de corda.
26. Itapagipe: região da cidade de Salvador.

O ENFERMEIRO[1]

Parece-lhe então que o que se deu comigo em 1860 pode entrar numa página de livro? Vá que seja, com a condição única de que não há de divulgar nada antes da minha morte. Não esperará muito, pode ser que oito dias, se não for menos; estou desenganado.

Olhe, eu podia mesmo contar-lhe a minha vida inteira, em que há outras coisas interessantes, mas para isso era preciso tempo, ânimo e papel, e eu só tenho papel; o ânimo é frouxo, e o tempo assemelha-se à lamparina de madrugada. Não tarda o sol do outro dia, um sol dos diabos, impenetrável como a vida. Adeus, meu caro senhor, leia isto e queira-me bem; perdoe-me o que lhe parecer mau, e não maltrate muito a arruda, se lhe não cheira[2] a rosas. Pediu-me um documento humano, ei-lo aqui. Não me peça também o império do Grão-Mogol, nem a fotografia dos Macabeus;[3] peça, porém, os meus sapatos de defunto e não os dou a ninguém mais.

Já sabe que foi em 1860. No ano anterior, ali pelo mês de agosto, tendo eu quarenta e dois anos, fiz-me teólogo – quero dizer, copiava os estudos de teologia de um padre de Niterói, antigo companheiro de colégio, que assim me dava, delicadamente, casa, cama e mesa. Naquele mês de agosto de 1859, recebeu ele uma carta de um vigário[4] de certa vila do interior, perguntando se conhecia pessoa entendida,

1. Primeira publicação na *Gazeta de Notícias*, 13 de julho de 1884, com o título "Coisas íntimas".

2. Se lhe não cheira: se não lhe cheira.

3. Império do Grão-Mogol, fotografia dos Macabeus: coisas distantes da realidade do sujeito que aqui dá seu testemunho. Esse Império existiu entre os séculos XVI e XIX, na região onde hoje ficam a Índia e países vizinhos; os Macabeus formavam um exército judeu, organizado no século II a.C.

4. Vigário: padre administrador de uma igreja (católica).

discreta e paciente, que quisesse ir servir de enfermeiro ao coronel Felisberto, mediante um bom ordenado. O padre falou-me, aceitei com ambas as mãos, estava já enfarado[5] de copiar citações latinas e fórmulas eclesiásticas. Vim à Corte[6] despedir-me de um irmão, e segui para a vila.

Chegando à vila, tive más notícias do coronel. Era homem insuportável, estúrdio,[7] exigente, ninguém o aturava, nem os próprios amigos. Gastava mais enfermeiros que remédios. A dois deles quebrou a cara. Respondi que não tinha medo de gente sã, menos ainda de doentes; e depois de entender-me com o vigário, que me confirmou as notícias recebidas, e me recomendou mansidão e caridade, segui para a residência do coronel.

Achei-o na varanda da casa estirado numa cadeira, bufando muito. Não me recebeu mal. Começou por não dizer nada; pôs em mim dois olhos de gato que observa; depois, uma espécie de riso maligno alumiou-lhe as feições, que eram duras. Afinal, disse-me que nenhum dos enfermeiros que tivera prestava para nada, dormiam muito, eram respondões e andavam ao faro das escravas;[8] dois eram até gatunos!

– Você é gatuno?

– Não, senhor.

Em seguida, perguntou-me pelo nome: disse-lho e ele fez um gesto de espanto. Colombo? Não, senhor: Procópio José Gomes Valongo. Valongo?[9] Achou que não era nome de gente, e propôs chamar-me tão somente Procópio, ao que respondi que estaria pelo que fosse de seu agrado. Conto-lhe esta particularidade, não só porque me parece pintá-lo bem, como porque a minha resposta deu de mim a

---

5. Enfarado: cansado, saturado.
6. A Corte: a capital do império brasileiro, o Rio de Janeiro.
7. Estúrdio: excêntrico, estranho.
8. Ao faro das escravas: farejavam, isto é, desejavam as escravas.
9. Valongo: possível alusão ao cais do Valongo, o local da cidade do Rio de Janeiro onde eram desembarcados os escravizados vindos da África.

melhor ideia ao coronel. Ele mesmo o declarou ao vigário, acrescentando que eu era o mais simpático dos enfermeiros que tivera. A verdade é que vivemos uma lua de mel de sete dias.

No oitavo dia, entrei na vida dos meus predecessores, uma vida de cão, não dormir, não pensar em mais nada, recolher injúrias, e, às vezes, rir delas, com um ar de resignação e conformidade; reparei que era um modo de lhe fazer corte.[10] Tudo impertinências de moléstia e do temperamento. A moléstia era um rosário delas, padecia de aneurisma, de reumatismo e de três ou quatro afecções menores. Tinha perto de sessenta anos, e desde os cinco toda a gente lhe fazia a vontade. Se fosse só rabugento, vá; mas ele era também mau, deleitava-se com a dor e a humilhação dos outros. No fim de três meses estava farto de o aturar; determinei vir embora; só esperei ocasião.

Não tardou a ocasião. Um dia, como lhe não desse[11] a tempo uma fomentação,[12] pegou da bengala e atirou-me dois ou três golpes. Não era preciso mais; despedi-me imediatamente, e fui aprontar a mala. Ele foi ter comigo, ao quarto, pediu-me que ficasse, que não valia a pena zangar por uma rabugice de velho. Instou tanto que fiquei.

– Estou na dependura,[13] Procópio – dizia-me ele à noite –; não posso viver muito tempo. Estou aqui, estou na cova.[14] Você há de ir ao meu enterro, Procópio; não o dispenso por nada. Há de ir, há de rezar ao pé da minha sepultura. Se não for, acrescentou rindo, eu voltarei de noite para lhe puxar as pernas. Você crê em almas de outro mundo, Procópio?

---

10. Fazer corte: agradar.
11. Lhe não desse: não lhe desse.
12. Fomentação: fricção de uma pomada na pele do paciente.
13. Na dependura: numa condição grave.
14. Estou aqui, estou na cova: assim como estou aqui agora, em seguida posso estar morto.

– Qual o quê![15]

– E por que é que não há de crer, seu burro? – redarguiu vivamente, arregalando os olhos.

Eram assim as pazes; imagine a guerra. Coibiu-se das bengaladas;[16] mas as injúrias ficaram as mesmas, se não piores. Eu, com o tempo, fui calejando, e não dava mais por nada; era burro, camelo, pedaço d'asno, idiota, moleirão, era tudo. Nem, ao menos, havia mais gente que recolhesse uma parte desses nomes. Não tinha parentes; tinha um sobrinho que morreu tísico,[17] em fins de maio ou princípios de julho, em Minas. Os amigos iam por lá às vezes aprová-lo, aplaudi-lo, e nada mais; cinco, dez minutos de visita. Restava eu; era eu sozinho para um dicionário inteiro.[18] Mais de uma vez resolvi sair; mas, instado[19] pelo vigário, ia ficando.

Não só as relações foram-se tornando melindrosas, mas eu estava ansioso por tornar à Corte. Aos quarenta e dois anos não é que havia de acostumar-me à reclusão constante, ao pé de um doente bravio, no interior. Para avaliar o meu isolamento, basta saber que eu nem lia os jornais; salvo alguma notícia mais importante que levavam ao coronel, eu nada sabia do resto do mundo. Entendi, portanto, voltar para a Corte, na primeira ocasião, ainda que tivesse de brigar com o vigário. Bom é dizer (visto que faço uma confissão geral) que, nada gastando e tendo guardado integralmente os ordenados, estava ansioso por vir dissipá-los aqui.

Era provável que a ocasião aparecesse. O coronel estava pior, fez testamento, descompondo o tabelião,[20] quase tanto como a mim. O trato era mais duro, os breves lapsos de

---

15. Qual o quê: antiga forma de pergunta que expressa uma negativa.
16. Coibiu-se das bengaladas: deixou de dar golpes com a bengala.
17. Tísico: tuberculoso.
18. Um dicionário inteiro: entenda-se um dicionário inteiro de palavrões, de insultos.
19. Instado: pressionado.
20. Tabelião: o responsável por registrar oficialmente o testamento, num cartório.

sossego e brandura faziam-se raros. Já por esse tempo tinha eu perdido a escassa dose de piedade que me fazia esquecer os excessos do doente; trazia dentro de mim um fermento de ódio e aversão. No princípio de agosto resolvi definitivamente sair; o vigário e o médico, aceitando as razões, pediram-me que ficasse algum tempo mais. Concedi-lhes um mês; no fim de um mês viria embora, qualquer que fosse o estado do doente. O vigário tratou de procurar-me substituto.

Vai ver o que aconteceu. Na noite de 24 de agosto, o coronel teve um acesso de raiva, atropelou-me, disse-me muito nome cru,[21] ameaçou-me de um tiro, e acabou atirando-me um prato de mingau, que achou frio; o prato foi cair na parede, onde se fez em pedaços.

– Hás de pagá-lo, ladrão! – bradou ele.

Resmungou ainda muito tempo. Às onze horas passou pelo sono.[22] Enquanto ele dormia, saquei um livro do bolso, um velho romance de d'Arlincourt,[23] traduzido, que lá achei, e pus-me a lê-lo, no mesmo quarto, a pequena distância da cama; tinha de acordá-lo à meia-noite para lhe dar o remédio. Ou fosse de cansaço, ou do livro, antes de chegar ao fim da segunda página adormeci também. Acordei aos gritos do coronel, e levantei-me estremunhado.[24] Ele, que parecia delirar, continuou nos mesmos gritos, e acabou por lançar mão da moringa[25] e arremessá-la contra mim. Não tive tempo de desviar-me; a moringa bateu-me na face esquerda, e tal foi a dor que não vi mais nada; atirei-me ao doente, pus-lhe as mãos ao pescoço, lutamos, e esganei-o.

Quando percebi que o doente expirava, recuei aterrado,[26] e dei um grito; mas ninguém me ouviu. Voltei à

---

21. Nome cru: palavrão.
22. Passou pelo sono: pegou no sono.
23. Charles-Victor Prévost D'Arlincourt (1788-1856): escrito francês de muito sucesso popular.
24. Estremunhado: sonolento.
25. Moringa: recipiente de barro em que se guardava água para beber.
26. Aterrado: aterrorizado.

cama, agitei-o para chamá-lo à vida, era tarde; arrebentara o aneurisma,[27] e o coronel morreu. Passei à sala contígua, e durante duas horas não ousei voltar ao quarto. Não posso mesmo dizer tudo o que passei, durante esse tempo. Era um atordoamento, um delírio vago e estúpido. Parecia-me que as paredes tinham vultos; escutava umas vozes surdas. Os gritos da vítima, antes da luta e durante a luta, continuavam a repercutir dentro de mim, e o ar, para onde quer que me voltasse, aparecia recortado de convulsões. Não creia que esteja fazendo imagens nem estilo; digo-lhe que eu ouvia distintamente umas vozes que me bradavam: Assassino! Assassino!

Tudo o mais estava calado. O mesmo som do relógio, lento, igual e seco, sublinhava o silêncio e a solidão. Colava a orelha à porta do quarto na esperança de ouvir um gemido, uma palavra, uma injúria, qualquer coisa que significasse a vida, e me restituísse a paz à consciência. Estaria pronto a apanhar das mãos do coronel, dez, vinte, cem vezes. Mas nada, nada; tudo calado. Voltava a andar à toa na sala, sentava-me, punha as mãos na cabeça; arrependia-me de ter vindo.

– Maldita a hora em que aceitei semelhante coisa! – exclamava. E descompunha o padre de Niterói, o médico, o vigário, os que me arranjaram um lugar,[28] e os que me pediram para ficar mais algum tempo. Agarrava-me à cumplicidade dos outros homens.

Como o silêncio acabasse por aterrar-me, abri uma das janelas, para escutar o som do vento, se ventasse. Não ventava. A noite ia tranquila, as estrelas fulguravam, com a indiferença de pessoas que tiram o chapéu a um enterro que passa, e continuam a falar de outra coisa. Encostei-me ali por algum tempo, fitando a noite, deixando-me ir a uma recapitulação da vida, a ver se descansava da dor presente. Só então posso dizer que pensei claramente no castigo. Achei-me com um crime às costas e vi a punição certa.

27. Aneurisma: dilatação anormal de uma veia.

28. Um lugar: o emprego.

Aqui o temor complicou o remorso. Senti que os cabelos me ficavam de pé. Minutos depois, vi três ou quatro vultos de pessoas, no terreiro[29] espiando, com um ar de emboscada; recuei, os vultos esvaíram-se no ar; era uma alucinação.

Antes do alvorecer curei a contusão da face. Só então ousei voltar ao quarto. Recuei duas vezes, mas era preciso e entrei; ainda assim, não cheguei logo à cama. Tremiam-me as pernas, o coração batia-me; cheguei a pensar na fuga; mas era confessar o crime, e, ao contrário, urgia fazer desaparecer os vestígios dele. Fui até a cama; vi o cadáver, com os olhos arregalados e a boca aberta, como deixando passar a eterna palavra dos séculos: "Caim, que fizeste de teu irmão?".[30] Vi no pescoço o sinal das minhas unhas; abotoei alto a camisa e cheguei ao queixo a ponta do lençol. Em seguida, chamei um escravo, disse-lhe que o coronel amanhecera morto; mandei recado ao vigário e ao médico.

A primeira ideia foi retirar-me logo cedo, a pretexto de ter meu irmão doente, e, na verdade, recebera carta dele, alguns dias antes, dizendo-me que se sentia mal. Mas adverti que a retirada imediata poderia fazer despertar suspeitas, e fiquei. Eu mesmo amortalhei[31] o cadáver, com o auxílio de um preto velho e míope. Não saí da sala mortuária; tinha medo de que descobrissem alguma coisa. Queria ver no rosto dos outros se desconfiavam; mas não ousava fitar ninguém. Tudo me dava impaciências: os passos de ladrão com que entravam na sala, os cochichos, as cerimônias e as rezas do vigário. Vindo a hora, fechei o caixão, com as mãos trêmulas, tão trêmulas que uma pessoa, que reparou nelas, disse à outra com piedade:

– Coitado do Procópio! Apesar do que padeceu, está muito sentido.

---

29. Terreiro: o pátio, área limpa em toda da casa.
30. Alusão bíblica: Caim matou Abel e foi interpelado por Deus por esse crime.
31. Amortalhei: preparei para o enterro.

Pareceu-me ironia; estava ansioso por ver tudo acabado. Saímos à rua. A passagem da meia escuridão da casa para a claridade da rua deu-me grande abalo; receei que fosse então impossível ocultar o crime. Meti os olhos no chão, e fui andando. Quando tudo acabou, respirei. Estava em paz com os homens. Não o estava com a consciência, e as primeiras noites foram naturalmente de desassossego e aflição. Não é preciso dizer que vim logo para o Rio de Janeiro, nem que vivi aqui aterrado, embora longe do crime; não ria, falava pouco, mal comia, tinha alucinações, pesadelos...

– Deixa lá o outro que morreu – diziam-me. – Não é caso para tanta melancolia.

E eu aproveitava a ilusão, fazendo muitos elogios ao morto, chamando-lhe boa criatura, impertinente, é verdade, mas um coração de ouro. E, elogiando, convencia-me também, ao menos por alguns instantes. Outro fenômeno interessante, e que talvez lhe possa aproveitar, é que, não sendo religioso, mandei dizer uma missa[32] pelo eterno descanso do coronel, na igreja do Sacramento. Não fiz convites, não disse nada a ninguém; fui ouvi-la, sozinho, e estive de joelhos todo o tempo, persignando-me a miúdo.[33] Dobrei a espórtula[34] do padre, e distribuí esmolas à porta, tudo por intenção do finado. Não queria embair[35] os homens; a prova é que fui só. Para completar este ponto, acrescentarei que nunca aludia ao coronel, que não dissesse: “Deus lhe fale n’alma!”. E contava dele algumas anedotas alegres, rompantes engraçados...

Sete dias depois de chegar ao Rio de Janeiro, recebi a carta do vigário, que lhe mostrei, dizendo-me que fora achado o testamento do coronel, e que eu era o herdeiro

---

32. Dizer uma missa: no catolicismo, é possível inscrever o nome de uma pessoa falecida entre os lembrados numa missa.
33. Persignar-se: fazer o sinal da cruz, um gesto de devoção; a miúdo: frequentemente.
34. Espórtula: contribuição em dinheiro pela inclusão do nome na missa.
35. Embair: enganar.

universal. Imagine o meu pasmo. Pareceu-me que lia mal, fui a meu irmão, fui aos amigos; todos leram a mesma coisa. Estava escrito; era eu o herdeiro universal do coronel. Cheguei a supor que fosse uma cilada; mas adverti[36] logo que havia outros meios de capturar-me, se o crime estivesse descoberto. Demais, eu conhecia a probidade[37] do vigário, que não se prestaria a ser instrumento. Reli a carta, cinco, dez, muitas vezes; lá estava a notícia.

– Quanto tinha ele? – perguntava-me meu irmão.

– Não sei, mas era rico.

– Realmente, provou que era teu amigo.

– Era... Era...

Assim, por uma ironia da sorte, os bens do coronel vinham parar às minhas mãos. Cogitei em recusar a herança. Parecia-me odioso receber um vintém do tal espólio; era pior do que fazer-me esbirro[38] alugado. Pensei nisso três dias, e esbarrava sempre na consideração de que a recusa podia fazer desconfiar alguma coisa. No fim dos três dias, assentei num meio-termo; receberia a herança e dá-la-ia toda, aos bocados e às escondidas. Não era só escrúpulo; era também o modo de resgatar o crime por um ato de virtude; pareceu-me que ficava assim de contas saldas.[39]

Preparei-me e segui para a vila. Em caminho, à proporção que me ia aproximando, recordava o triste sucesso; as cercanias da vila tinham um aspecto de tragédia, e a sombra do coronel parecia-me surgir de cada lado. A imaginação ia reproduzindo as palavras, os gestos, toda a noite horrenda do crime...

Crime ou luta? Realmente, foi uma luta, em que eu, atacado, defendi-me, e na defesa... Foi uma luta desgraçada, uma fatalidade. Fixei-me nessa ideia. E balanceava os

---

36. Adverti: percebi.
37. Probidade: honestidade.
38. Esbirro: capanga, aquele que faz um serviço sujo por outro.
39. Saldas: em dia.

agravos, punha no ativo[40] as pancadas, as injúrias... Não era culpa do coronel, bem o sabia, era da moléstia, que o tornava assim rabugento e até mau... Mas eu perdoava tudo, tudo... O pior foi a fatalidade daquela noite... Considerei também que o coronel não podia viver muito mais; estava por pouco; ele mesmo o sentia e dizia. Viveria quanto? Duas semanas, ou uma; pode ser até que menos. Já não era vida, era um molambo de vida, se isto mesmo se podia chamar ao padecer contínuo do pobre homem... E quem sabe mesmo se a luta e a morte não foram apenas coincidentes? Podia ser, era até o mais provável; não foi outra coisa. Fixei-me também nessa ideia...

Perto da vila apertou-se-me o coração, e quis recuar; mas dominei-me e fui. Receberam-me com parabéns. O vigário disse-me as disposições do testamento, os legados pios,[41] e de caminho ia louvando a mansidão cristã e o zelo com que eu servira ao coronel, que, apesar de áspero e duro, soube ser grato.

– Sem dúvida – dizia eu olhando para outra parte.

Estava atordoado. Toda a gente me elogiava a dedicação e a paciência. As primeiras necessidades do inventário detiveram-me algum tempo na vila. Constituí advogado; as coisas correram placidamente. Durante esse tempo, falava muita vez do coronel. Vinham contar-me coisas dele, mas sem a moderação do padre; eu defendia-o, apontava algumas virtudes, era austero...

– Qual austero! Já morreu, acabou; mas era o diabo.

E referiam-me casos duros, ações perversas, algumas extraordinárias. Quer que lhe diga? Eu, a princípio, ia ouvindo cheio de curiosidade; depois, entrou-me no coração

---

40. Balanceava: fazia um balanço, uma contabilidade. Agravos: ofensas. Ativo: um balanço contabiliza os elementos em ativos e passivos, que aqui seriam as ofensas e as agressões que Procópio sofreu e as que ele mesmo desferiu contra o coronel.

41. Legados pios: a parte da herança que seria destinada a obra de caridade da igreja.

um singular prazer, que eu, sinceramente, buscava expelir. E defendia o coronel, explicava-o, atribuía alguma coisa às rivalidades locais; confessava, sim, que era um pouco violento... Um pouco? Era uma cobra assanhada, interrompia-me o barbeiro; e todos, o coletor, o boticário, o escrivão,[42] todos diziam a mesma coisa; e vinham outras anedotas,[43] vinha toda a vida do defunto. Os velhos lembravam-se das crueldades dele, em menino. E o prazer íntimo, calado, insidioso, crescia dentro de mim, espécie de tênia[44] moral, que por mais que a arrancasse aos pedaços recompunha-se logo e ia ficando.

As obrigações do inventário distraíram-me; e por outro lado a opinião da vila era tão contrária ao coronel, que a vista dos lugares foi perdendo para mim a feição tenebrosa que a princípio achei neles. Entrando na posse da herança, converti-a em títulos e dinheiro. Eram então passados muitos meses, e a ideia de distribuí-la toda em esmolas e donativos pios não me dominou como da primeira vez; achei mesmo que era afetação. Restringi o plano primitivo; distribuí alguma coisa aos pobres, dei à matriz da vila uns paramentos[45] novos, fiz uma esmola à Santa Casa da Misericórdia, etc.: ao todo trinta e dois contos.[46] Mandei também levantar um túmulo ao coronel, todo de mármore, obra de um napolitano, que aqui esteve até 1866, e foi morrer, creio eu, no Paraguai.

Os anos foram andando, a memória tornou-se cinzenta e desmaiada. Penso às vezes no coronel, mas sem os terrores dos primeiros dias. Todos os médicos a quem contei as

---

42. Coletor: funcionário do governo encarregado de cobrar impostos. Boticário: o farmacêutico. Escrivão: o encarregado do cartório.
43. Anedotas: aqui, histórias, casos.
44. Tênia: um verme.
45. Paramentos: vestes e ornamentos usados em rituais.
46. Um conto de réis: por volta de 1860, um quilo de ouro custava em torno desse valor; estimativas sugerem que em valores de 2023 um conto de réis seria aproximadamente uns 120 mil reais.

moléstias dele foram acordes[47] em que a morte era certa, e só se admiravam de ter resistido tanto tempo. Pode ser que eu, involuntariamente, exagerasse a descrição que então lhes fiz; mas a verdade é que ele devia morrer, ainda que não fosse aquela fatalidade...

Adeus, meu caro senhor. Se achar que esses apontamentos valem alguma coisa, pague-me também com um túmulo de mármore, ao qual dará por epitáfio[48] esta emenda que faço aqui ao divino sermão da montanha:[49] "Bem-aventurados os que possuem, porque eles serão consolados".

47. Foram acordes: concordaram.
48. Epitáfio: inscrição colocada no túmulo de alguém.
49. Sermão da montanha: famoso trecho dos evangelhos de Mateus e Lucas, que reporta um sermão dado por Jesus Cristo, marcado pelas "bem-aventuranças".

O DIPLOMÁTICO[1]

A preta entrou na sala de jantar, chegou-se à mesa rodeada de gente, e falou baixinho à senhora. Parece que lhe pedia alguma coisa urgente, porque a senhora levantou-se logo.

– Ficamos esperando, dona Adelaide?

– Não espere, não, sr. Rangel; vá continuando, eu entro depois.

Rangel era o leitor do livro de sortes.[2] Voltou a página, e recitou um título: "Se alguém *lhe* ama em segredo".[3] Movimento geral; moças e rapazes sorriram uns para os outros. Estamos na noite de são João de 1854, e a casa é na rua das Mangueiras. Chama-se João o dono da casa, João Viegas, e tem uma filha, Joaninha. Usa-se todos os anos a mesma reunião de parentes e amigos, arde uma fogueira no quintal, assam-se as batatas do costume, e tiram-se sortes. Também há ceia, às vezes dança, e algum jogo de prendas, tudo familiar. João Viegas é escrivão de uma vara cível[4] da Corte.

– Vamos. Quem começa agora? – disse ele. – Há de ser dona Felismina. Vamos ver se alguém *lhe* ama em segredo.

Dona Felismina sorriu amarelo. Era uma boa quarentona, sem prendas nem rendas, que vivia espiando um marido por baixo das pálpebras devotas. Em verdade, o gracejo era duro, mas natural. Dona Felismina era o modelo

---

1. Publicado pela primeira vez na *Gazeta de Notícias*, a 29 de outubro de 1884.
2. Livro de sortes: refere-se a um livro para uso em jogos de salão, contendo adivinhas, trechos de poemas, frases de efeito, conselhos. (Logo abaixo se descreve um uso desse livro, a partir do jogo de dados.)
3. Lhe: está em itálico para marcar que se trata de um uso informal, já que a regência canônica do verbo amar é direta (logo, seria *o* ou *a* ama, não *lhe*).
4. Escrivão de vara cível: funcionário graduado de um tribunal de direito civil.

acabado daquelas criaturas indulgentes e mansas, que parecem ter nascido para divertir os outros. Pegou e lançou os dados com um ar de complacência incrédula. Número dez, bradaram duas vozes. Rangel desceu os olhos ao baixo da página, viu a quadra correspondente ao número, e leu-a: dizia que sim, que havia uma pessoa, que ela devia procurar domingo, na igreja, quando fosse à missa. Toda a mesa deu parabéns a dona Felismina, que sorriu com desdém, mas interiormente esperançada.

Outros pegaram nos dados, e Rangel continuou a ler a sorte de cada um. Lia espevitadamente. De quando em quando, tirava os óculos e limpava-os com muito vagar na ponta do lenço de cambraia – ou por ser cambraia, ou por exalar um fino cheiro de bogari.[5] Presumia de grande maneira,[6] e ali chamavam-lhe "o diplomático".

– Ande, *seu* diplomático, continue.

Rangel estremeceu; esquecera-se de ler uma sorte, embebido em percorrer a fila de moças que ficava do outro lado da mesa. Namorava alguma? Vamos por partes.

Era solteiro, por obra das circunstâncias, não de vocação. Em rapaz teve alguns namoricos de esquina, mas com o tempo apareceu-lhe a comichão das grandezas, e foi isto que lhe prolongou o celibato[7] até os quarenta e um anos, em que o vemos. Cobiçava alguma noiva superior a ele e à roda em que vivia, e gastou o tempo em esperá-la. Chegou a frequentar os bailes de um advogado célebre e rico, para quem copiava papéis, e que o protegia muito. Tinha nos bailes a mesma posição subalterna do escritório; passava a noite vagando pelos corredores, espiando o salão, vendo passar as senhoras, devorando com os olhos uma multidão de espáduas magníficas e talhes graciosos.[8]

5. Bogari: arbusto de flores brancas e perfumadas.

6. Presumia de grande maneira: tinha modos afetados, mostrando vaidade.

7. Celibato: a condição de solteiro.

8. Espáduas magníficas e talhes graciosos: nos bailes, Rangel observava as costas e o porte das mulheres.

Invejava os homens, e copiava-os. Saía dali excitado e resoluto. Em falta de bailes, ia às festas de igreja, onde poderia ver algumas das primeiras moças da cidade. Também era certo no saguão do paço[9] imperial, em dia de cortejo, para ver entrar as grandes damas e as pessoas da corte, ministros, generais, diplomatas, desembargadores, e conhecia tudo e todos, pessoas e carruagens. Voltava da festa e do cortejo, como voltava do baile, impetuoso, ardente, capaz de arrebatar de um lance a palma da fortuna.[10]

O pior é que entre a espiga e a mão há o tal muro do poeta,[11] e o Rangel não era homem de saltar muros. De imaginação fazia tudo, raptava mulheres e destruía cidades. Mais de uma vez foi, consigo mesmo, ministro de Estado, e fartou-se de cortesias e decretos. Chegou ao extremo de aclamar-se imperador, um dia, 2 de dezembro, ao voltar da parada no largo do Paço; imaginou para isso uma revolução, em que derramou algum sangue, pouco, e uma ditadura benéfica, em que apenas vingou alguns pequenos desgostos de escrevente. Cá fora, porém, todas as suas proezas eram fábulas. Na realidade, era pacato e discreto.

Aos quarenta anos desenganou-se das ambições; mas a índole ficou a mesma, e, não obstante a vocação conjugal, não achou noiva. Mais de uma o aceitaria com muito prazer; ele perdia-as todas à força de circunspecção. Um dia, reparou em Joaninha, que chegava aos dezenove anos e possuía um par de olhos lindos e sossegados – virgens de toda a conversação masculina. Rangel conhecia-a desde criança, andara com ela ao colo, no Passeio Público,[12] ou

9. Paço: palácio.

10. Arrebatar a palma da fortuna: ser vitorioso, ter um destino bem-sucedido.

11. Entre a espiga e a mão há um muro: alusão ao verso de Petrarca, poeta italiano, "Tra la spica e la man qual muro è messo" (entre a espiga e a mão, que muro se ergue!). O verso é famoso em português por ter sido citado por Camões, em passagem famosa de *Os lusíadas* (Canto IX, estrofe 78).

12. Passeio público: jardim público construído ainda no final do século XVIII, perto da Lapa, Rio de Janeiro.

nas noites de fogo da Lapa; como falar-lhe de amor? Mas, por outro lado, as relações dele na casa eram tais, que podiam facilitar-lhe o casamento; e ou este ou nenhum outro.

Desta vez, o muro não era alto, e a espiga era baixinha; bastava esticar o braço com algum esforço, para arrancá-la do pé. Rangel andava neste trabalho desde alguns meses. Não esticava o braço, sem espiar primeiro para todos os lados, a ver se vinha alguém, e, se vinha alguém, disfarçava e ia-se embora. Quando chegava a esticá-lo, acontecia que uma lufada de vento meneava[13] a espiga ou algum passarinho andava ali nas folhas secas, e não era preciso mais para que ele recolhesse a mão. Ia-se assim o tempo, e a paixão entranhava-se-lhe, causa de muitas horas de angústia, a que seguiam sempre melhores esperanças. Agora mesmo traz ele a primeira carta de amor, disposto a entregá-la. Já teve duas ou três ocasiões boas, mas vai sempre espaçando; a noite é tão comprida! Entretanto, continua a ler as sortes, com a solenidade de um áugure.[14]

Tudo, em volta, é alegre. Cochicham ou riem, ou falam ao mesmo tempo. O tio Rufino, que é o gaiato da família, anda à roda da mesa com uma pena, fazendo cócegas nas orelhas das moças. João Viegas está ansioso por um amigo, que se demora, o Calisto. Onde se meteria o Calisto?

– Rua, rua, preciso da mesa; vamos para a sala de visitas.

Era dona Adelaide que tornava; ia pôr-se a mesa para a ceia. Toda a gente emigrou, e andando é que se podia ver bem como era graciosa a filha do escrivão. Rangel acompanhou-a com grandes olhos namorados. Ela foi à janela, por alguns instantes, enquanto se preparava um jogo de prendas, e ele foi também; era a ocasião de entregar-lhe a carta.

Defronte, numa casa grande, havia um baile, e dançava-se. Ela olhava, ele olhou também. Pelas janelas viam passar os pares, cadenciados, as senhoras com as suas sedas e rendas, os cavalheiros finos e elegantes, alguns condecorados.

13. Meneava: balançava.

14. Áugure: profeta.

De quando em quando, uma faísca de diamantes, rápida, fugitiva, no giro da dança. Pares que conversavam, dragonas[15] que reluziam, bustos de homem inclinados, gestos de leques, tudo isso em pedaços, através das janelas, que não podiam mostrar todo o salão, mas adivinhava-se o resto. Ele ao menos conhecia tudo, e dizia tudo à filha do escrivão. O demônio das grandezas, que parecia dormir, entrou a fazer as suas arlequinadas[16] no coração do nosso homem, e ei-lo que tenta seduzir também o coração da outra.

– Conheço uma pessoa que estaria ali muito bem – murmurou o Rangel.

E Joaninha, com ingenuidade:

– Era o senhor.

Rangel sorriu lisonjeado, e não achou que dizer. Olhou para os lacaios e cocheiros, de libré,[17] na rua, conversando em grupos ou reclinados no tejadilho dos carros.[18] Começou a designar carros: este é do Olinda, aquele é do Maranguape;[19] mas aí vem outro, rodando, do lado da rua da Lapa, e entra na rua das Mangueiras. Parou defronte: salta o lacaio, abre a portinhola, tira o chapéu e perfila-se.[20] Sai de dentro uma calva, uma cabeça, um homem, duas comendas,[21] depois uma senhora ricamente vestida; entram no saguão, e sobem a escadaria, forrada de tapete e ornada embaixo com dois grandes vasos.

– Joaninha, sr. Rangel...

Maldito jogo de prendas! Justamente quando ele formulava, na cabeça, uma insinuação a propósito do casal que subia, e ia assim passar naturalmente à entrega da

---

15. Dragonas: adorno dourado que os militares usam no ombro dos uniformes.
16. Arlequinadas: farsas, palhaçadas.
17. Lacaios e cocheiros de libré: criados usando uniforme.
18. Tejadilho dos carros: o teto dos veículos (puxados por cavalos).
19. Olinda, Maranguape: nomes de nobres (condes, marqueses, etc.).
20. Perfila-se: coloca-se em posição respeitosa, de perfil.
21. Comendas: condecorações, medalhas.

carta... Rangel obedeceu, e sentou-se defronte da moça. Dona Adelaide, que dirigia o jogo de prendas, recolhia os nomes; cada pessoa devia ser uma flor. Está claro que o tio Rufino, sempre gaiato, escolheu para si a flor da abóbora. Quanto ao Rangel, querendo fugir ao trivial, comparou mentalmente as flores, e quando a dona da casa lhe perguntou pela dele, respondeu com doçura e pausa:

– Maravilha, minha senhora.

– O pior é não estar cá o Calisto! – suspirou o escrivão.

– Ele disse mesmo que vinha?

– Disse; ainda ontem foi ao cartório, de propósito, avisar-me de que viria tarde, mas que contasse com ele; tinha de ir a uma brincadeira na rua da Carioca...

– Licença para dois! – bradou uma voz no corredor.

– Ora graças! Está aí o homem!

João Viegas foi abrir a porta; era o Calisto, acompanhado de um rapaz estranho, que ele apresentou a todos em geral: "Queirós, empregado na Santa Casa; não é meu parente, apesar de se parecer muito comigo; quem vê um, vê outro...". Toda a gente riu; era uma pilhéria[22] do Calisto, feio como o diabo – ao passo que o Queirós era um bonito rapaz de vinte e seis a vinte e sete anos, cabelo negro, olhos negros e singularmente esbelto. As moças retraíram-se um pouco; dona Felismina abriu todas as velas.[23]

– Estávamos jogando prendas, os senhores podem entrar também – disse a dona da casa. – Joga, sr. Queirós?

Queirós respondeu afirmativamente e passou a examinar as outras pessoas. Conhecia algumas, e trocou duas ou três palavras com elas. Ao João Viegas disse que desde muito tempo desejava conhecê-lo, por causa de um favor que o pai lhe deveu outrora, negócio de foro.[24] João Viegas não se lembrava de nada, nem ainda depois que ele lhe disse o que

22. Pilhéria: piada.

23. Abriu todas as velas: alusão a um barco a velas, que abre as velas para navegar, para deslocar-se, tomando a dianteira na situação.

24. Foro: o tribunal, a justiça.

era; mas gostou de ouvir a notícia, em público, olhou para todos, e durante alguns minutos regalou-se calado.

Queirós entrou em cheio no jogo. No fim de meia hora, estava familiar da casa. Todo ele era ação, falava com desembaraço, tinha os gestos naturais e espontâneos. Possuía um vasto repertório de castigos para jogo de prendas, coisa que encantou a toda a sociedade, e ninguém os dirigia melhor, com tanto movimento e animação, indo de um lado para outro, concertando os grupos, puxando cadeiras, falando às moças, como se houvesse brincado com elas em criança.

– Dona Joaninha aqui, nesta cadeira; dona Cesária, deste lado, em pé, e o sr. Camilo entra por aquela porta... Assim, não: olhe, assim de maneira que...

Teso na cadeira, o Rangel estava atônito. Donde vinha esse furacão? E o furacão ia soprando, levando os chapéus dos homens, e despenteando as moças, que riam de contentes: Queirós daqui, Queirós dali, Queirós de todos os lados. Rangel passou da estupefação à mortificação.[25] Era o cetro[26] que lhe caía das mãos. Não olhava para o outro, não se ria do que ele dizia, e respondia-lhe seco. Interiormente, mordia-se e mandava-o ao diabo, chamava-o bobo alegre, que fazia rir e agradava, porque nas noites de festa tudo é festa. Mas, repetindo essas e piores coisas, não chegava a reaver a liberdade de espírito. Padecia deveras, no mais íntimo do amor-próprio; e o pior é que o outro percebeu toda essa agitação, e o péssimo é que ele percebeu que era percebido.

Rangel, assim como sonhava os bens, assim também as vinganças. De cabeça, espatifou o Queirós; depois cogitou a possibilidade de um desastre qualquer, uma dor bastava, mas coisa forte, que levasse dali aquele intruso. Nenhuma dor, nada; o diabo parecia cada vez mais lépido, e toda a sala fascinada por ele. A própria Joaninha, tão acanhada, vibrava nas mãos de Queirós, como as outras moças; e todos, homens e mulheres, pareciam empenhados em

25. Mortificação: aborrecimento ou incomodação extremos.
26. Cetro: bastão de comando real, um símbolo de poder.

servi-lo. Tendo ele falado em dançar, as moças foram ter com o tio Rufino, e pediram-lhe que tocasse uma quadrilha[27] na flauta, uma só, não se lhe pedia mais.

– Não posso, dói-me um calo.

– Flauta? – bradou o Calisto. Peçam ao Queirós que nos toque alguma coisa, e verão o que é flauta... Vai buscar a flauta, Rufino. Ouçam o Queirós. Não imaginam como ele é saudoso na flauta!

Queirós tocou a *Casta Diva*.[28] "Que coisa ridícula!", dizia consigo o Rangel; "uma música que até os moleques assobiam na rua." Olhava para ele, de revés, para considerar se aquilo era posição de homem sério; e concluía que a flauta era um instrumento grotesco. Olhou também para Joaninha, e viu que, como todas as outras pessoas, tinha a atenção no Queirós, embebida, namorada dos sons da música, e estremeceu, sem saber por quê. Os demais semblantes mostravam a mesma expressão dela, e, contudo, sentiu alguma coisa que lhe complicou a aversão ao intruso. Quando a flauta acabou, Joaninha aplaudiu menos que os outros, e Rangel entrou em dúvida se era o habitual acanhamento, se alguma especial comoção... Urgia entregar-lhe a carta.

Chegou a ceia. Toda a gente entrou confusamente na sala, e felizmente para o Rangel coube-lhe ficar defronte de Joaninha, cujos olhos estavam mais belos que nunca e tão derramados que não pareciam os do costume. Rangel saboreou-os caladamente, e reconstruiu todo o seu sonho que o diabo do Queirós abalara com um piparote.[29] Foi assim que tornou a ver-se, ao lado dela, na casa que ia alugar, berço de noivos, que ele enfeitou com os ouros da imaginação. Chegou a tirar um prêmio na loteria e a empregá-lo todo

27. Quadrilha: dança de salão, com vários participantes e movimentos combinados.

28. *Casta Diva*: ária (canção) da ópera *Norma*, de Bellini, uma peça muito famosa.

29. Piparote: peteleco, pequeno golpe com os dedos.

em sedas e joias para a mulher, a linda Joaninha, – Joaninha Rangel, – Dona Joaninha Rangel, – Dona Joana Viegas Rangel, – ou Dona Joana Cândida Viegas Rangel... Não podia tirar o Cândida...

– Vamos, uma saúde, *seu* diplomático... faça uma saúde daquelas...[30]

Rangel acordou; a mesa inteira repetia a lembrança do tio Rufino; a própria Joaninha pedia-lhe uma saúde, como a do ano passado. Rangel respondeu que ia obedecer; era só acabar aquela asa de galinha. Movimento, cochichos de louvor; dona Adelaide, dizendo-lhe uma moça que nunca ouvira falar o Rangel:[31]

– Não? – perguntou com pasmo. – Não imagina; fala muito bem, muito explicado, palavras escolhidas, e uns bonitos modos...

Comendo, ia ele dando rebate[32] a algumas reminiscências, frangalhos de ideias, que lhe serviam para o arranjo das frases e metáforas. Acabou e pôs-se de pé. Tinha o ar satisfeito e cheio de si. Afinal, vinham bater-lhe à porta. Cessara a farandolagem[33] das anedotas, das pilhérias sem alma, e vinham ter com ele para ouvir alguma coisa correta e grave. Olhou em derredor, viu todos os olhos levantados, esperando. Todos não; os de Joaninha enviesavam-se na direção do Queirós, e os deste vinham esperá-los a meio caminho, numa cavalgada de promessas. Rangel empalideceu. A palavra morreu-lhe na garganta; mas era preciso falar, esperavam por ele, com simpatia, em silêncio.

Obedeceu mal. Era justamente um brinde ao dono da casa e à filha. Chamava a esta um pensamento de Deus, transportado da imortalidade à realidade, frase

---

30. Fazer uma saúde: fazer em voz alta uma saudação, para brindar; era uma cena costumeira nos encontros sociais naquele tempo.
31. Aqui, leia-se: "[...] dona Adelaide, ao ouvir uma moça dizer que nunca tinha ouvido Rangel falar, comentou".
32. Dando rebate (a): considerando, desenvolvendo.
33. Farandolagem: aqui, ninharia, coisas sem importância.

que empregara três anos antes, e devia estar esquecida. Falava também do santuário da família, do altar da amizade, e da gratidão, que é a flor dos corações puros. Onde não havia sentido, a frase era mais especiosa[34] ou retumbante. Ao todo, um brinde de dez minutos bem puxados, que ele despachou em cinco, e sentou-se.

Não era tudo. Queirós levantou-se logo, dois ou três minutos depois para outro brinde, e o silêncio foi ainda mais pronto e completo. Joaninha meteu os olhos no regaço,[35] vexada do que ele iria dizer; Rangel teve um arrepio.

– O ilustre amigo desta casa, o sr. Rangel – disse Queirós –, bebeu às duas pessoas cujo nome é o do santo de hoje;[36] eu bebo àquela que é a santa de todos os dias, a dona Adelaide.

Grandes aplausos aclamaram esta lembrança, e dona Adelaide, lisonjeada, recebeu os cumprimentos de cada conviva. A filha não ficou em cumprimentos.

– Mamãe! Mamãe! – exclamou, levantando-se; e foi abraçá-la e beijá-la três e quatro vezes; espécie de carta para ser lida por duas pessoas.[37]

Rangel passou da cólera ao desânimo, e, acabada a ceia, pensou em retirar-se. Mas a esperança, demônio de olhos verdes, pediu-lhe que ficasse, e ficou. Quem sabe? Era tudo passageiro, coisas de uma noite, namoro de são João; afinal, ele era amigo da casa, e tinha a estima da família; bastava que pedisse a moça, para obtê-la. E depois esse Queirós podia não ter meios de casar. Que emprego era o dele na Santa Casa? Talvez alguma coisa reles... Nisto, olhou obliquamente para a roupa de Queirós, enfiou-se-lhe pelas costuras,

---

34. Especiosa: de boa aparência, mas enganadora.
35. Regaço: o colo.
36. O santo de hoje: são João.
37. Espécie de carta para ser lida por duas pessoas: Joaninha celebra explicitamente sua mãe, que acabava de ser muito elogiada, mandando um recado positivo para o autor do elogio, o Queirós, e um recado negativo para Rangel, que havia discursado antes.

escrutou[38] o bordadinho da camisa, apalpou os joelhos das calças, a ver-lhe o uso, e os sapatos, e concluiu que era um rapaz caprichoso, mas provavelmente gastava tudo consigo, e casar era negócio sério. Podia ser também que tivesse mãe viúva, irmãs solteiras... Rangel era só.

– Tio Rufino, toque uma quadrilha.

– Não posso; flauta depois de comer faz indigestão. Vamos a um víspora.[39]

Rangel declarou que não podia jogar, estava com dor de cabeça; mas Joaninha veio a ele e pediu-lhe que jogasse com ela, de sociedade. "Meia coleção para o senhor, e meia para mim", disse ela, sorrindo; ele sorriu também e aceitou. Sentaram-se ao pé um do outro. Joaninha falava-lhe, ria, levantava para ele os belos olhos, inquieta, mexendo muito a cabeça para todos os lados. Rangel sentiu-se melhor, e não tardou que se sentisse inteiramente bem. Ia marcando à toa, esquecendo alguns números, que ela lhe apontava com o dedo – um dedo de ninfa,[40] dizia ele consigo; e os descuidos passaram a ser de propósito, para ver o dedo da moça, e ouvi-la ralhar: "O senhor é muito esquecido; olhe que assim perdemos o nosso dinheiro...".

Rangel pensou em entregar-lhe a carta por baixo da mesa; mas não estando declarados, era natural que ela a recebesse com espanto e estragasse tudo; cumpria avisá-la. Olhou em volta da mesa: todos os rostos estavam inclinados sobre os cartões, seguindo atentamente os números. Então, ele inclinou-se à direita, e baixou os olhos aos cartões de Joaninha, como para verificar alguma coisa.

– Já tem duas quadras – cochichou ele.

– Duas, não; tenho três.

– Três, é verdade, três. Escute...

– E o senhor?

38. Escrutou: examinou.

39. Víspora: jogo de sorteio; bingo.

40. Ninfa: na mitologia grega, divindade feminina ligada à beleza natural.

– Eu duas.

– Que duas o quê? São quatro.

Eram quatro; ela mostrou-lhas inclinada, roçando quase a orelha pelos lábios dele; depois, fitou-o rindo e abanando a cabeça: "O senhor! O senhor!". Rangel ouviu isto com singular deleite; a voz era tão doce, e a expressão tão amiga, que ele esqueceu tudo, agarrou-a pela cintura, e lançou-se com ela na eterna valsa das quimeras.[41] Casa, mesa, convivas, tudo desapareceu, como obra vã da imaginação, para só ficar a realidade única, ele e ela, girando no espaço, debaixo de um milhão de estrelas, acesas de propósito para alumiá-los.

Nem carta, nem nada. Perto da manhã foram todos para a janela ver sair os convidados do baile fronteiro. Rangel recuou espantado. Viu um aperto de dedos entre o Queirós e a bela Joaninha. Quis explicá-lo, eram aparências, mas tão depressa destruía uma como vinham outras e outras, à maneira das ondas que não acabam mais. Custava-lhe entender que uma só noite, algumas horas bastassem a ligar assim duas criaturas; mas era a verdade clara e viva dos modos de ambos, dos olhos, das palavras, dos risos, e até da saudade com que se despediram de manhã.

Saiu tonto. Uma só noite, algumas horas apenas! Em casa, aonde chegou tarde, deitou-se na cama, não para dormir, mas para romper em soluços. Só consigo, foi-se-lhe o aparelho da afetação,[42] e já não era o diplomático, era o energúmeno, que rolava na cama, bradando, chorando como uma criança, infeliz deveras, por esse triste amor do outono.[43] O pobre-diabo, feito de devaneio, indolência e afetação, era, em substância, tão desgraçado como Otelo,[44] e teve um desfecho mais cruel.

---

41. Quimeras: sonhos, utopias.
42. O aparelho da afetação: os modos educados.
43. Outono: alusão à idade relativamente avançada de Rangel.
44. Otelo: personagem da tragédia de mesmo nome de William Shakespeare; um homem moído de ciúmes por Desdêmona, sua mulher.

Otelo mata Desdêmona; o nosso namorado, em quem ninguém pressentira nunca a paixão encoberta, serviu de testemunha ao Queirós, quando este se casou com Joaninha, seis meses depois.

Nem os acontecimentos, nem os anos lhe mudaram a índole. Quando rompeu a guerra do Paraguai,[45] teve ideia muitas vezes de alistar-se como oficial de voluntários; não o fez nunca; mas é certo que ganhou algumas batalhas e acabou brigadeiro.

---

45. Guerra do Paraguai (1864-1870): conflito armado contra o país vizinho; de fato houve inscrição de voluntários naquele momento.

Mariana[1]

Capítulo Primeiro

"Que será feito de Mariana?", perguntou Evaristo a si mesmo, no largo da Carioca,[2] ao despedir-se de um velho amigo, que lhe fez lembrar aquela velha amiga.

Era em 1890. Evaristo voltara da Europa, dias antes, após dezoito anos de ausência. Tinha saído do Rio de Janeiro em 1872, e contava demorar-se até 1874 ou 1875, depois de ver algumas cidades célebres ou curiosas; mas o viajante põe e Paris dispõe.[3] Uma vez entrando naquele mundo, em 1873, Evaristo deixou-se ir ficando, além do prazo determinado; adiou a viagem um ano, outro ano, e afinal não pensou mais na volta. Desinteressara-se das nossas coisas; ultimamente nem lia os jornais daqui; era um estudante pobre da Bahia que os ia buscar emprestados, e lhe referia depois uma ou outra notícia de vulto. Senão quando, em novembro de 1889,[4] entra-lhe em casa um repórter parisiense, que lhe fala de revolução no Rio de Janeiro, pede informações políticas, sociais, biográficas. Evaristo refletiu.

– Meu caro senhor – disse ao repórter –, acho melhor ir eu mesmo buscá-las.

Não tendo partido, nem opiniões, nem parentes próximos, nem interesses (todos os seus haveres estavam na Europa), mal se explica a resolução súbita de Evaristo pela simples curiosidade, e contudo não houve outro motivo.

1. Primeiro publicado na *Gazeta de Notícias*, a 18 de outubro de 1891.

2. Largo da Carioca: famoso ponto de comércio no Centro do Rio de Janeiro.

3. O viajante põe e Paris dispõe: Paris seria tão poderosa que chega a mandar no destino das pessoas por ela seduzidas. Há um dito popular que aqui foi parodiado: "Deus põe e o Diabo dispõe".

4. Novembro de 1889: a proclamação da República ocorreu no dia 15 deste mês.

Quis ver o novo aspecto das coisas. Indagou da data de uma primeira representação no Odéon,[5] comédia de um amigo, calculou que, saindo no primeiro paquete[6] e voltando três paquetes depois, chegaria a tempo de comprar bilhete e entrar no teatro; fez as malas, correu a Bordéus,[7] e embarcou.

"Que será feito de Mariana?", repetia agora, descendo a rua da Assembleia. "Talvez morta... Se ainda viver, deve estar outra; há de andar pelos seus quarenta e cinco... Upa! Quarenta e oito; era mais moça que eu uns cinco anos. Quarenta e oito... Bela mulher; grande mulher! Belos e grandes amores!"

Teve desejo de vê-la. Indagou discretamente, soube que vivia e morava na mesma casa em que a deixou, rua do Engenho Velho; mas não aparecia desde alguns meses, por causa do marido, que estava mal, parece que à morte.

– Ela também deve estar escangalhada – disse Evaristo ao conhecido que lhe dava aquelas informações.

– Homem, não. A última vez que a vi, achei-a frescalhona.[8] Não se lhe dá mais de quarenta anos. Você quer saber uma coisa? Há por aí roseiras magníficas, mas os nossos cedros[9] de 1860 a 1865 parece que não nascem mais.

– Nascem; você não os vê, porque já não sobe ao Líbano[10] – retorquiu[11] Evaristo.

Crescera-lhe o desejo de ver Mariana. Que olhos teriam um para o outro? Que visões antigas viriam transformar a realidade presente? A viagem de Evaristo, cumpre sabê-lo, não foi de recreio, senão de cura. Agora que a lei do tempo

---

5. Odéon: o famoso teatro deste nome, em Paris.

6. Paquete: navio que fazia a rota entre o Brasil e a Europa, a cada 28 dias.

7. Bordéus: nome aportuguesado de Bordeaux, cidade portuária francesa de onde partia o navio para o Brasil.

8. Frescalhona: saudável, bem conservada.

9. Cedro: tipo de árvore.

10. Líbano: neste país do Oriente Médio há cedros famosos. Evaristo sugere que seu amigo não procura mais as mulheres nascidas entre os anos anteriormente referidos.

11. Retorquiu: respondeu.

fizera sua obra, que efeito produziria neles, quando se encontrassem, o espectro de 1872, aquele triste ano da separação que quase o pôs doido, e quase a deixou morta?

Capítulo II

Dias depois apeava-se ele de um tílburi[12] à porta de Mariana, e dava um cartão ao criado,[13] que lhe abriu a sala.

Enquanto esperava circulou os olhos e ficou impressionado. Os móveis eram os mesmos de dezoito anos antes. A memória, incapaz de os recompor na ausência, reconheceu-os a todos, assim como a disposição deles, que não mudara. Tinham o aspecto vetusto.[14] As próprias flores artificiais de uma grande jarra, que estava sobre um aparador, haviam desbotado com o tempo. Tudo ossos dispersos, que a imaginação podia enfaixar para restaurar uma figura, a que só faltasse a alma.

Mas não faltava a alma. Pendente da parede, por cima do canapé,[15] estava o retrato de Mariana. Tinha sido pintado quando ela contava vinte e cinco anos; a moldura, dourada uma só vez, descascando em alguns lugares, contrastava com a figura ridente[16] e fresca. O tempo não descolara a formosura. Mariana estava ali, trajada à moda de 1865, com os seus lindos olhos redondos e namorados. Era o único alento vivo da sala; mas só ele bastava a dar à decrepitude ambiente a fugidia mocidade. Grande foi a comoção de Evaristo. Havia uma cadeira defronte do retrato, ele sentou-se nela, e ficou a mirar a moça de outro tempo.

---

12. Tílburi: carro de duas rodas, puxado por apenas um cavalo, com lugar apenas para o cocheiro e um passageiro.
13. Dar um cartão ao criado: forma cerimoniosa de alguém se apresentar no lugar em que chegava, dando ao empregado um cartão com o nome do visitante.
14. Vetusto: antigo e respeitável.
15. Canapé: sofá de madeira.
16. Ridente: risonha.

Os olhos pintados fitavam também os naturais, porventura admirados do encontro e da mudança, porque os naturais não tinham o calor e a graça da pintura. Mas pouco durou a diferença; a vida anterior do homem restituiu-lhe a verdura exterior, e os olhos embeberam-se uns nos outros, e todos nos seus velhos pecados.

Depois, vagarosamente, Mariana desceu da tela e da moldura, e veio sentar-se defronte de Evaristo, inclinou-se, estendeu os braços sobre os joelhos e abriu as mãos. Evaristo entregou-lhes as suas, e as quatro apertaram-se cordialmente. Nenhum perguntou nada que se referisse ao passado, porque ainda não havia passado; ambos estavam no presente, as horas tinham parado, tão instantâneas e tão fixas, que pareciam haver sido ensaiadas na véspera para esta representação única e interminável. Todos os relógios da cidade e do mundo quebraram discretamente as cordas,[17] e todos os relojoeiros trocaram de ofício. Adeus, velho *lago* de Lamartine![18] Evaristo e Mariana tinham ancorado no oceano dos tempos. E aí vieram as palavras mais doces que jamais disseram lábios de homem nem de mulher, e as mais ardentes também, e as mudas, e as tresloucadas, e as expirantes, e as de ciúme, e as de perdão.

– Estás bom?

– Bom; e tu?

– Morria por ti. Há uma hora que te espero, ansiosa, quase chorando; mas bem vês que estou risonha e alegre, tudo porque o melhor dos homens entrou nesta sala. Por que te demoraste tanto?

– Tive duas interrupções em caminho; e a segunda muito maior que a primeira.

---

17. Quebrar as cordas: neste tempo, os relógios funcionavam mediante acionamento de uma mola, gesto que se chamava “dar corda no relógio”. A corda quebrava quando essa mola era rompida.
18. Lago de Lamartine: alusão ao famoso poema romântico “O lago”, do poeta francês Alphonse de Lamartine; o poema evoca o lago como testemunho das dores de amor sofridas pelo poeta.

– Se tu me amasses deveras,[19] gastarias dois minutos com as duas, e estarias aqui há três quartos de hora. Que riso é esse?

– A segunda interrupção foi teu marido.

Mariana estremeceu.

– Foi aqui perto – continuou Evaristo –; falamos de ti, ele primeiro, a propósito não sei de quê, e falou com bondade, quase que com ternura. Cheguei a crer que era um laço,[20] um modo de captar a minha confiança. Afinal despedimo-nos; mas eu ainda fiquei espiando, a ver se ele voltava; não vi ninguém. Aí está a causa da minha demora; aí tens também a causa dos meus tormentos.

– Não venhas outra vez com essa eterna desconfiança – atalhou Mariana sorrindo, como na tela, há pouco. – Que quer você que eu faça? Xavier é meu marido; não hei de mandá-lo embora, nem castigá-lo, nem matá-lo, só porque eu e você nos amamos.

– Não digo que o mates; mas tu o amas, Mariana.

– Amo-te e a ninguém mais – respondeu ela, evitando assim a resposta negativa, que lhe pareceu demasiado crua.

Foi o que pensou Evaristo; mas não aceitou a delicadeza da forma indireta. Só a negativa rude e simples poderia contentá-lo.

– Tu o amas – insistiu ele.

Mariana refletiu um instante.

– Para que hás de revolver a minha alma e o meu passado? – disse ela. – Para nós, o mundo começou há quatro meses, e não acabará mais – ou acabará quando você se aborrecer de mim, porque eu não mudarei nunca...

Evaristo ajoelhou-se, puxou-lhe os braços, beijou-lhe as mãos, e fechou nelas o rosto; finalmente, deixou cair a cabeça nos joelhos de Mariana. Ficaram assim alguns instantes, até que ela sentiu os dedos úmidos, ergueu-lhe a cabeça e viu-lhe os olhos rasos de água. Que era?

---

19. Deveras: de fato, de verdade.

20. Um laço: aqui, uma armadilha.

– Nada – disse ele –; adeus.

– Mas que foi?!

– Tu o amas – tornou Evaristo –, e esta ideia apavora-me, ao mesmo tempo que me aflige, porque eu sou capaz de matá-lo, se tiver certeza de que ainda o amas.

– Você é um homem singular – retorquiu Mariana, depois de enxugar os olhos de Evaristo com os cabelos, que despenteara às pressas, para servi-lo com o melhor lenço do mundo. – Que o amo? Não, já não o amo, aí tens a resposta. Mas já agora hás de consentir que te diga tudo, porque a minha índole não admite meias confidências.

Desta vez foi Evaristo que estremeceu; mas a curiosidade mordia-lhe a ele o coração, em tal maneira, que não houve mais temer, senão aguardar e escutar. Apoiado nos joelhos dela, ouviu a narração, que foi curta. Mariana referiu o casamento, a resistência do pai, a dor da mãe, e a perseverança dela e de Xavier. Esperaram dez meses, firmes, ela já menos paciente que ele, porque a paixão que a tomou tinha toda a força necessária para as decisões violentas. Que de lágrimas[21] verteu por ele! Que de maldições lhe saíram do coração contra os pais, e foram sufocadas por ela, que temia a Deus, e não quisera que essas palavras, como armas de parricídio,[22] a condenassem, pior que ao inferno, à eterna separação do homem a quem amava. Venceu a constância, o tempo desarmou os velhos, e o casamento se fez, lá se iam sete anos. A paixão dos noivos prolongou-se na vida conjugal. Quando o tempo trouxe o sossego, trouxe também a estima. Os corações eram harmônicos, as recordações da luta pungentes e doces. A felicidade serena veio sentar-se à porta deles, como uma sentinela. Mas bem depressa se foi a sentinela; não deixou a desgraça, nem ainda o tédio, mas a apatia, uma figura pálida, sem movimento, que mal sorria e não lembrava nada. Foi por esse tempo que Evaristo apareceu aos seus olhos e a arrebatou. Não a

21. Que de lágrimas: quantas lágrimas.
22. Parricídio: assassinato do pai.

arrebatou ao amor de ninguém; mas por isso mesmo nada tinha que ver com o passado, que era um mistério, e podia trazer remorsos...

– Remorsos? – interrompeu ele.

– Podias supor que eu os tinha; mas não os tenho, nem os terei jamais.

– Obrigado! – disse Evaristo após alguns momentos –; agradeço-te a confissão. Não falarei mais de tal assunto. Não o amas, é o essencial. Que linda és tu quando juras assim, e me falas do nosso futuro! Sim, acabou; agora aqui estou, ama-me!

– Só a ti, querido.

– Só a mim? Ainda uma vez, jura!

– Por estes olhos – respondeu ela, beijando-lhe os olhos –; por estes lábios – continuou, impondo-lhe um beijo nos lábios. – Pela minha vida e pela tua!

Evaristo repetiu as mesmas fórmulas, com iguais cerimônias. Depois, sentou-se defronte de Mariana como estava a princípio. Ela ergueu-se então, por sua vez, e foi ajoelhar-se-lhe aos pés, com os braços nos joelhos dele. Os cabelos caídos enquadravam tão bem o rosto, que ele sentiu não ser um gênio para copiá-la e legá-la ao mundo. Disse-lhe isso, mas a moça não respondeu palavra; tinha os olhos fitos nele, suplicantes. Evaristo inclinou-se, cravando nela os seus, e assim ficaram, rosto a rosto, uma, duas, três horas, até que alguém veio acordá-los:

– Faz favor de entrar.

Capítulo III

Evaristo teve um sobressalto. Deu com um homem, o mesmo criado que recebera o seu cartão de visita. Levantou-se depressa; Mariana recolheu-se à tela, que pendia da parede, onde ele a viu outra vez, trajada à moda de 1865, penteada e tranquila. Como nos sonhos, os pensamentos, gestos e atos mediram-se por outro tempo, que não o tempo; fez-se tudo em cinco ou seis minutos, que tantos foram os que o criado despendeu em levar o cartão e trazer o convite. Entretanto, é certo que Evaristo sentia ainda a impressão das carícias da moça, vivera realmente entre 1869 e 1872, porque as três horas da visão foram ainda uma concessão ao tempo. Toda a história ressurgira com os ciúmes que ele tinha de Xavier, os seus perdões e as ternuras recíprocas. Só faltou a crise final, quando a mãe de Mariana, sabendo de tudo, corajosamente se interpôs e os separou. Mariana resolveu morrer, chegou a ingerir veneno, e foi preciso o desespero da mãe para restituí-la à vida. Xavier, que então estava na província do Rio, nada soube daquela tragédia, senão que a mulher escapara da morte, por causa de uma troca de medicamentos. Evaristo quis ainda vê-la antes de embarcar, mas foi impossível.

– Vamos – disse ele agora ao criado que o esperava.

Xavier estava no gabinete próximo, estirado em um canapé,[23] com a mulher ao lado e algumas visitas. Evaristo penetrou ali cheio de comoção. A luz era pouca, o silêncio grande; Mariana tinha presa uma das mãos do enfermo, a observá-lo, a temer a morte ou uma crise. Mal pôde levantar os olhos para Evaristo e estender-lhe a mão; voltou a fitar o marido, em cujo rosto havia a marca do longo padecimento, e cujo respirar parecia o prelúdio da grande ópera infinita.[24] Evaristo, que apenas vira o rosto de Mariana, retirou-se a um canto, sem ousar mirar-lhe a figura, nem acompanhar-lhe os movimentos. Chegou o médico, examinou o enfermo, recomendou as prescrições dadas, e retirou-se para voltar de noite. Mariana foi com ele até à porta, interrogando baixo e procurando ler no rosto a verdade que a boca não queria dizer. Foi então que Evaristo a viu bem; a dor parecia alquebrá-la mais que os anos. Conheceu-lhe o jeito particular do corpo. Não descia da tela, como a outra,

23. Canapé: espécie de sofá.

24. Grande ópera infinita: a morte.

mas do tempo. Antes que ela tornasse ao leito do marido, Evaristo entendeu retirar-se também, e foi até a porta.

– Peço-lhe licença... Sinto não poder falar agora a seu marido.

– Agora não pode ser; o médico recomenda repouso e silêncio. Será noutra ocasião...

– Não vim há mais tempo vê-lo porque só há pouco é que soube... E não cheguei há muito.

– Obrigada.

Evaristo estendeu-lhe a mão e saiu a passo abafado, enquanto ela voltava a sentar-se ao pé do doente. Nem os olhos nem a mão de Mariana revelaram em relação a ele uma impressão qualquer, e a despedida fez-se como entre pessoas indiferentes. Certo, o amor acabara, a data era remota, o coração envelhecera com o tempo, e o marido estava a expirar; mas, refletia ele, como explicar que, ao cabo de dezoito anos de separação, Mariana visse diante de si um homem que tanta parte tivera em sua vida, sem o menor abalo, espanto, constrangimento que fosse? Eis aí um mistério. Chamava-lhe mistério. Ainda agora, à despedida, sentira ele um aperto, uma coisa, que lhe fez a palavra trôpega, que lhe tirou as ideias e até as simples fórmulas banais de pesar e de esperança. Ela, entretanto, não recebeu dele a menor comoção. E lembrando-se do retrato da sala, Evaristo concluiu que a arte era superior à natureza; a tela guardara o corpo e a alma... Tudo isso borrifado de um despeitozinho acre.[25]

Xavier durou ainda uma semana. Indo fazer-lhe segunda visita, Evaristo assistiu à morte do enfermo, e não pôde furtar-se à comoção natural do momento, do lugar e das circunstâncias. Mariana, desgrenhada ao pé do leito, tinha os olhos mortos de vigília e de lágrimas. Quando Xavier, depois de longa agonia, expirou, mal se ouviu o choro de alguns parentes e amigos; um grito agudíssimo de Mariana

25. Acre: ácido, azedo.

chamou a atenção de todos; depois o desmaio e a queda da viúva. Durou alguns minutos a perda dos sentidos; tornada a si, Mariana correu ao cadáver, abraçou-se a ele, soluçando desesperadamente, dizendo-lhe os nomes mais queridos e ternos. Tinham esquecido de fechar os olhos ao cadáver; daí um lance pavoroso e melancólico, porque ela, depois de os beijar muito, foi tomada de alucinação e bradou que ele ainda vivia, que estava salvo; e, por mais que quisessem arrancá-la dali, não cedia, empurrava a todos, clamava que queriam tirar-lhe o marido. Nova crise a prostrou; foi levada às carreiras[26] para outro quarto.

Quando o enterro saiu no dia seguinte, Mariana não estava presente, por mais que insistisse em despedir-se; já não tinha forças para acudir à vontade.[27] Evaristo acompanhou o enterro. Seguindo o carro fúnebre, mal chegava a crer onde estava e o que fazia. No cemitério, falou a um dos parentes de Xavier, confiando-lhe a pena que tivera de Mariana.

– Vê-se que se amavam muito – concluiu.

– Ah! Muito – disse o parente. – Casaram-se por paixão; não assisti ao casamento, porque só cheguei ao Rio de Janeiro muitos anos depois, em 1874; achei-os, porém, tão unidos como se fossem noivos, e assisti até agora à vida de ambos. Viviam um para o outro; não sei se ela ficará muito tempo neste mundo.

"1874", pensou Evaristo; "dois anos depois."

Mariana não assistiu à missa do sétimo dia; um parente – o mesmo do cemitério – representava-a naquela triste ocasião. Evaristo soube por ele que o estado da viúva não lhe permitia arriscar-se à comemoração da catástrofe. Deixou passar alguns dias, e foi fazer a sua visita de pêsames; mas, tendo dado o cartão, ouviu que ela não recebia ninguém. Foi então a São Paulo, voltou cinco ou seis semanas depois, preparou-se para embarcar; antes de partir, pensou ainda em visitar Mariana – não tanto por simples cortesia,

26. Às carreiras: muito rapidamente.

27. Acudir à vontade: atender à (sua própria) vontade.

como para levar consigo a imagem, deteriorada embora – daquela paixão de quatro anos.

Não a encontrou em casa. Voltava zangado, mal consigo, achava-se impertinente e de mau gosto. A pouca distância viu sair da igreja do Espírito Santo uma senhora de luto, que lhe pareceu Mariana. Era Mariana; vinha a pé; ao passar pela carruagem olhou para ele, fez que o não conhecia, e foi andando, de modo que o cumprimento de Evaristo ficou sem resposta. Este ainda quis mandar parar o carro e despedir-se dela, ali mesmo, na rua, um minuto, três palavras; como, porém, hesitasse na resolução, só parou quando já havia passado a igreja, e Mariana ia um grande pedaço adiante. Apeou-se, não obstante, e desandou o caminho; mas, fosse respeito ou despeito, trocou de resolução, meteu-se no carro e partiu.

– Três vezes sincera – concluiu, passados alguns minutos de reflexão.

Antes de um mês estava em Paris. Não esquecera a comédia do amigo, a cuja primeira representação no *Odéon* ficara de assistir. Correu a saber dela; tinha caído redondamente.[28]

– Coisas de teatro – disse Evaristo ao autor, para consolá-lo. – Há peças que caem. Há outras que ficam no repertório.

28. Tinha caído redondamente: tinha fracassado totalmente.

Conto de escola[1]

A escola era na rua do Costa,[2] um sobradinho de grade de pau.[3] O ano era de 1840. Naquele dia – uma segunda-feira, do mês de maio – deixei-me estar alguns instantes na rua da Princesa[4] a ver onde iria brincar a manhã. Hesitava entre o morro de São Diogo e o Campo de Sant'Ana,[5] que não era então esse parque atual, construção de *gentleman*,[6] mas um espaço rústico, mais ou menos infinito, alastrado de lavadeiras, capim e burros soltos. Morro ou campo? Tal era o problema. De repente disse comigo que o melhor era a escola. E guiei para a escola. Aqui vai a razão.

Na semana anterior tinha feito dois suetos,[7] e, descoberto o caso, recebi o pagamento das mãos de meu pai, que me deu uma sova de vara de marmeleiro. As sovas de meu pai doíam por muito tempo. Era um velho empregado do Arsenal de Guerra,[8] ríspido e intolerante. Sonhava para

---

1. Primeiro publicado na *Gazeta de Notícias*, 8 de setembro de 1884.
2. Rua do Costa: atual rua Alexandre Mackenzie, região central do Rio de Janeiro, perto do morro do Livramento.
3. Sobrado: construção de dois andares; "grade de pau" parece se referir uma gelosia, uma grade de ripas madeira que se usava em janelas permitindo a entrada de ar e luz mas mantendo a privacidade da casa.
4. Rua da Princesa: antiga rua da região central do Rio de Janeiro.
5. Morro de São Diogo: uma parte do morro do Pinto, de onde se extraiu grande quantidade de pedras para calçamento de ruas da cidade. Campo de Sant'Ana: também na região também central do Rio, próxima do morro do Livramento, na época uma zona rústica, com arroios (em que lavadeiras trabalhavam) e campo aberto, que foi sendo incorporada à cidade especialmente a partir de meados do século XIX, com a primeira estação urbana de trens, na década de 1850; atualmente é um parque.
6. *Gentleman*: cavalheiro, em inglês.
7. Sueto: folga, ócio. O personagem-narrador tinha matado dois dias de aula.
8. Arsenal de Guerra: estabelecimento oficial do Exército onde se guardavam e consertavam armas.

mim uma grande posição comercial, e tinha ânsia de me ver com os elementos mercantis, ler, escrever e contar, para me meter de caixeiro.[9] Citava-me nomes de capitalistas que tinham começado ao balcão. Ora, foi a lembrança do último castigo que me levou naquela manhã para o colégio. Não era um menino de virtudes.

Subi a escada com cautela, para não ser ouvido do mestre, e cheguei a tempo; ele entrou na sala três ou quatro minutos depois. Entrou com o andar manso do costume, em chinelas de cordovão,[10] com a jaqueta de brim lavada e desbotada, calça branca e tesa e grande colarinho caído.[11] Chamava-se Policarpo e tinha perto de cinquenta anos ou mais. Uma vez sentado, extraiu da jaqueta a boceta de rapé[12] e o lenço vermelho, pô-los na gaveta; depois relanceou os olhos pela sala. Os meninos, que se conservaram de pé durante a entrada dele, tornaram a sentar-se. Tudo estava em ordem; começaram os trabalhos.

– Seu Pilar, eu preciso falar com você – disse-me baixinho o filho do mestre.

Chamava-se Raimundo este pequeno, e era mole, aplicado, inteligência tarda. Raimundo gastava duas horas em reter aquilo que a outros levava apenas trinta ou cinquenta minutos; vencia com o tempo o que não podia fazer logo com o cérebro. Reunia a isso um grande medo ao pai. Era uma criança fina, pálida, cara doente; raramente estava

---

9. Caixeiro: empregado no comércio. Nesse tempo, trabalhar nessa posição era uma garantia de carreira estável.

10. Chinelas de cordovão: sapato de couro de cabra.

11. Colarinho: no tempo dessa história, o colarinho era uma peça que os homens ajustavam ao pescoço, mas sem fazer parte da camisa. Estar com o colarinho caído significa dizer que o aspecto do professor era de desleixo.

12. Boceta de rapé: rapé é o fumo, em forma moída, que era cheirado, uma moda na época (até que o charuto e o cigarro passaram a ser preferidos, a partir da segunda metade do século XIX); boceta é uma pequena caixa, usada para guardar o rapé.

alegre. Entrava na escola depois do pai e retirava-se antes. O mestre era mais severo com ele do que conosco.

– O que é que você quer?

– Logo – respondeu ele com voz trêmula.

Começou a lição de escrita. Custa-me dizer que eu era dos mais adiantados da escola; mas era. Não digo também que era dos mais inteligentes, por um escrúpulo fácil de entender e de excelente efeito no estilo, mas não tenho outra convicção. Note-se que não era pálido nem mofino:[13] tinha boas cores e músculos de ferro. Na lição de escrita, por exemplo, acabava sempre antes de todos, mas deixava-me estar a recortar narizes no papel ou na tábua, ocupação sem nobreza nem espiritualidade, mas em todo caso ingênua. Naquele dia foi a mesma coisa; tão depressa acabei, como entrei a reproduzir o nariz do mestre, dando-lhe cinco ou seis atitudes diferentes, das quais recordo a interrogativa, a admirativa, a dubitativa e a cogitativa. Não lhes punha esses nomes, pobre estudante de primeiras letras que era; mas, instintivamente, dava-lhes essas expressões. Os outros foram acabando; não tive remédio senão acabar também, entregar a escrita, e voltar para o meu lugar.

Com franqueza, estava arrependido de ter vindo. Agora que ficava preso, ardia por andar lá fora, e recapitulava o campo e o morro, pensava nos outros meninos vadios, o Chico Telha, o Américo, o Carlos das Escadinhas, a fina flor do bairro e do gênero humano. Para cúmulo de desespero, vi através das vidraças da escola, no claro azul do céu, por cima do morro do Livramento, um papagaio[14] de papel, alto e largo, preso de uma corda imensa, que bojava no ar, uma coisa soberba. E eu na escola, sentado, pernas unidas, com o livro de leitura e a gramática nos joelhos.

– Fui um bobo em vir – disse eu ao Raimundo.

– Não diga isso – murmurou ele.

---

13. Mofino: infeliz; covarde.

14. Papagaio: também chamado de pipa, raia, pandorga, brinquedo com uma armação de varetas, cobertas de papel, empinado por uma linha.

Olhei para ele; estava mais pálido. Então lembrou--me outra vez que queria pedir-me alguma coisa, e perguntei-lhe o que era. Raimundo estremeceu de novo, e, rápido, disse-me que esperasse um pouco; era uma coisa particular.

– Seu Pilar... – murmurou ele daí a alguns minutos.

– Que é?

– Você...

– Você quê?

Ele deitou os olhos ao pai, e depois a alguns outros meninos. Um destes, o Curvelo, olhava para ele, desconfiado, e o Raimundo, notando-me essa circunstância, pediu alguns minutos mais de espera. Confesso que começava a arder de curiosidade. Olhei para o Curvelo, e vi que parecia atento; podia ser uma simples curiosidade vaga, natural indiscrição; mas podia ser também alguma coisa entre eles. Esse Curvelo era um pouco levado do diabo. Tinha onze anos, era mais velho que nós.

Que me quereria[15] o Raimundo? Continuei inquieto, remexendo-me muito, falando-lhe baixo, com instância,[16] que me dissesse o que era, que ninguém cuidava[17] dele nem de mim. Ou então, de tarde...

– De tarde, não – interrompeu-me ele –; não pode ser de tarde.

– Então agora...

– Papai está olhando.

Na verdade, o mestre fitava-nos. Como era mais severo para o filho, buscava-o muitas vezes com os olhos, para trazê-lo mais aperreado.[18] Mas nós também éramos finos;[19] metemos o nariz no livro, e continuamos a ler. Afinal cansou e tomou as folhas[20] do dia, três ou quatro, que ele lia

---

15. Que me quereria: o que quereria de mim.
16. Com instância: insistentemente.
17. Cuidava: reparava, observava.
18. Aperreado: oprimido, subordinado.
19. Fino: aqui, malandro.
20. As folhas do dia: os jornais do dia (nessa época, os jornais eram quase sempre de uma folha apenas, impressa dos dois lados).

devagar, mastigando as ideias e as paixões. Não esqueçam que estávamos então no fim da Regência,[21] e que era grande a agitação pública. Policarpo tinha decerto algum partido, mas nunca pude averiguar esse ponto. O pior que ele podia ter, para nós, era a palmatória. E essa lá estava, pendurada do portal da janela, à direita, com os seus cinco olhos do diabo.[22] Era só levantar a mão, despendurá-la e brandi-la, com a força do costume, que não era pouca. E daí, pode ser que alguma vez as paixões políticas dominassem nele a ponto de poupar-nos uma ou outra correção. Naquele dia, ao menos, pareceu-me que lia as folhas com muito interesse; levantava os olhos de quando em quando, ou tomava uma pitada,[23] mas tornava logo aos jornais, e lia a valer.

No fim de algum tempo – dez ou doze minutos – Raimundo meteu a mão no bolso das calças e olhou para mim.

– Sabe o que tenho aqui?

– Não.

– Uma pratinha[24] que mamãe me deu.

– Hoje?

– Não, no outro dia, quando fiz anos...

– Pratinha de verdade?

– De verdade.

Tirou-a vagarosamente, e mostrou-me de longe. Era uma moeda do tempo do rei,[25] cuido[26] que doze vinténs ou dois tostões, não me lembro; mas era uma moeda, e tal

---

21. Regência: período que vai de 1831 a 1840, entre a renúncia de Pedro I e a subida ao poder de Pedro II; foi um momento de intensa disputa política.

22. A palmatória, instrumento de castigo físico usado para bater nas palmas das mãos dos alunos, era de madeira e tinha cinco furos e um cabo.

23. Pitada: uma pequena porção de rapé (que era enfiada numa das narinas).

24. Pratinha: uma moeda de prata, de valor alto no contexto.

25. Do tempo do rei: refere-se ao período que viveu no Rio o rei dom João VI, entre 1808 e 1821, quando ele retornou a Portugal, deixando aqui seu filho Pedro I como regente.

26. Cuido: calculo.

moeda que me fez pular o sangue no coração. Raimundo revolveu em mim o olhar pálido; depois perguntou-me se a queria para mim. Respondi-lhe que estava caçoando, mas ele jurou que não.

– Mas então você fica sem ela?

– Mamãe depois me arranja outra. Ela tem muitas que vovô lhe deixou, numa caixinha; algumas são de ouro. Você quer esta?

Minha resposta foi estender-lhe a mão disfarçadamente, depois de olhar para a mesa do mestre. Raimundo recuou a mão dele e deu à boca um gesto amarelo, que queria sorrir. Em seguida propôs-me um negócio, uma troca de serviços; ele me daria a moeda, eu lhe explicaria um ponto da lição de sintaxe. Não conseguira reter nada do livro, e estava com medo do pai. E concluía a proposta esfregando a pratinha nos joelhos...

Tive uma sensação esquisita. Não é que eu possuísse da virtude uma ideia antes própria[27] de homem; não é também que não fosse fácil em empregar uma ou outra mentira de criança. Sabíamos ambos enganar ao mestre. A novidade estava nos termos da proposta, na troca de lição e dinheiro, compra franca, positiva, toma lá, dá cá; tal foi a causa da sensação. Fiquei a olhar para ele, à toa, sem poder dizer nada.

Compreende-se que o ponto da lição era difícil, e que o Raimundo, não o tendo aprendido, recorria a um meio que lhe pareceu útil para escapar ao castigo do pai. Se me tem pedido[28] a coisa por favor, alcançá-la-ia do mesmo modo, como de outras vezes; mas parece que era a lembrança das outras vezes, o medo de achar a minha vontade frouxa ou cansada, e não aprender como queria – e pode ser mesmo que em alguma ocasião lhe tivesse ensinado mal –, parece que tal foi a causa da proposta. O pobre-diabo contava com

27. Uma ideia antes própria de homem: uma percepção óbvia para um homem adulto, mas rara para uma criança.

28. Se me tem pedido: se me tivesse pedido.

o favor – mas queria assegurar-lhe a eficácia, e daí recorreu à moeda que a mãe lhe dera e que ele guardava como relíquia ou brinquedo; pegou dela e veio esfregá-la nos joelhos, à minha vista, como uma tentação... Realmente, era bonita, fina, branca, muito branca; e para mim, que só trazia cobre[29] no bolso, quando trazia alguma coisa, um cobre feio, grosso, azinhavrado...[30]

Não queria recebê-la, e custava-me recusá-la. Olhei para o mestre, que continuava a ler, com tal interesse, que lhe pingava o rapé do nariz. "Ande, tome", dizia-me baixinho o filho. E a pratinha fuzilava-lhe entre os dedos, como se fora diamante... Em verdade, se o mestre não visse nada, que mal havia? E ele não podia ver nada, estava agarrado aos jornais lendo com fogo, com indignação...

– Tome, tome...

Relancei os olhos pela sala, e dei com os do Curvelo em nós; disse ao Raimundo que esperasse. Pareceu-me que o outro nos observava, então dissimulei; mas daí a pouco deitei-lhe outra vez o olho, e – tanto se ilude a vontade! – não lhe vi mais nada. Então cobrei ânimo.

– Dê cá...

Raimundo deu-me a pratinha, sorrateiramente; eu meti-a na algibeira[31] das calças, com um alvoroço que não posso definir. Cá estava ela comigo, pegadinha à perna. Restava prestar o serviço, ensinar a lição, e não me demorei em fazê-lo, nem o fiz mal, ao menos conscientemente; passava-lhe a explicação em um retalho de papel que ele recebeu com cautela e cheio de atenção. Sentia-se que despendia um esforço cinco ou seis vezes maior para aprender um nada; mas contanto que ele escapasse ao castigo, tudo iria bem.

De repente, olhei para o Curvelo e estremeci; tinha os olhos em nós, com um riso que me pareceu mau. Disfarcei; mas daí a pouco, voltando-me outra vez para ele, achei-o

29. Cobre: moeda de muito menor valor que a pratinha.
30. Azinhavrado: oxidado, esverdeado, sujo.
31. Algibeira: bolso.

do mesmo modo, com o mesmo ar, acrescendo que entrava a remexer-se no banco, impaciente. Sorri para ele e ele não sorriu; ao contrário, franziu a testa, o que lhe deu um aspecto ameaçador. O coração bateu-me muito.

– Precisamos muito cuidado – disse eu ao Raimundo.

– Diga-me isto só – murmurou ele.

Fiz-lhe sinal que se calasse; mas ele instava, e a moeda, cá no bolso, lembrava-me o contrato feito. Ensinei-lhe o que era, disfarçando muito; depois, tornei a olhar para o Curvelo, que me pareceu ainda mais inquieto, e o riso, dantes mau, estava agora pior. Não é preciso dizer que também eu ficara em brasas, ansioso que a aula acabasse; mas nem o relógio andava como das outras vezes, nem o mestre fazia caso da escola; este lia os jornais, artigo por artigo, pontuando-os com exclamações, com gestos de ombros, com uma ou duas pancadinhas na mesa. E lá fora, no céu azul, por cima do morro, o mesmo eterno papagaio, guinando a um lado e outro, como se me chamasse a ir ter com ele.[32] Imaginei-me ali com os livros e a pedra embaixo da mangueira, e a pratinha no bolso das calças, que eu não daria a ninguém, nem que me serrassem; guardá-la-ia em casa, dizendo a mamãe que a tinha achado na rua. Para que me não fugisse, ia-a apalpando, roçando-lhe os dedos pelo cunho,[33] quase lendo pelo tato a inscrição, com uma grande vontade de espiá-la.

– Oh! *Seu* Pilar! – bradou o mestre com voz de trovão.

Estremeci como se acordasse de um sonho, e levantei-me às pressas. Dei com o mestre, olhando para mim, cara fechada, jornais dispersos, e ao pé da mesa, em pé, o Curvelo. Pareceu-me adivinhar tudo.

– Venha cá! – bradou o mestre.

Fui e parei diante dele. Ele enterrou-me pela consciência dentro[34] um par de olhos pontudos; depois chamou o filho.

---

32. Ir ter com ele: ir ao seu encontro.

33. Cunho: a imagem em relevo, na moeda.

34. Dentro: aqui, adentro.

Toda a escola tinha parado; ninguém mais lia, ninguém fazia um só movimento. Eu, conquanto não tirasse os olhos do mestre, sentia no ar a curiosidade e o pavor de todos.

– Então o senhor recebe dinheiro para ensinar as lições aos outros? – disse-me o Policarpo.

– Eu...

– Dê cá a moeda que este seu colega lhe deu! – clamou.

Não obedeci logo, mas não pude negar nada. Continuei a tremer muito. Policarpo bradou de novo que lhe desse a moeda, e eu não resisti mais, meti a mão no bolso, vagarosamente, saquei-a e entreguei-lha.[35] Ele examinou-a de um e outro lado, bufando de raiva; depois estendeu o braço e atirou-a à rua. E então disse-nos uma porção de coisas duras, que tanto o filho como eu acabávamos de praticar uma ação feia, indigna, baixa, uma vilania,[36] e para emenda e exemplo íamos ser castigados. Aqui pegou da palmatória.

– Perdão, *seu* mestre... – solucei eu.

– Não há perdão! Dê cá a mão! Dê cá! Vamos! Sem-vergonha! Dê cá a mão!

– Mas, *seu* mestre...

– Olhe que é pior!

Estendi-lhe a mão direita, depois a esquerda, e fui recebendo os bolos[37] uns por cima dos outros, até completar doze, que me deixaram as palmas vermelhas e inchadas. Chegou a vez do filho, e foi a mesma coisa; não lhe poupou nada, dois, quatro, oito, doze bolos. Acabou, pregou-nos outro sermão. Chamou-nos sem-vergonhas, desaforados, e jurou que se repetíssemos o negócio, apanharíamos tal castigo que nos havia de lembrar[38] para todo o sempre. E exclamava: "Porcalhões! Tratantes! Faltos de brio!".

Eu, por mim, tinha a cara no chão. Não ousava fitar ninguém, sentia todos os olhos em nós. Recolhi-me ao

35. Lha: *lhe + a*.
36. Vilania: ação vil, uma baixeza, condenável.
37. Bolos: os golpes desferidos com a palmatória.
38. Nos havia de lembrar: lembraríamos.

banco, soluçando, fustigado pelos impropérios do mestre. Na sala arquejava o terror; posso dizer que naquele dia ninguém faria igual negócio. Creio que o próprio Curvelo enfiara[39] de medo. Não olhei logo para ele, cá dentro de mim jurava quebrar-lhe a cara, na rua, logo que saíssemos, tão certo como três e dois serem cinco.

Daí a algum tempo olhei para ele; ele também olhava para mim, mas desviou a cara, e penso que empalideceu. Compôs-se e entrou a ler em voz alta; estava com medo. Começou a variar de atitude, agitando-se à toa, coçando os joelhos, o nariz. Pode ser até que se arrependesse de nos ter denunciado; e na verdade, por que denunciar-nos? Em que é que lhe tirávamos alguma coisa?

– Tu me pagas! Tão duro como osso! – dizia eu comigo.

Veio a hora de sair, e saímos; ele foi adiante, apressado, e eu não queria brigar ali mesmo, na rua do Costa, perto do colégio; havia de ser na rua Larga de São Joaquim.[40] Quando, porém, cheguei à esquina, já o não vi; provavelmente escondera-se em algum corredor ou loja; entrei numa botica,[41] espiei em outras casas, perguntei por ele a algumas pessoas, ninguém me deu notícia. De tarde faltou à escola.[42]

Em casa não contei nada, é claro; mas para explicar as mãos inchadas, menti a minha mãe, disse-lhe que não tinha sabido a lição. Dormi nessa noite, mandando ao diabo os dois meninos, tanto o da denúncia como o da moeda. E sonhei com a moeda; sonhei que, ao tornar à escola, no dia seguinte, dera com ela na rua, e a apanhara, sem medo nem escrúpulos...

---

39. Enfiara: aqui, se encolhera.

40. Rua Larga de São Joaquim: atualmente, parte da atual avenida Marechal Floriano, região central do Rio de Janeiro, perto do morro do Livramento.

41. Botica: farmácia.

42. Como se vê, a escola funcionava em dois turnos, mas os alunos iam comer em casa.

De manhã, acordei cedo. A ideia de ir procurar a moeda fez-me vestir depressa. O dia estava esplêndido, um dia de maio, sol magnífico, ar brando, sem contar as calças novas que minha mãe me deu, por sinal que eram amarelas. Tudo isso, e a pratinha... Saí de casa, como se fosse trepar ao trono de Jerusalém.[43] Piquei[44] o passo para que ninguém chegasse antes de mim à escola; ainda assim não andei tão depressa que amarrotasse as calças. Não, que elas eram bonitas! Mirava-as, fugia aos encontros, ao lixo da rua...

Na rua encontrei uma companhia do batalhão de fuzileiros, tambor à frente, rufando. Não podia ouvir isto quieto. Os soldados vinham batendo o pé rápido, igual, direita, esquerda, ao som do rufo; vinham, passaram por mim, e foram andando. Eu senti uma comichão nos pés, e tive ímpeto de ir atrás deles. Já lhes disse: o dia estava lindo, e depois o tambor... Olhei para um e outro lado; afinal, não sei como foi, entrei a marchar também ao som do rufo, creio que cantarolando alguma coisa: *Rato na casaca...*[45] Não fui à escola, acompanhei os fuzileiros, depois enfiei pela Saúde, e acabei a manhã na praia da Gamboa.[46] Voltei para casa com as calças enxovalhadas, sem pratinha no bolso nem ressentimento na alma. E contudo a pratinha era bonita, e foram eles, Raimundo e Curvelo, que me deram o primeiro conhecimento, um da corrupção, outro da delação;[47] mas o diabo do tambor...

---

43. Como se fosse trepar ao trono de Jerusalém: como se fosse tomar o poder, com resolução firme.
44. Piquei: apressei.
45. *Rato na casaca*: em *O tronco do ipê* (1871), de José de Alencar, há uma referência a essa canção, no capítulo IV da primeira parte: “Ru! tru! Rato na casaca, camundongo no chapéu! Ru! tru!”.
46. Saúde, Gamboa: lugares da mesma região da cidade, perto do morro do Livramento, próximo à região portuária.
47. Delação: denúncia, acusação.

Um apólogo[1]

Era uma vez uma agulha, que disse a um novelo de linha:

– Por que está você com esse ar, toda cheia de si, toda enrolada, para fingir que vale alguma coisa neste mundo?

– Deixe-me, senhora.

– Que a deixe? Que a deixe, por quê? Porque lhe digo que está com um ar insuportável? Repito que sim, e falarei sempre que me der na cabeça.

– Que cabeça, senhora? A senhora não é alfinete, é agulha. Agulha não tem cabeça. Que lhe importa o meu ar? Cada qual tem o ar que Deus lhe deu. Importe-se com a sua vida e deixe a dos outros.

– Mas você é orgulhosa.

– Decerto que sou.

– Mas por quê?

– É boa! Porque coso.[2] Então os vestidos e enfeites de nossa ama, quem é que os cose, senão eu?

– Você? Esta agora é melhor. Você é que os cose? Você ignora que quem os cose sou eu, e muito eu?

– Você fura o pano, nada mais; eu é que coso, prendo um pedaço ao outro, dou feição aos babados...

– Sim, mas que vale isso? Eu é que furo o pano, vou adiante, puxando por você, que vem atrás, obedecendo ao que eu faço e mando...

– Também os batedores[3] vão adiante do imperador.

– Você é imperador?

– Não digo isso. Mas a verdade é que você faz um papel subalterno, indo adiante; vai só mostrando o caminho,

1. Primeira publicação na *Gazeta de Notícias*, a 1º de março de 1885. Apólogo: narrativa dialogada, com personagens inanimados falantes, com um desfecho contendo alguma lição de moral.

2. Coso: costuro.

3. Batedores: os guardas que preparam o caminho para a autoridade, que vem depois.

vai fazendo o trabalho obscuro e ínfimo. Eu é que prendo, ligo, ajunto...

Estavam nisto, quando a costureira chegou à casa da baronesa. Não sei se disse que isto se passava em casa de uma baronesa, que tinha a modista ao pé de si, para não andar atrás dela. Chegou a costureira, pegou do pano, pegou da agulha, pegou da linha, enfiou a linha na agulha, e entrou a coser. Uma e outra iam andando orgulhosas, pelo pano adiante, que era a melhor das sedas, entre os dedos da costureira, ágeis como os galgos de Diana –[4] para dar a isto uma cor poética. E dizia a agulha:

– Então, senhora linha, ainda teima no que dizia há pouco? Não repara que esta distinta costureira só se importa comigo; eu é que vou aqui entre os dedos dela, unidinha a eles, furando abaixo e acima...

A linha não respondia nada; ia andando. Buraco aberto pela agulha era logo enchido por ela, silenciosa e ativa, como quem sabe o que faz, e não está para ouvir palavras loucas. A agulha, vendo que ela não lhe dava resposta, calou-se também, e foi andando. E era tudo silêncio na saleta de costura; não se ouvia mais que o *plic-plic-plic-plic* da agulha no pano. Caindo o sol, a costureira dobrou a costura, para o dia seguinte; continuou ainda nesse e no outro, até que no quarto acabou a obra, e ficou esperando o baile.

Veio a noite do baile, e a baronesa vestiu-se. A costureira, que a ajudou a vestir-se, levava a agulha espetada no corpinho, para dar algum ponto necessário. E enquanto compunha o vestido da bela dama, e puxava a um lado ou outro, arregaçava daqui ou dali, alisando, abotoando, acolchetando, a linha, para mofar[5] da agulha, perguntou-lhe:

– Ora agora, diga-me, quem é que vai ao baile, no corpo da baronesa, fazendo parte do vestido e da elegância? Quem é que vai dançar com ministros e diplomatas,

4. Os galgos de Diana: na mitologia latina, Diana era a deusa caçadora; os galgos são cães extremamente velozes.

5. Mofar: fazer mofa, zombar.

enquanto você volta para a caixinha da costureira, antes de ir para o balaio das mucamas?[6] Vamos, diga lá.

Parece que a agulha não disse nada; mas um alfinete, de cabeça grande e não menor experiência, murmurou à pobre agulha:

– Anda, aprende, tola. Cansas-te em abrir caminho para ela e ela é que vai gozar da vida, enquanto aí ficas na caixinha de costura. Faze[7] como eu, que não abro caminho para ninguém. Onde me espetam, fico.

Contei esta história a um professor de melancolia, que me disse, abanando a cabeça:

– Também eu tenho servido de agulha a muita linha ordinária!

---

6. Mucamas: as criadas da casa, provavelmente mulheres escravizadas, no contexto.

7. Faze: forma possível mas desusada para o modo imperativo de "fazer", segunda pessoa do singular; a forma mais comum é "faz".

Dona Paula[1]

Não era possível chegar mais a ponto.[2] Dona Paula entrou na sala exatamente quando a sobrinha enxugava os olhos cansados de chorar. Compreende-se o assombro da tia. Entender-se-á também o da sobrinha, em se sabendo que dona Paula vive no alto da Tijuca,[3] donde raras vezes desce; a última foi pelo Natal passado, e estamos em maio de 1882. Desceu ontem, à tarde, e foi para casa da irmã, rua do Lavradio.[4] Hoje, tão depressa almoçou, vestiu-se e correu a visitar a sobrinha. A primeira escrava que a viu quis ir avisar a senhora, mas dona Paula ordenou-lhe que não, e foi pé ante pé, muito devagar, para impedir o rumor das saias,[5] abriu a porta da sala de visitas, e entrou.

– Que é isto? – exclamou.

Venancinha atirou-se-lhe aos braços, as lágrimas vieram-lhe de novo. A tia beijou-a muito, abraçou-a, disse-lhe palavras de conforto, e pediu, e quis que lhe contasse o que era, se alguma doença, ou...

– Antes fosse uma doença! Antes fosse a morte! – interrompeu a moça.

– Não digas tolices; mas que foi? Anda, que foi?

Venancinha enxugou os olhos e começou a falar. Não pôde ir além de cinco ou seis palavras; as lágrimas tornaram, tão abundantes e impetuosas, que dona Paula achou

1. Primeira publicação na *Gazeta de Notícias*, a 12 de outubro de 1884.
2. A ponto: no momento exato.
3. Alto da Tijuca: região no alto do maciço da Tijuca (onde há um Parque Nacional e fica o Cristo Redentor, inaugurado em 1931, meio século depois da história aqui relatada). Com acentuados aspectos rurais na época, a região fica bem distante da região central do Rio de Janeiro, onde se passa o episódio.
4. Rua do Lavradio: antiga via da Lapa, Rio de Janeiro.
5. Impedir o rumor das saias: não fazer barulho. As mulheres usavam mais de uma: havia uma saia de baixo, sob a saia visível, e as duas eram engomadas, o que causava certo ruído com o movimento.

de bom aviso[6] deixá-las correr primeiro. Entretanto, foi tirando a capa de rendas pretas que a envolvia, e descalçando as luvas. Era uma bonita velha, elegante, dona de um par de olhos grandes, que deviam ter sido infinitos. Enquanto a sobrinha chorava, ela foi cerrar cautelosamente a porta da sala, e voltou ao canapé.[7] No fim de alguns minutos, Venancinha cessou de chorar, e confiou à tia o que era.

Era nada menos que uma briga com o marido, tão violenta, que chegaram a falar de separação. A causa eram ciúmes. Desde muito que o marido embirrava com um sujeito; mas na véspera à noite, em casa do C...,[8] vendo-a dançar com ele duas vezes e conversar alguns minutos, concluiu que eram namorados.[9] Voltou amuado para casa; de manhã, acabado o almoço, a cólera estourou, e ele disse-lhe coisas duras e amargas, que ela repeliu com outras.

– Onde está teu marido? – perguntou a tia.

– Saiu; parece que foi para o escritório.

Dona Paula perguntou-lhe se o escritório era ainda o mesmo, e disse-lhe que descansasse, que não era nada; dali a duas horas tudo estaria acabado. Calçava as luvas rapidamente.

– Titia vai lá?

– Vou... Pois então? Vou. Teu marido é bom, são arrufos.[10] 104?[11] Vou lá; espera por mim, que as escravas não te vejam.

Tudo isso era dito com volubilidade, confiança e doçura. Calçadas as luvas, pôs o mantelete,[12] e a sobrinha

---

6. De bom aviso: adequado.
7. Canapé: sofá de estrutura de madeira.
8. C...: esta omissão do nome próprio e de outros elementos de identificação é um recurso narrativo que aumenta o mistério do caso narrado; foi uma estratégia muito empregada na narrativa romântica.
9. Namorados: enamorados, interessados um no outro.
10. Arrufos: momentos passageiros de mau humor, de desentendimento.
11. 104: referência ao número do prédio do escritório.
12. Mantelete: espécie da capa curta feminina, usada sobre o restante da vestimenta.

ajudou-a, falando também, jurando que, apesar de tudo, adorava o Conrado. Conrado era o marido, advogado desde 1874. Dona Paula saiu, levando muitos beijos da moça. Na verdade, não podia chegar mais a ponto. De caminho, parece que ela encarou o incidente, não digo desconfiada, mas curiosa, um pouco inquieta da realidade positiva;[13] em todo caso ia resoluta a reconstruir a paz doméstica.

Chegou, não achou o sobrinho no escritório, mas ele veio logo, e, passado o primeiro espanto, não foi preciso que dona Paula lhe dissesse o objeto da visita; Conrado adivinhou tudo. Confessou que fora excessivo em algumas coisas, e, por outro lado, não atribuía à mulher nenhuma índole perversa ou viciosa.[14] Só isso; no mais, era uma cabeça de vento, muito amiga de cortesias, de olhos ternos, de palavrinhas doces, e a leviandade também é uma das portas do vício. Em relação à pessoa de quem se tratava, não tinha dúvida de que eram namorados. Venancinha contara só o fato da véspera; não referiu outros, quatro ou cinco, o penúltimo no teatro, onde chegou a haver tal ou qual escândalo. Não estava disposto a cobrir com a sua responsabilidade os desazos[15] da mulher. Que namorasse, mas por conta própria.[16]

Dona Paula ouviu tudo, calada; depois falou também. Concordava que a sobrinha fosse leviana; era próprio da idade. Moça bonita não sai à rua sem atrair os olhos, e é natural que a admiração dos outros a lisonjeie. Também é natural que o que ela fizer de lisonjeada[17] pareça aos outros e ao marido um princípio de namoro: a fatuidade[18] de uns e o ciúme do outro explicam tudo. Pela parte dela, acabava

---

13. Positiva: aqui, constatada.
14. Viciosa: defeituosa.
15. Desazo: falta de cuidado, negligência.
16. Por conta própria: sem a concordância dele; que ela assumisse os riscos sozinha.
17. Fizer de lisonjeada: fizer por ser elogiada.
18. Fatuidade: vaidade.

de ver a moça chorar lágrimas sinceras, deixou-a consternada, falando de morrer, abatida com o que ele lhe dissera. E se ele próprio só lhe atribuía leviandade, por que não proceder com cautela e doçura, por meio de conselho e de observação, poupando-lhe as ocasiões,[19] apontando-lhe o mal que fazem à reputação de uma senhora as aparências de acordo, de simpatia, de boa vontade para os homens?

Não gastou menos de vinte minutos a boa senhora em dizer essas coisas mansas, com tão boa sombra,[20] que o sobrinho sentiu apaziguar-se-lhe o coração. Resistia, é verdade; duas ou três vezes, para não resvalar na indulgência,[21] declarou à tia que entre eles tudo estava acabado. E, para animar-se, evocava mentalmente as razões que tinha contra a mulher. A tia, porém, abaixava a cabeça para deixar passar a onda, e surgia outra vez com os seus grandes olhos sagazes e teimosos. Conrado ia cedendo aos poucos e mal. Foi então que dona Paula propôs um meio-termo.

– Você perdoa-lhe, fazem as pazes, e ela vai estar comigo, na Tijuca, um ou dois meses; uma espécie de desterro.[22] Eu, durante este tempo, encarrego-me de lhe pôr ordem no espírito. Valeu?

Conrado aceitou. Dona Paula, tão depressa obteve a palavra, despediu-se para levar a boa nova à outra; Conrado acompanhou-a até à escada. Apertaram as mãos; dona Paula não soltou a dele sem lhe repetir os conselhos de brandura e prudência; depois, fez esta reflexão natural:

– E vão ver que o homem de quem se trata nem merece um minuto dos nossos cuidados...

– É um tal Vasco Maria Portela...

Dona Paula empalideceu. Que Vasco Maria Portela? Um velho, antigo diplomata, que... Não, esse estava

---

19. Poupando-lhe as ocasiões: ficando a salvo de ocasiões (de pensar em trair o marido).
20. Boa sombra: aqui, bom efeito.
21. Indulgência: tendência a perdoar tudo.
22. Desterro: exílio, temporada de afastamento.

na Europa desde alguns anos, aposentado, e acabava de receber um título de barão. Era um filho dele, chegado de pouco, um pelintra...[23] Dona Paula apertou-lhe a mão, e desceu rapidamente. No corredor, sem ter necessidade de ajustar a capa, fê-lo durante alguns minutos, com a mão trêmula e um pouco de alvoroço na fisionomia. Chegou mesmo a olhar para o chão, refletindo. Saiu, foi ter com a sobrinha, levando a reconciliação e a cláusula. Venancinha aceitou tudo.

Dois dias depois foram para a Tijuca. Venancinha ia menos alegre do que prometera; provavelmente era o exílio, ou pode ser também que algumas saudades. Em todo caso, o nome de Vasco subiu a Tijuca, se não em ambas as cabeças, ao menos na da tia, onde era uma espécie de eco, um som remoto e brando, alguma coisa que parecia vir do tempo da Stoltz[24] e do ministério Paraná.[25] Cantora e ministério, coisas frágeis, não o eram menos que a ventura de ser moça, e onde iam essas três eternidades? Jaziam nas ruínas de trinta anos. Era tudo o que dona Paula tinha em si e diante de si.

Já se entende que o outro Vasco, o antigo, também foi moço e amou. Amaram-se, fartaram-se um do outro, à sombra do casamento, durante alguns anos, e, como o vento que passa não guarda a palestra dos homens, não há meio de escrever aqui o que então se disse da aventura. A aventura acabou; foi uma sucessão de horas doces e amargas, de delícias, de lágrimas, de cóleras, de arroubos, drogas várias com que encheram a esta senhora a taça das paixões. Dona Paula esgotou-a inteira e emborcou-a depois para não mais beber. A saciedade trouxe-lhe a abstinência, e com o tempo

23. Pelintra: malandro, pessoa inconfiável, sem-vergonha.
24. Tempo da Stoltz: alusão a uma famosa cantora lírica francesa, Rosine Stoltz (nome artístico de Victoire Noël, 1815-1903), que se apresentou no Brasil nos anos 1850.
25. Ministério Paraná: o marquês do Paraná, Honório Carneiro Leão, foi primeiro-ministro brasileiro entre 1853 e 1856.

foi esta última fase que fez a opinião. Morreu-lhe o marido e foram vindo os anos. Dona Paula era agora uma pessoa austera e pia, cheia de prestígio e consideração.

A sobrinha é que lhe levou o pensamento ao passado. Foi a presença de uma situação análoga, de mistura com o nome e o sangue do mesmo homem, que lhe acordou algumas velhas lembranças. Não esqueçam que elas estavam na Tijuca, que iam viver juntas algumas semanas, e que uma obedecia à outra; era tentar e desafiar a memória.

– Mas nós deveras não voltamos à cidade tão cedo? – perguntou Venancinha rindo, no outro dia de manhã.

– Já estás aborrecida?

– Não, não, isso nunca, mas pergunto...

Dona Paula, rindo também, fez com o dedo um gesto negativo; depois, perguntou-lhe se tinha saudades cá de baixo. Venancinha respondeu que nenhumas; e para dar mais força à resposta, acompanhou-a de um descair dos cantos da boca, a modo de indiferença e desdém. Era pôr demais na carta, dona Paula tinha o bom costume de não ler às carreiras,[26] como quem vai salvar o pai da forca, mas devagar, enfiando os olhos entre as sílabas e entre as letras, para ver tudo, e achou que o gesto da sobrinha era excessivo.

"Eles amam-se!", pensou ela.

A descoberta avivou o espírito do passado. Dona Paula forcejou por sacudir fora essas memórias importunas; elas, porém, voltavam, ou de manso ou de assalto, como raparigas[27] que eram, cantando, rindo, fazendo o diabo. Dona Paula tornou aos seus bailes de outro tempo, às suas eternas valsas que faziam pasmar a toda a gente, às mazurcas,[28] que ela metia à cara das sobrinhas como sendo a mais graciosa coisa do mundo, e aos teatros, e às cartas, e vagamente, aos beijos; mas tudo isso – e esta é a situação –, tudo isso era

26. Às carreiras: em alta velocidade.

27. Raparigas: moças, jovens.

28. Mazurca: tipo de música para dançar, de origem polonesa, com compasso de três tempos.

como as frias crônicas, esqueleto da história,[29] sem a alma da história. Passava-se tudo na cabeça. Dona Paula tentava emparelhar o coração com o cérebro, a ver se sentia alguma coisa além da pura repetição mental, mas, por mais que evocasse as comoções extintas, não lhe voltava nenhuma. Coisas truncadas!

Se ela conseguisse espiar para dentro do coração da sobrinha, pode ser que achasse ali a sua imagem, e então... Desde que esta ideia penetrou no espírito de dona Paula, complicou-lhe um pouco a obra de reparação e cura. Era sincera, tratava da alma da outra, queria vê-la restituída ao marido. Na constância do pecado é que se pode desejar que outros pequem também, para descer de companhia ao purgatório; mas aqui o pecado já não existia. Dona Paula mostrava à sobrinha a superioridade do marido, as suas virtudes e assim também as paixões, que podiam dar um mau desfecho ao casamento, pior que trágico, o repúdio.

Conrado, na primeira visita que lhes fez, nove dias depois, confirmou a advertência da tia; entrou frio e saiu frio. Venancinha ficou aterrada. Esperava que os nove dias de separação tivessem abrandado o marido, e, em verdade, assim era; mas ele mascarou-se à entrada e conteve-se para não capitular. E isto foi mais salutar que tudo o mais. O terror de perder o marido foi o principal elemento de restauração. O próprio desterro não pôde tanto.

Vai senão quando, dois dias depois daquela visita, estando ambas ao portão da chácara, prestes a sair para o passeio do costume, viram vir um cavaleiro. Venancinha fixou a vista, deu um pequeno grito, e correu a esconder-se atrás do muro. Dona Paula compreendeu e ficou. Quis ver o cavaleiro de mais perto; viu-o dali a dois ou três minutos, um galhardo rapaz, elegante, com as suas finas botas lustrosas, muito bem-posto no selim;[30] tinha a mesma cara do outro Vasco, era o filho; o mesmo jeito da cabeça, um pouco

29. Crônica: aqui, relato objetivo de fatos políticos.

30. Selim: um tipo de sela.

à direita, os mesmos ombros largos, os mesmos olhos redondos e profundos.

Nessa mesma noite, Venancinha contou-lhe tudo, depois da primeira palavra que ela lhe arrancou. Tinham-se visto nas corridas, uma vez, logo que ele chegou da Europa. Quinze dias depois, foi-lhe apresentado em um baile, e pareceu-lhe tão bem, com um ar tão parisiense, que ela falou dele, na manhã seguinte, ao marido. Conrado franziu o sobrolho, e foi este gesto que lhe deu uma ideia que até então não tinha. Começou a vê-lo com prazer; daí a pouco com certa ansiedade. Ele falava-lhe respeitosamente, dizia-lhe coisas amigas, que ela era a mais bonita moça do Rio, e a mais elegante, que já em Paris ouvira elogiá-la muito, por algumas senhoras da família Alvarenga. Tinha graça em criticar os outros, e sabia dizer também umas palavras sentidas, como ninguém. Não falava de amor, mas perseguia-a com os olhos, e ela, por mais que afastasse os seus, não podia afastá-los de todo. Começou a pensar nele, amiudadamente,[31] com interesse, e quando se encontravam, batia-lhe muito o coração; pode ser que ele lhe visse então, no rosto, a impressão que fazia.

Dona Paula, inclinada para ela, ouvia essa narração, que aí fica apenas resumida e coordenada. Tinha toda a vida nos olhos; a boca meio aberta, parecia beber as palavras da sobrinha, ansiosamente, como um cordial.[32] E pedia-lhe mais, que lhe contasse tudo, tudo. Venancinha criou confiança. O ar da tia era tão jovem, a exortação tão meiga e cheia de um perdão antecipado, que ela achou ali uma confidente e amiga, não obstante algumas frases severas que lhe ouviu, mescladas às outras, por um motivo de inconsciente hipocrisia. Não digo cálculo; dona Paula enganava-se a si mesma. Podemos compará-la a um general inválido, que forceja por achar um pouco do antigo ardor na audiência de outras campanhas.

31. Amiudadamente: frequentemente.

32. Um cordial: uma pessoa cordial, que se interessa de coração pela outra.

– Já vês que teu marido tinha razão – dizia ela –; foste imprudente, muito imprudente...

Venancinha achou que sim, mas jurou que estava tudo acabado.

– Receio que não. Chegaste a amá-lo deveras?[33]

– Titia...

– Tu ainda gostas dele!

– Juro que não. Não gosto; mas confesso... sim... confesso que gostei... Perdoe-me tudo; não diga nada a Conrado; estou arrependida... Repito que a princípio um pouco fascinada... Mas que quer a senhora?

– Ele declarou-te alguma coisa?

– Declarou; foi no teatro, uma noite, no teatro Lírico,[34] à saída. Tinha costume de ir buscar-me ao camarote e conduzir-me até o carro, e foi à saída... duas palavras...

Dona Paula não perguntou, por pudor, as próprias palavras do namorado, mas imaginou as circunstâncias, o corredor, os pares que saíam, as luzes, a multidão, o rumor das vozes, e teve o poder de representar, com o quadro, um pouco das sensações dela; e pediu-lhas com interesse, astutamente.

– Não sei o que senti – acudiu a moça cuja comoção crescente ia desatando a língua –; não me lembro dos primeiros cinco minutos. Creio que fiquei séria; em todo o caso, não lhe disse nada. Pareceu-me que toda gente olhava para nós, que teriam ouvido, e quando alguém me cumprimentava sorrindo, dava-me ideia de estar caçoando. Desci as escadas não sei como, entrei no carro sem saber o que fazia; ao apertar-lhe a mão, afrouxei bem os dedos. Juro-lhe que não queria ter ouvido nada. Conrado disse-me que tinha sono, e encostou-se ao fundo do carro; foi melhor assim, porque eu não sei que diria, se tivéssemos de ir conversando. Encostei-me também, mas por pouco tempo; não podia estar na mesma posição. Olhava para fora através dos vidros, e via só o clarão dos lampiões, de quando em quando,

33. Deveras: de fato.

34. Lírico: antigo teatro no Rio de Janeiro, que existiu entre 1852 e 1875.

e afinal nem isso mesmo; via os corredores do teatro, as escadas, as pessoas todas, e ele ao pé de mim, cochichando as palavras, duas palavras só, e não posso dizer o que pensei em todo esse tempo; tinha as ideias baralhadas, confusas, uma revolução em mim...

– Mas, em casa?

– Em casa, despindo-me, é que pude refletir um pouco, mas muito pouco. Dormi tarde, e mal. De manhã, tinha a cabeça aturdida. Não posso dizer que estava alegre nem triste; lembro-me que pensava muito nele, e para arredá-lo prometi a mim mesma revelar tudo ao Conrado; mas o pensamento voltava outra vez. De quando em quando, parecia-me escutar a voz dele, e estremecia. Cheguei a lembrar-me que, à despedida, lhe dera os dedos frouxos, e sentia, não sei como diga, uma espécie de arrependimento, um medo de o ter ofendido... e depois vinha o desejo de o ver outra vez... Perdoe-me, titia; a senhora é que quer que lhe conte tudo.

A resposta de dona Paula foi apertar-lhe muito a mão e fazer um gesto de cabeça. Afinal achava alguma coisa de outro tempo, ao contato daquelas sensações ingenuamente narradas. Tinha os olhos ora meio cerrados, na sonolência da recordação – ora aguçados de curiosidade e calor, e ouvia tudo, dia por dia, encontro por encontro, a própria cena do teatro, que a sobrinha a princípio lhe ocultara. E vinha tudo o mais, horas de ânsia, de saudade, de medo, de esperança, desalentos, dissimulações, ímpetos, toda a agitação de uma criatura em tais circunstâncias, nada dispensava a curiosidade insaciável da tia. Não era um livro, não era sequer um capítulo de adultério, mas um prólogo – interessante e violento.

Venancinha acabou. A tia não lhe disse nada, deixou-se estar metida em si mesma; depois acordou, pegou-lhe na mão e puxou-a. Não lhe falou logo; fitou primeiro, e de perto, toda essa mocidade, inquieta e palpitante, a boca fresca, os olhos ainda infinitos, e só voltou a si quando a sobrinha lhe pediu outra vez perdão. Dona Paula disse-lhe tudo o que a ternura e a austeridade da mãe lhe poderiam dizer, falou-lhe de castidade, de amor ao marido, de respeito público; foi tão eloquente que Venancinha não pôde conter-se, e chorou.

Veio o chá, mas não há chá possível depois de certas confidências. Venancinha recolheu-se logo, e, como a luz era agora maior, saiu da sala com os olhos baixos, para que o criado lhe não visse a comoção. Dona Paula ficou diante da mesa e do criado. Gastou vinte minutos, ou pouco menos, em beber uma xícara de chá e roer um biscoito, e apenas ficou só, foi encostar-se à janela, que dava para a chácara.

Ventava um pouco, as folhas moviam-se sussurrando, e, conquanto não fossem as mesmas do outro tempo, ainda assim perguntavam-lhe: "Paula, você lembra-se do outro tempo?". Que esta é a particularidade das folhas, as gerações que passam contam às que chegam as coisas que viram, e é assim que todas sabem tudo e perguntam por tudo. Você lembra-se do outro tempo?

Lembrar, lembrava; mas aquela sensação de há pouco, reflexo apenas, tinha agora cessado. Em vão repetia as palavras da sobrinha, farejando o ar agreste da noite: era só na cabeça que achava algum vestígio, reminiscências, coisas truncadas. O coração empacara de novo, o sangue ia outra vez com a andadura[35] do costume. Faltava-lhe o contato moral da outra. E continuava, apesar de tudo, diante da noite, que era igual às outras noites de então, e nada tinha que se parecesse com as do tempo da Stoltz e do marquês de Paraná; mas continuava, e lá dentro as pretas espalhavam o sono contando anedotas, e diziam, uma ou outra vez, impacientes:

– Sinhá velha hoje deita tarde como diabo!

35. Andadura: o ritmo de andar.

Viver![1]

Fim dos tempos. Ahasverus,[2] sentado em uma rocha, fita longamente o horizonte, onde passam duas águias cruzando-se. Medita, depois sonha. Vai declinando o dia.

Ahasverus – Chego à cláusula[3] dos tempos; este é o limiar da eternidade. A terra está deserta; nenhum outro homem respira o ar da vida. Sou o último; posso morrer. Morrer! Deliciosa ideia! Séculos de séculos vivi, cansado, mortificado, andando sempre, mas ei-los que acabam e vou morrer com eles. Velha natureza, adeus! Céu azul, nuvens renascentes, rosas de um dia e de todos os dias, águas perenes, terra inimiga, que me não comeste os ossos, adeus! O errante não errará mais. Deus me perdoará, se quiser, mas a morte consola-me. Aquela montanha é áspera como a minha dor; aquelas águias, que ali passam, devem ser famintas como o meu desespero. Morrereis também, águias divinas?

Prometeu[4] – Certo que os homens acabaram; a terra está nua deles.

1. Primeira publicação na *Gazeta de Notícias*, a 28 de fevereiro de 1886.
2. Ahasverus: personagem mitológico da tradição cristã, Ahasverus teria testemunhado a passagem de Cristo para o calvário, onde este seria crucificado; Cristo teria pedido a ele um abrigo (ou um copo d'água), mas Ahasverus teria negado. Dessa negativa teria nascido a maldição de Ahasverus – a de viver indefinidamente na terra, sem morrer jamais, mas igualmente sem encontrar felicidade, até que Cristo retornasse. É também conhecido como o Judeu Errante; seu nome aparece também com outras grafias (Ashver, Asaverus, etc.).
3. Cláusula: final.
4. Prometeu: personagem da mitologia grega, era um deus que havia cometido a façanha de roubar o fogo aos seus proprietários exclusivos até então, os deuses, e distribuí-lo entre os homens, motivo pelo qual foi condenado a permanecer acorrentado no monte Cáucaso, para sempre, enquanto uma grande ave comia incessantemente seu fígado.

AHASVERUS – Ouço ainda uma voz... Voz de homem? Céus implacáveis, não sou então o último? Ei-lo que se aproxima... Quem és tu? Há em teus grandes olhos alguma coisa parecida com a luz misteriosa dos arcanjos de Israel;[5] não és homem...

PROMETEU – Não.

AHASVERUS – Raça divina?

PROMETEU – Tu o disseste.[6]

AHASVERUS – Não te conheço; mas que importa que te não conheça? Não és homem; posso então morrer; pois sou o último, e fecho a porta da vida.

PROMETEU – A vida, como a antiga Tebas,[7] tem cem portas. Fechas uma, outras se abrirão. És o último da tua espécie? Virá outra espécie melhor, não feita do mesmo barro, mas da mesma luz. Sim, homem derradeiro, toda a plebe dos espíritos perecerá para sempre; a flor deles é que voltará à terra para reger as coisas. Os tempos serão retificados. O mal acabará; os ventos não espalharão mais, nem os germes da morte, nem o clamor dos oprimidos, mas tão somente a cantiga do amor perene e a bênção da universal justiça...

AHASVERUS – Que importa à espécie que vai morrer comigo toda essa delícia póstuma? Crê-me, tu que és imortal, para os ossos que apodrecem na terra as púrpuras de Sidônia[8] não valem nada. O que tu me contas é ainda melhor que o sonho de Campanella.[9] Na cidade deste havia

---

5. Arcanjos de Israel: na tradição judaico-cristã, são Gabriel, Miguel e Rafael.

6. Tu o disseste: nos evangelhos, esta foi uma fala de Jesus Cristo, quando indagado por Pôncio Pilatos se ele era o rei dos judeus.

7. Tebas: cidade do antigo Egito famosa por ter cem portas de ingresso a seu interior.

8. Púrpuras de Sidônia: Sidônia ou Sidon é uma cidade fenícia, antiquíssima, hoje em dia pertencente ao Líbano; era famosa por produzir tecidos de cor púrpura.

9. Campanella: Tommaso Campanella, italiano (1568-1639), escreveu *A cidade do sol* (1602), uma utopia sobre a cidade ideal.

delitos e enfermidades; a tua exclui todas as lesões morais e físicas. O Senhor te ouça! Mas deixa-me ir morrer.

PROMETEU – Vai, vai. Que pressa tens em acabar os teus dias?

AHASVERUS – A pressa de um homem que tem vivido milheiros de anos. Sim, milheiros de anos. Homens que apenas respiraram por dezenas deles, inventaram um sentimento de enfado, *tedium vitae*,[10] que eles nunca puderam conhecer, ao menos em toda a sua implacável e vasta realidade, porque é preciso haver calcado,[11] como eu, todas as gerações e todas as ruínas, para experimentar esse profundo fastio da existência.

PROMETEU – Milheiros de anos?

AHASVERUS – Meu nome é Ahasverus: vivia em Jerusalém, ao tempo em que iam crucificar Jesus Cristo. Quando ele passou pela minha porta, afrouxou ao peso do madeiro[12] que levava aos ombros, e eu empurrei-o, bradando-lhe que não parasse, que não descansasse, que fosse andando até à colina, onde tinha de ser crucificado... Então uma voz anunciou-me do céu que eu andaria sempre, continuamente, até o fim dos tempos. Tal é a minha culpa; não tive piedade para com aquele que ia morrer. Não sei mesmo como isto foi. Os fariseus[13] diziam que o filho de Maria[14] vinha destruir a lei, e que era preciso matá-lo; eu, pobre ignorante, quis realçar o meu zelo e daí a ação daquele dia. Que de vezes[15] vi isto mesmo, depois, atravessando os tempos e as cidades! Onde quer que o zelo penetrou numa alma subalterna, fez-se cruel ou ridículo. Foi a minha culpa irremissível.[16]

---

10. *Tedium vitae*: tédio da vida (latim).
11. Calcado: pisado, isto é, conhecido de perto.
12. Madeiro: a cruz.
13. Fariseu: religioso judeu, conhecido por seguir estritamente a lei.
14. Filho de Maria: na tradição cristã, Jesus Cristo era filho de Maria.
15. Que de vezes: quantas vezes.
16. Irremissível: sem perdão.

PROMETEU – Grave culpa, em verdade, mas a pena foi benévola. Os outros homens leram da vida um capítulo, tu leste o livro inteiro. Que sabe um capítulo de outro capítulo? Nada; mas o que os leu a todos, liga-os e conclui. Há páginas melancólicas? Há outras joviais e felizes. À convulsão trágica precede a do riso, a vida brota da morte, cegonhas e andorinhas trocam de clima, sem jamais abandoná-lo inteiramente; é assim que tudo se concerta e restitui. Tu viste isso, não dez vezes, não mil vezes, mas todas as vezes; viste a magnificência da terra curando a aflição da alma, e a alegria da alma suprindo à desolação das coisas; dança alternada da natureza, que dá a mão esquerda a Jó[17] e a direita a Sardanapalo.[18]

AHASVERUS – Que sabes tu da minha vida? Nada; ignoras a vida humana.

PROMETEU – Ignoro a vida humana? Deixa-me rir! Eia, homem perpétuo, explica-te. Conta-me tudo; saíste de Jerusalém...

AHASVERUS – Saí de Jerusalém. Comecei a peregrinação dos tempos. Ia a toda parte, qualquer que fosse a raça, o culto ou a língua; sóis e neves, povos bárbaros e cultos, ilhas, continentes, onde quer que respirasse um homem, aí respirei eu. Nunca mais trabalhei. Trabalho é refúgio, e não tive esse refúgio. Cada manhã achava comigo a moeda do dia... Vede; cá está a última. Ide, que já não sois precisa (*atira a moeda ao longe*). Não trabalhava, andava

---

17. Jó: personagem bíblico, protagonista de um livro da Bíblia (Antigo Testamento), conhecido por ser muito rico e estritamente correto e temente a Deus. Por interferência de Satanás, perdeu sua riqueza e seus filhos, além de padecer imensos males físicos, mas se manteve fiel a Deus, que afinal o recompensou com o dobro da riqueza que tinha antes.

18. Sardanapalo: rei da Assíria, na altura do século VII a.C., era também muito rico mas, ao contrário de Jó, dissipou a riqueza em vida e morreu numa orgia. Consta que escreveu para si um epitáfio que dizia ser o prazer físico o único sentido da vida.

apenas, sempre, sempre, sempre, um dia e outro dia, um ano e outro ano, e todos os anos, e todos os séculos. A eterna justiça soube o que fez: somou a eternidade com a ociosidade. As gerações legavam-me umas às outras. As línguas que morriam ficavam com o meu nome embutido na ossada. Com o volver dos tempos, esquecia-se tudo; os heróis dissipavam-se em mitos, na penumbra, ao longe; e a história ia caindo aos pedaços, não lhe ficando mais que duas ou três feições vagas e remotas. E eu via-as de um modo e de outro modo. Falaste em capítulo? Felizes os que só leram a vida em um capítulo. Os que se foram, à nascença dos impérios, levaram a impressão da perpetuidade deles; os que expiraram quando eles decaíam, enterraram-se com a esperança da recomposição; mas sabes tu o que é ver as mesmas coisas, sem parar, a mesma alternativa de prosperidade e desolação, desolação e prosperidade, eternas exéquias e eternas aleluias, auroras sobre auroras, ocasos sobre ocasos?

PROMETEU – Mas não padeceste, creio; é alguma coisa não padecer nada.

AHASVERUS – Sim, mas vi padecer os outros homens, e, para o fim, o espetáculo da alegria dava-me a mesma sensação que os discursos de um doido. Fatalidades do sangue e da carne, conflitos sem fim, tudo vi passar a meus olhos, a ponto que a noite me fez perder o gosto ao dia, e acabo não distinguindo as flores das urzes.[19] Tudo se me confunde na retina enfarada.[20]

PROMETEU – Pessoalmente não te doeu nada; e eu que padeci por tempos inúmeros o efeito da cólera divina?

AHASVERUS – Tu?

PROMETEU – Prometeu é o meu nome.

AHASVERUS – Tu Prometeu?

PROMETEU – E qual foi o meu crime? Fiz de lodo e água os

19. Urze: plantas comuns, sem beleza (comparável à das flores).
20. Enfarada: entediada, enfastiada.

primeiros homens,[21] e depois, compadecido, roubei para eles o fogo do céu. Tal foi o meu crime. Júpiter, que então regia o Olimpo,[22] condenou-me ao mais cruel suplício. Anda, sobe comigo a este rochedo.

AHASVERUS – Contas-me uma fábula. Conheço esse sonho helênico.[23]

PROMETEU – Velho incrédulo! Anda ver as próprias correntes que me agrilhoaram; foi uma pena excessiva para nenhuma culpa; mas a divindade orgulhosa e terrível... Chegamos, olha, aqui estão elas...

AHASVERUS – O tempo que tudo rói não as quis então?

PROMETEU – Eram de mão divina; fabricou-as Vulcano.[24] Dois emissários do céu vieram atar-me ao rochedo, e uma águia, como aquela que lá corta o horizonte, comia-me o fígado, sem consumi-lo nunca. Durou isto tempos que não contei. Não, não podes imaginar este suplício...

AHASVERUS – Não me iludes? Tu Prometeu? Não foi então um sonho da imaginação antiga?

PROMETEU – Olha bem para mim, palpa estas mãos. Vê se existo.

AHASVERUS – Moisés[25] mentiu-me. Tu Prometeu, criador dos primeiros homens?

PROMETEU – Foi o meu crime.

AHASVERUS – Sim, foi o teu crime, artífice do inferno; foi o teu crime inexpiável. Aqui devias ter ficado por todos os tempos, agrilhoado e devorado, tu, origem dos males que

21. Fiz os homens: uma versão da mitologia grega diz que Prometeu e Epimeteu, seu irmão, foram encarregados de criar os animais e os homens, tendo estes sido feitos com barro.

22. Júpiter: versão romana de Zeus, o mais poderoso dos deuses do Olimpo, a morada dos doze principais deuses gregos.

23. Helênico: grego.

24. Vulcano: versão romana do deus Hefesto, o deus dos ferreiros.

25. Moisés: líder religioso judeu; por muito tempo ele foi tido como o autor dos cinco primeiros livros da Bíblia, no primeiro dos quais está narrada a criação do homem por Deus.

me afligiram. Careci de piedade, é certo; mas tu, que me trouxeste à existência, divindade perversa, foste a causa original de tudo.

PROMETEU – A morte próxima[26] obscurece-te a razão.

AHASVERUS – Sim, és tu mesmo, tens a fronte olímpica, forte e belo titão:[27] és tu mesmo... São estas as cadeias? Não vejo o sinal das tuas lágrimas.

PROMETEU – Chorei-as pela tua raça.

AHASVERUS – Ela chorou muito mais por tua culpa.[28]

PROMETEU – Ouve, último homem, último ingrato!

AHASVERUS – Para que quero eu palavras tuas? Quero os teus gemidos, divindade perversa. Aqui estão as cadeias.[29] Vê como as levanto nas mãos; ouve o tinir dos ferros... Quem te desagrilhoou outrora?

PROMETEU – Hércules.[30]

AHASVERUS – Hércules... Vê se ele te presta igual serviço, agora que vais ser novamente agrilhoado.

PROMETEU – Deliras.

AHASVERUS – O céu deu-te o primeiro castigo; agora a terra vai dar-te o segundo e derradeiro. Nem Hércules poderá mais romper estes ferros. Olha como os agito no ar, à maneira de plumas; é que eu represento a força dos desesperos milenários. Toda a humanidade está em

---

26. A morte próxima: na primeira linha do conto se afirma que os tempos estão no fim.

27. Titão: o mesmo que titã; na mitologia grega, cada um dos 12 filhos de Urano (o Céu) e Gaia (a Terra), que tentaram destronar Zeus numa batalha e foram vencidos por este e os deuses do Olimpo. Na genealogia dos mitos, Prometeu era filho de Jápeto, um dos 12 titãs.

28. Ela chorou muito mais por tua culpa: Ahasverus acentua o traço do inevitável sofrimento humano, que só existe, obviamente, porque os homens foram criados (por Prometeu).

29. Cadeias: aqui, correntes.

30. Hércules: na mitologia grega, um semideus, filho de Zeus com uma mortal; forte e astuto, enfrentou uma série de monstros, nos famosos Doze Trabalhos; depois deles, Hércules libera Prometeu das correntes que o prendem ao monte.

mim. Antes de cair no abismo, escreverei nesta pedra o epitáfio[31] de um mundo. Chamarei a águia, e ela virá; dir-lhe-ei que o derradeiro homem, ao partir da vida, deixa-lhe um regalo de deuses.

PROMETEU – Pobre ignorante, que rejeitas um trono! Não, não podes mesmo rejeitá-lo.

AHASVERUS – És tu agora que deliras. Eia, prostra-te, deixa-me ligar-te os braços. Assim, bem, não resistirás mais; arqueja para aí. Agora as pernas...

PROMETEU – Acaba, acaba. São as paixões da terra que se voltam contra mim; mas eu, que não sou homem, não conheço a ingratidão. Não arrancarás uma letra ao teu destino, ele se cumprirá inteiro. Tu mesmo serás o novo Hércules. Eu, que anunciei a glória do outro, anuncio a tua; e não serás menos generoso que ele.

AHASVERUS – Deliras tu?

PROMETEU – A verdade ignota[32] aos homens é o delírio de quem a anuncia. Anda, acaba.

AHASVERUS – A glória não paga nada, e extingue-se.

PROMETEU – Esta não se extinguirá. Acaba, acaba; ensina ao bico adunco da águia como me há de devorar a entranha; mas escuta... Não, não escutes nada; não podes entender-me.

AHASVERUS – Fala, fala.

PROMETEU – O mundo passageiro não pode entender o mundo eterno; mas tu serás o elo entre ambos.

AHASVERUS – Dize[33] tudo.

PROMETEU – Não digo nada; anda, aperta bem estes pulsos, para que eu não fuja, para que me aches aqui à tua volta. Que te diga tudo? Já te disse que uma raça nova povoará a terra, feita dos melhores espíritos da raça extinta; a multidão dos outros perecerá. Nobre família, lúcida e poderosa,

---

31. Epitáfio: a frase que era comum imprimir no túmulo dos mortos.
32. Ignota: desconhecida.
33. Dize: o mesmo que diz.

será a perfeita comunhão do divino com o humano. Outros serão os tempos, mas entre eles e estes um elo é preciso, e esse elo és tu.

AHASVERUS – Eu?

PROMETEU – Tu mesmo, tu, eleito, tu, rei. Sim, Ahasverus, tu serás rei. O errante pousará. O desprezado dos homens governará os homens.

AHASVERUS – Titão artificioso, iludes-me... Rei, eu?

PROMETEU – Tu rei. Que outro seria? O mundo novo precisa de uma tradição do mundo velho, e ninguém pode falar de um a outro como tu. Assim não haverá interrupção entre as duas humanidades. O perfeito procederá do imperfeito, e a tua boca dir-lhe-á as suas origens. Contarás aos novos homens todo o bem e todo o mal antigo. Reviverás assim como a árvore a que cortaram as folhas secas, e conserva tão somente as viçosas; mas aqui o viço é eterno.

AHASVERUS – Visão luminosa! Eu mesmo?

PROMETEU – Tu mesmo.

AHASVERUS – Estes olhos... estas mãos... vida nova e melhor... Visão excelsa![34] Titão, é justo. Justa foi a pena; mas igualmente justa é a remissão gloriosa do meu pecado. Viverei eu? Eu mesmo? Vida nova e melhor? Não, tu mofas[35] de mim.

PROMETEU – Bem, deixa-me, voltarás um dia, quando este imenso céu for aberto para que desçam os espíritos da vida nova. Aqui me acharás tranquilo. Vai.

AHASVERUS – Saudarei outra vez o sol?

PROMETEU – Esse mesmo que ora vai a cair. Sol amigo, olho dos tempos, nunca mais se fechará a tua pálpebra. Fita-o, se podes.

AHASVERUS – Não posso.

PROMETEU – Podê-lo-ás depois quando as condições da vida

---

34. Excelsa: sublime, inexcedível.

35. Mofas: zombas, escarneces.

houverem mudado. Então a tua retina fitará o sol sem perigo, porque no homem futuro ficará concentrado tudo o que há melhor na natureza, enérgico ou sutil, cintilante ou puro.

AHASVERUS – Jura que me não mentes.

PROMETEU – Verás se minto.

AHASVERUS – Fala, fala mais, conta-me tudo.

PROMETEU – A descrição da vida não vale a sensação da vida; tê-la-ás prodigiosa. O seio de Abraão[36] das tuas velhas Escrituras[37] não é senão esse mundo ulterior e perfeito. Lá verás David[38] e os profetas. Lá contarás à gente estupefata não só as grandes ações do mundo extinto, como também os males que ela não há de conhecer, lesão ou velhice, dolo,[39] egoísmo, hipocrisia, a aborrecida vaidade, a inopinável toleima[40] e o resto. A alma terá, como a terra, uma túnica incorruptível.

AHASVERUS – Verei ainda este imenso céu azul!

PROMETEU – Olha como é belo.

AHASVERUS – Belo e sereno como a eterna justiça. Céu magnífico, melhor que as tendas de Cedar,[41] ver-te-ei ainda e sempre; tu recolherás os meus pensamentos, como outrora; tu me darás os dias claros e as noites amigas...

PROMETEU – Auroras sobre auroras.

---

36. Seio de Abraão: Abraão é o patriarca dos judeus, o fundador de toda a história judaica; o seio figura aqui como uma imagem – o seio de Abraão seria o lugar perfeito, o descanso total.

37. Velhas Escrituras: os primeiros livros da Bíblia, onde se lê a história do povo judeu.

38. David: um importante rei dos judeus.

39. Dolo: intenção fraudulenta, má-fé.

40. Inopinável toleima: inimaginável burrice.

41. Tendas de Cedar: eram originalmente tendas rústicas, cobertas de peles, feitas pela tribo Cedar (ou Quedar). No livro *Cântico dos cânticos*, da Bíblia, fala a Amada a seu Amado: “Sou morena, mas formosa [...] como as tendas de Cedar”, sugerindo tratar-se de uma beleza acolhedora.

AHASVERUS – Eia, fala, fala mais. Conta-me tudo. Deixa-me desatar-te estas cadeias...

PROMETEU – Desata-as, Hércules novo, homem derradeiro de um mundo, que vais ser o primeiro de outro. É o teu destino; nem tu nem eu, ninguém poderá mudá-lo. És mais ainda que o teu Moisés. Do alto do Nebo,[42] viu ele, prestes a morrer, toda a terra de Jericó,[43] que ia pertencer à sua posteridade; e o Senhor lhe disse: "Tu a viste com teus olhos, e não passarás a ela". Tu passarás a ela, Ahasverus; tu habitarás Jericó.

AHASVERUS – Põe a mão sobre a minha cabeça, olha bem para mim; incute-me a tua realidade e a tua predição; deixa-me sentir um pouco da vida nova e plena... Rei disseste?

PROMETEU – Rei eleito de uma raça eleita.

AHASVERUS – Não é demais para resgatar o profundo desprezo em que vivi. Onde uma vida cuspiu lama, outra vida porá uma auréola. Anda, fala mais... fala mais... (*Continua sonhando. As duas águias aproximam-se.*)

UMA ÁGUIA – Ai, ai, ai, deste último homem, está morrendo e ainda sonha com a vida.

A OUTRA – Nem ele a odiou tanto, senão porque a amava muito.

---

42. Nebo: nome de um monte do qual Moisés vislumbrou a terra prometida, lugar a que ele porém nunca chegaria, conforme profecia divina.
43. Jericó: uma cidade situada já na terra prometida por Deus aos judeus.

O cônego ou metafísica do estilo[1]

– Vem do Líbano, esposa minha, vem do Líbano, vem... As mandrágoras[2] deram o seu cheiro. Temos às nossas portas toda a casta de pombos...

– Eu vos conjuro, filhas de Jerusalém, que se encontrardes o meu amado, lhe façais saber que estou enferma de amor...[3]

Era assim, com essa melodia do velho drama de Judá,[4] que procuravam um ao outro na cabeça do cônego Matias um substantivo e um adjetivo... Não me interrompas, leitor precipitado; sei que não acreditas em nada do que vou dizer. Di-lo-ei, contudo, a despeito da tua pouca fé, porque o dia da conversão pública há de chegar.

Nesse dia – cuido que por volta de 2222 –, o paradoxo despirá as asas para vestir a japona de uma verdade comum. Então esta página merecerá, mais que favor, apoteose.[5] Hão de traduzi-la em todas as línguas. As academias e institutos farão dela um pequeno livro, para uso dos séculos, papel de bronze, corte-dourado, letras de opala embutidas, e capa de

1. Primeira publicação na *Gazeta de Notícias*, a 22 de novembro de 1885. Cônego: padre católico, com atribuições administrativas numa igreja. Metafísica: em sentido amplo, filosofia, conhecimento das coisas para além de sua materialidade.
2. Mandrágora: certa erva, com características tóxicas.
3. As duas falas são da personagem da Amada, no *Cântico dos cânticos*. São adaptações desse livro bíblico, que traz um diálogo amoroso e erótico entre uma Amada e seu Amado. Diz-se que foi escrito por Salomão para uma mulher que ele amava. Ver capítulos 4 e 5 deste livro bíblico.
4. Drama de Judá: refere-se ao drama amoroso contido no *Cântico dos cânticos*. Judá: aqui, o povo de Israel.
5. Apoteose: consagração.

prata fosca.[6] Os governos decretarão que ela seja ensinada nos ginásios e liceus. As filosofias queimarão todas as doutrinas anteriores, ainda as mais definitivas, e abraçarão esta psicologia[7] nova, única verdadeira, e tudo estará acabado. Até lá passarei por tonto, como se vai ver.

Matias, cônego honorário e pregador efetivo, estava compondo um sermão quando começou o idílio[8] psíquico. Tem quarenta anos de idade, e vive entre livros e livros para os lados da Gamboa.[9] Vieram encomendar-lhe o sermão para certa festa próxima; ele que se regalava então com uma grande obra espiritual, chegada no último paquete,[10] recusou o encargo; mas instaram[11] tanto, que aceitou.

– Vossa Reverendíssima[12] faz isto brincando – disse o principal dos festeiros.[13]

Matias sorriu manso e discreto, como devem sorrir os eclesiásticos e os diplomatas. Os festeiros despediram-se com grandes gestos de veneração, e foram anunciar a festa nos jornais, com a declaração de que pregava ao Evangelho[14] o cônego Matias, "um dos ornamentos do clero brasileiro". Este "ornamento do clero" tirou ao cônego a vontade de almoçar,[15] quando ele o leu agora de manhã; e só por estar ajustado é que se meteu a escrever o sermão.

---

6. Várias referências a uma edição de livro altamente sofisticada e luxuosa.

7. Psicologia: aqui, o mesmo que filosofia, conhecimento de coisas sutis do pensamento.

8. Idílio: devaneio, imaginação prazerosa.

9. Gamboa: bairro carioca próximo ao mar, no tempo da história, depois aterrado.

10. Paquete: o navio que fazia a linha entre o Brasil e a Europa.

11. Instaram: insistiram.

12. Vossa reverendíssima: forma de tratamento elevado ao cônego.

13. Festeiros: os organizadores da festa (que encomendou o sermão ao cônego Matias). Certamente era festa de algum santo, porque haveria missa.

14. Evangelho: aqui, momento da missa em que o padre comenta alguma passagem dos livros bíblicos que falam da vida de Jesus Cristo.

15. O almoço era a primeira refeição do dia, ainda pela manhã.

Começou de má vontade, mas no fim de alguns minutos já trabalhava com amor. A inspiração, com os olhos no céu, e a meditação, com os olhos no chão, ficam a um e outro lado do espaldar da cadeira, dizendo ao ouvido do cônego mil coisas místicas e graves. Matias vai escrevendo, ora devagar, ora depressa. As tiras[16] saem-lhe das mãos, animadas e polidas. Algumas trazem poucas emendas ou nenhumas. De repente, indo escrever um adjetivo, suspende-se; escreve outro e risca-o; mais outro, que não tem melhor fortuna. Aqui é o centro do idílio.[17] Subamos à cabeça do cônego.

Upa! Cá estamos. Custou-te, não, leitor amigo? É para que não acredites nas pessoas que vão ao Corcovado,[18] e dizem que ali a impressão da altura é tal, que o homem fica sendo coisa nenhuma. Opinião pânica e falsa, falsa como Judas[19] e outros diamantes. Não creias tu nisso, leitor amado. Nem Corcovados, nem Himalaias[20] valem muita coisa ao pé da tua cabeça, que os mede. Cá estamos. Olha bem que é a cabeça do cônego. Temos à escolha um ou outro dos hemisférios cerebrais; mas vamos por este, que é onde nascem os substantivos. Os adjetivos nascem no da esquerda. Descoberta minha, que, ainda assim, não é a principal, mas a base dela, como se vai ver. Sim, meu senhor, os adjetivos nascem de um lado, e os substantivos de outro, e toda a sorte de vocábulos está assim dividida por motivo da diferença sexual...

– Sexual?

---

16. As tiras: de papel, em que ele escreve. As tiras eram retalhos que serviam de papel de rascunho, e não eram folhas homogêneas, com as de hoje em dia.
17. Idílio: fantasia, momento de imaginação.
18. Corcovado: morro do Rio de Janeiro, onde, em 1931, foi construída a estátua do Cristo Redentor.
19. Judas: personagem bíblico famoso por ter traído Jesus Cristo.
20. Himalaia: a famosa cordilheira de montanhas, com o pico do Everest, o mais alto do mundo. Fica entre a Índia, o Tibete, a China, o Nepal e o Butão.

Sim, minha senhora,[21] sexual. As palavras têm sexo. Estou acabando a minha grande memória[22] psico-léxico-lógica, em que exponho e demonstro esta descoberta. Palavra tem sexo.

– Mas, então, amam-se umas às outras?

Amam-se umas às outras. E casam-se. O casamento delas é o que chamamos estilo. Senhora minha, confesse que não entendeu nada.

– Confesso que não.

Pois entre aqui também na cabeça do cônego. Estão justamente a suspirar deste lado. Sabe quem é que suspira? É o substantivo de há pouco, o tal que o cônego escreveu no papel, quando suspendeu a pena. Chama por certo adjetivo, que lhe não aparece: "Vem do Líbano, vem...". E fala assim, pois está em cabeça de padre; se fosse de qualquer pessoa do século,[23] a linguagem seria a de Romeu: "Julieta é o sol... ergue-te, lindo sol".[24] Mas em cérebro eclesiástico, a linguagem é a das Escrituras. Ao cabo, que importam fórmulas? Namorados de Verona[25] ou de Judá falam todos o mesmo idioma, como acontece com o *thaler* ou o dólar, o florim ou a libra,[26] que é tudo o mesmo dinheiro.

Portanto, vamos lá por essas circunvoluções do cérebro eclesiástico,[27] atrás do substantivo que procura o adjetivo. Sílvio chama por Sílvia. Escutai; ao longe parece que suspira também alguma pessoa; é Sílvia que chama por Sílvio.

---

21. Minha senhora: o leitor, em geral. Não é raro que Machado use essa forma de tratamento para qualquer leitor.
22. Memória: aqui, um texto relatando a descoberta.
23. Pessoa do século: uma pessoa não religiosa. Também se usa *secular*, neste sentido.
24. Fala de Romeu, na peça *Romeu e Julieta*, de William Shakespeare (1564-1616).
25. Verona: a cidade italiana em que se passa a história de *Romeu e Julieta*.
26. *Thaler*, dólar, florim, libra: nomes de moedas nacionais (de parte da Europa germânica, Estados Unidos, Itália e Reino Unido, respectivamente), na época.
27. Eclesiástico: relativo à igreja católica; aqui, ao cônego.

Ouvem-se agora e procuram-se. Caminho difícil e intrincado que é este de um cérebro tão cheio de coisas velhas e novas! Há aqui um burburinho de ideias, que mal deixa ouvir os chamados de ambos; não percamos de vista o ardente Sílvio, que lá vai, que desce e sobe, escorrega e salta; aqui, para não cair, agarra-se a umas raízes latinas, ali abordoa-se[28] a um salmo, acolá monta num pentâmetro,[29] e vai sempre andando, levado de uma força íntima, a que não pode resistir.

De quando em quando, aparece-lhe alguma dama – adjetivo também – e oferece-lhe as suas graças antigas ou novas; mas, por Deus, não é a mesma, não é a única, a destinada *ab eterno*[30] para este consórcio.[31] E Sílvio vai andando, à procura da única. Passai, olhos de toda cor, formas de toda casta, cabelos cortados à cabeça do Sol ou da Noite; morrei sem eco, meigas cantilenas suspiradas no eterno violino; Sílvio não pede um amor qualquer, adventício[32] ou anônimo; pede um certo amor nomeado e predestinado.

Agora não te assustes, leitor, não é nada; é o cônego que se levanta, vai à janela, e encosta-se a espairecer do esforço. Lá olha, lá esquece o sermão e o resto. O papagaio em cima do poleiro, ao pé da janela, repete-lhe as palavras do costume e, no terreiro, o pavão enfuna-se[33] todo ao sol da manhã; o próprio sol, reconhecendo o cônego, manda-lhe um dos seus fiéis raios, a cumprimentá-lo. E o raio vem, e para diante da janela: "Cônego ilustre, aqui venho trazer os recados do sol, meu senhor e pai". Toda a natureza parece assim bater palmas ao regresso daquele galé[34] do

28. Abordoa-se: transforma em bordão, usa repetidamente.
29. Pentâmetro: verso grego ou latino de cinco pés (cada pé se compõe duas ou mais sílabas, sendo uma tônica). Equivale ao verso decassílabo em português.
30. *Ab eterno*: desde a eternidade, desde sempre (latim).
31. Consórcio: encontro, contrato, casamento.
32. Adventício: forasteiro, que chega de fora.
33. Enfuna-se: encorpa-se, enche o peito.
34. Galé: condenado a trabalhos forçados.

espírito. Ele próprio alegra-se, entorna os olhos por esse ar puro, deixa-os ir fartarem-se de verdura e fresquidão, ao som de um passarinho e de um piano; depois fala ao papagaio, chama o jardineiro, assoa-se, esfrega as mãos, encosta-se. Não lhe lembra mais nem Sílvio nem Sílvia.

Mas Sílvio e Sílvia é que se lembram de si. Enquanto o cônego cuida em coisas estranhas, eles prosseguem em busca um do outro, sem que ele saiba nem suspeite nada. Agora, porém, o caminho é escuro. Passamos da consciência para a inconsciência, onde se faz a elaboração confusa das ideias, onde as reminiscências dormem ou cochilam. Aqui pulula a vida sem formas, os germes e os detritos, os rudimentos e os sedimentos; é o desvão[35] imenso do espírito. Aqui caíram eles, à procura um do outro, chamando e suspirando. Dê-me a leitora a mão, agarre-se o leitor a mim, e escorreguemos também.

Vasto mundo incógnito. Sílvio e Sílvia rompem por entre embriões e ruínas. Grupos de ideias, deduzindo-se à maneira de silogismos,[36] perdem-se no tumulto de reminiscências da infância e do seminário.[37] Outras ideias, grávidas de ideias, arrastam-se pesadamente, amparadas por outras ideias virgens. Coisas e homens amalgamam-se; Platão[38] traz os óculos de um escrivão da câmara eclesiástica; mandarins[39] de todas as classes distribuem moedas etruscas[40] e chilenas, livros ingleses e rosas pálidas; tão pálidas, que não parecem as mesmas que a mãe do cônego plantou quando ele era criança. Memórias pias[41] e familiares cruzam-se e confundem-se. Cá estão as vozes remotas da

---

35. Desvão: recanto escondido.
36. Silogismo: raciocínio dedutivo.
37. Seminário: escola de preparação profissional dos padres.
38. Platão: um dos primeiros filósofos sistemáticos, viveu na Grécia no século IV a.C.
39. Mandarim: aqui, sábio chinês.
40. Etruscas: relativas à Etrúria, parte da atual Itália.
41. Pias: aqui, piedosas, religiosas.

primeira missa; cá estão as cantigas da roça que ele ouvia cantar às pretas, em casa; farrapos de sensações esvaídas, aqui um medo, ali um gosto, acolá um fastio de coisas que vieram cada uma por sua vez, e que ora jazem na grande unidade impalpável e obscura.

– Vem do Líbano, esposa minha...

– Eu vos conjuro, filhas de Jerusalém...

Ouvem-se cada vez mais perto. Eis aí chegam eles às profundas camadas de teologia, de filosofia, de liturgia,[42] de geografia e de história, lições antigas, noções modernas, tudo à mistura, dogma e sintaxe. Aqui passou a mão panteísta de Spinoza,[43] às escondidas; ali ficou a unhada do Doutor Angélico;[44] mas nada disso é Sílvio nem Sílvia. E eles vão rasgando, levados de uma força íntima, afinidade secreta, através de todos os obstáculos e por cima de todos os abismos. Também os desgostos hão de vir. Pesares sombrios, que não ficaram no coração do cônego, cá estão, à laia de[45] manchas morais, e ao pé deles o reflexo amarelo ou roxo, ou o que quer que seja da dor alheia e universal. Tudo isso vão eles cortando, com a rapidez do amor e do desejo.

Cambaleias, leitor? Não é o mundo que desaba; é o cônego que se sentou agora mesmo. Espaireceu à vontade, tornou à mesa do trabalho, e relê o que escreveu, para continuar; pega da pena, molha-a, desce-a ao papel, a ver que adjetivo há de anexar ao substantivo.

Justamente agora é que os dois cobiçosos estão mais perto um do outro. As vozes crescem, o entusiasmo cresce, todo o *Cântico* passa pelos lábios deles, tocados de febre.

42. Liturgia: o conjunto das regras dos rituais religiosos.

43. Spinoza: Baruch Spinoza (1632-1677): filósofo judeu holandês famoso por sua visão aberta sobre Deus e a fé, e por sua recusa às ortodoxias. Para ele, todas as coisas do mundo seriam Deus – daí ser considerado um panteísta (*pan* é prefixo que significa tudo, todo, e *teísta* se refere a deus).

44. Doutor Angélico: São Tomás de Aquino (1225-1274), um dos doutores da igreja católica.

45. À laia de: à maneira de; como.

Frases alegres, anedotas de sacristia, caricaturas, facécias,[46] disparates, aspectos estúrdios,[47] nada os retém, menos ainda os faz sorrir. Vão, vão, o espaço estreita-se. Ficai aí, perfis meio apagados de paspalhões que fizeram rir ao cônego, e que ele inteiramente esqueceu; ficai, rugas extintas, velhas charadas, regras de voltarete,[48] e vós também, células de ideias novas, debuxos[49] de concepções, pó que tens de ser pirâmide, ficai, abalroai, esperai, desesperai, que eles não têm nada convosco. Amam-se e procuram-se.

Procuram-se e acham-se. Enfim, Sílvio achou Sílvia. Viram-se, caíram nos braços um do outro, ofegantes de canseira, mas remidos[50] com a paga. Unem-se, entrelaçam os braços, e regressam palpitando da inconsciência para a consciência. "Quem é esta que sobe do deserto, firmada sobre o seu amado?", pergunta Sílvio, como no *Cântico*; e ela, com a mesma lábia erudita, responde-lhe que "é o selo do seu coração", e que "o amor é tão valente como a própria morte".

Nisto, o cônego estremece. O rosto ilumina-se-lhe. A pena, cheia de comoção e respeito, completa o substantivo com o adjetivo. Sílvia caminhará agora ao pé de Sílvio, no sermão que o cônego vai pregar um dia destes, e irão juntinhos ao prelo, se ele coligir[51] os seus escritos, o que não se sabe.

FIM

46. Facécias: chistes, brincadeiras verbais.
47. Estúrdios: esquisitos.
48. Voltarete: certo jogo de cartas.
49. Debuxos: rascunhos.
50. Remidos: libertados.
51. Coligir: reunir para publicação.

Uma por uma: um comentário para cada uma das *Várias histórias*

L. A. F.

A cartomante

O conto abre com uma citação do *Hamlet*, de William Shakespeare, autor com quem Machado muito dialogou. Aqui, a frase famosa sugere a existência de algo misterioso, inexplicável, atmosfera que vai comandar o conto até seu desfecho. Começa aqui uma jornada tipicamente machadiana em que a narrativa ficcional vai também propor um exame da psicologia das personagens.

Em seguida aprendemos que há um triângulo amoroso armado – a conversa inicial entre Rita e Camilo logo incorpora a figura de Vilela, que não sabe do encontro dos outros dois. Triângulos amorosos, aliás, aparecerão em quantidade neste livro e na obra de Machado em geral, numa frequência que pode ser interpretada: se para o autor, um arguto observador da vida em seu tempo, esse tipo de trama amorosa merecia ganhar tanto espaço, é porque, primeiro, ele era frequente; segundo, ele de algum modo representava uma experiência humana relevante; e terceiro, ele carregava a literatura de interesse para o leitor.

Esse tipo de relacionamento se liga diretamente ao estabelecimento e consolidação da vida burguesa. Em termos amplos, podemos dizer que para as classes superiores, como a alta nobreza, uma pessoa ter amantes, fora do casamento, não era exatamente um escândalo até o final do século XVIII; mas a virada histórica marcada pela Revolução Francesa, entre outros grandes fenômenos, representa o triunfo da visão de mundo burguesa.

A partir do mundo burguês é que vamos encontrar a defesa (ao menos teórica) do casamento monogâmico como base da estrutura social; não quer dizer que de fato todos os casamentos assim se comportassem, mas havia esse ideal – e é justamente no contexto da afirmação burguesa que vão aparecer os amantes, os triângulos amorosos e demais arranjos relativos a isso. É o que se vê no clássico *Madame Bovary* (1856), do francês Gustave Flaubert, e é isso que Machado está observando no Brasil, sociedade ainda escravagista mas que transita para o mundo moderno.

Rita é apresentada pelo narrador como "formosa e tonta", o que se constata na sua fé nas palavras da cartomante. Por outro lado, foi Rita quem o atraiu para o amor, "como uma serpente". Logo entram em cena as cartas anônimas, outra constante nas narrativas que envolvem traições ao pacto burguês da monogamia, como ocorre exemplarmente em *O primo Basílio* (1878), do português Eça de Queirós. No ponto em que tais cartas aparecem, o conto retoma a cena mencionada na abertura, com a consulta à cartomante.

Então a história se precipita, com a convocação de Vilela para que Camilo vá até sua casa logo. Daí por diante, o leitor mergulha na intimidade de Camilo, que tenta encontrar relações de causa e consequência em indícios mínimos. Até que, estando dentro do carro que o levará até lá, o acaso o faz parar diante da casa da mesma cartomante. Aquele juízo sobre Rita, que seria "formosa e tonta", por ter acreditado na cartomante, é aqui virado pelo avesso, porque é Camilo agora quem mostra uma total falta de percepção crítica das coisas.

O conto, assim, expõe uma história de traição e vingança, mas traz junto outras dimensões da experiência humana, na medida em que toda a trama se passa, por assim dizer, na sombra do conflito entre ilusão e realidade. Um verdadeiro estudo sobre a psicologia dos três personagens.

Entre santos

Aqui temos um narrador em primeira pessoa, que se dispõe a contar "uma aventura extraordinária". Se levarmos em conta o destacado papel que a igreja católica tinha naquele momento, especialmente no âmbito das pessoas letradas, parece certo que a primeira linha do conto já convoca a atenção do leitor.

Quando o narrador relata sua entrada no prédio, que mostrava uma luz diferente de tudo que ele conhecia, começa uma história fabulosa – no gênero de fábula mais conhecido animais falam e agem como humanos; aqui, estátuas de santos fazem o mesmo. O narrador reconhece, então, que ao presenciar a conversa, perdeu "a reflexão", quer dizer, a capacidade racional.

O conto pode ser lido como um exame irônico da relação entre os fiéis católicos, de um lado, e os santos e a divindade, de outro. São José conta da adúltera que foi pedir para livrar-se da "lepra da luxúria", que começou rezando com verdadeira fé mas passou a rezar de modo morno, depois frio e inconsciente, numa dissociação entre palavra e sentimento.

O que está em jogo aqui, como o próprio narrador percebe, é a onisciência dos santos, que (supostamente) sabem tudo que vai no interior das pessoas – "pensamentos recônditos, intenções torcidas, ódios secretos". Mais uma vez, está em jogo toda uma dimensão analítica no conto, com o autor propondo, nas entrelinhas, uma observação crítica a respeito da distância entre a aparência e o interior das pessoas.

O caso narrado por são Francisco de Sales sobre o fiel também chamado Sales vai além: aqui não se trata de diferença entre o externo e o interno, porque este fiel é reconhecidamente um calculista, agiota e avaro, que negocia em todos os ambientes, até na relação com o santo. Nem para salvar a esposa ele consegue oferecer dinheiro.

Ao final, o narrador abre uma pequena brecha para que o conto todo seja reinterpretado: ao sugerir que tudo pode ter sido um sonho (ele pelo jeito desmaiou, ou ao menos caiu no sono dentro da igreja), permite que o leitor repense o relato desde seu começo.

Tudo isso pode ainda ser considerado em outra camada de sentido, uma vez que se sabe da relação distante que Machado tinha com o catolicismo. Se na meninice teve alguma proximidade com figuras ligadas à igreja, é certo que com o tempo desenvolveu o famoso ceticismo, uma forma de dúvida radical sobre o mundo metafísico. Neste conto, o que lemos, assim, é um exame irônico sobre a alegada pureza da fé e a realidade da negociação de favores mediante orações.

Uns braços

Neste conto, que se converteu num clássico machadiano, temos outra vez uma figura de triângulo amoroso, ou, para dizer de modo mais genérico, de uma paixão extraconjugal. Pode-se ver que o assunto era forte, na época, segundo a observação do autor. E aqui, como também ocorre em outros contos do autor, temos uma data específica: a história se passa em 1870 – significando que está bastante afastada do leitor que viu o conto impresso, em 1885 em jornal e, mais distante ainda, em 1896 em livro; o leitor, assim, lia o texto já com um certo aspecto de "coisa passada", registrando hábitos de décadas anteriores à publicação.

Vale a pena registrar que Machado mais de uma vez brincou explicitamente com "a leitora", enunciando pela voz do narrador questões relativas à mentalidade da época. É que, Machado sabia, as mulheres eram parte considerável, provavelmente majoritária, do seu público leitor, e dirigir-se a elas ou lidar com temas de sua vida fazia parte da estrutura básica de sua literatura.

Aqui logo se apresentam os três personagens centrais: Inácio, o jovem que vive na casa do solicitador Borges e de sua – por assim dizer – esposa, dona Severina. "Por assim dizer" porque, o narrador logo esclarece, ela "vivia com ele maritalmente", quer dizer, não era casada de papel passado. Pelos modos grosseiros de Borges e pelo aspecto da casa, o leitor é levado para dentro de uma casa de classe média, sem os requintes do mundo das classes superiores (por exemplo de pessoas formadas em Direito ou Medicina, como se vai ver em "A desejada das gentes", neste mesmo livro, ou em *Dom Casmurro*); mas também sem os apertos das classes populares (como em "Pai contra mãe" ou em "Noite de almirante", publicados em outros livros, ou na história da personagem dona Plácida, que contrasta com o protagonista rico em *Memórias póstumas de Brás Cubas*).

O elemento deflagrador do enredo são os braços de Severina. Hoje, braços nus de mulher nada sugerem de erótico, mas naquele tempo, bem ao contrário, podiam funcionar como gatilhos do desejo, como de fato ocorre com o jovem Inácio, neste conto. Vale reparar que, como para muitas outras personagens femininas de Machado, a descrição feita pelo narrador é vaga: Severina era vistosa, caminhava com "meneios engraçados", não sendo nem bonita, nem feia. São muitas as palavras, mas resultando em pouca clareza – situação que solicita a imaginação do leitor.

Da mesma forma, o conto favorece a imaginação do leitor quando tenta mostrar o que ia na cabeça de Inácio. Era algo confuso e poderoso, sabemos; mas como se sugere algo desse tipo? O narrador oferece um paralelo: chegando em seu quarto, nos fundos da casa, Inácio vê o mar e as montanhas (as do Rio de Janeiro, com sua natureza exuberante), e sente em si "o sentimento confuso, vago, inquieto, que lhe doía e fazia bem". Era uma inquietação que levava o jovem a pensar em fugir dali; mas a figura de Severina o fazia ir ficando.

O conto vai então se construindo em contraponto: um momento nos dá a intimidade de Inácio, e o seguinte oferece o pensamento de Severina. Por motivos diversos, são duas pessoas inquietas com a vida que levam. Até que chegamos à cena decisiva, mais uma vez diante da janela do quarto do jovem, com a vigorosa natureza por assim dizer entrando por ela, num "imenso domingo universal".

Nesse momento, leitura, imaginação, sonho, desejo e realidade, mais natureza bruta e paixão envolvente, se encontram, num clímax no qual convergem os dois pontos de vista, o dele e o dela. E o conto se encerra como uma fugaz história de amor, erotismo, paixão, rememorada por ele pelos tempos afora.

Um homem célebre

Um dos contos de maior força do autor, certamente participante de qualquer boa antologia que se faça de sua obra, "Um homem célebre" carrega virtudes de diversas ordens. Primeiro de tudo, é uma excelente história: um compositor frustrado com a obra que consegue compor, eternamente desejando compor outra coisa, que para ele se mostra inalcançável. Mas até aqui teríamos simplesmente mais uma reflexão sobre os caprichos da criação artística, tantas vezes fugidia; ocorre que o conto é bem mais que isso.

Publicado pela primeira vez em junho de 1888, apenas algumas semanas depois da Lei Áurea, ele conta uma história que se passa entre os anos de 1875 e 1885, com um flashback que recua até 1871. Essas datas parecem para nós apenas números, mas o enredo pontua três momentos que para aquela geração foram vividos com interesse e mesmo inquietação.

Pestana, o compositor e personagem central, estreou na composição de polcas em 1871, e quis chamar sua primeira obra com um nome poético, "Pingos de sol", ao passo que o editor das partituras sugeriu outros dois nomes, "Candongas não fazem festa", nome meio apelativo, com uma piscada de olho para a diversão e mesmo o erotismo, ou "A lei de 28 de setembro", menção à Lei do Ventre Livre, uma das iniciativas políticas de maior força pública naquele quadro histórico.

Depois, o mesmo editor sugere que as polcas compostas depois do luto de Pestana (motivado pela morte de sua esposa) tenham nomes diretamente alusivos a fatos da política, uma em 1878, a ascensão dos liberais, e outra em 1885, a volta dos conservadores – o que também sugere que para o compositor os dois lados políticos de sua época não eram a rigor muito diferentes um do outro. Só por isso já se pode ver uma camada de significados viva: Machado atribui a Pestana um daqueles dilemas do artista que não consegue viver bem com o fruto de seu talento e de sua inspiração, mas precisa sobreviver vendendo sua arte a quem a comprar, de forma que o editor manda e o autor obedece. O conto é, assim, um comentário sobre a relação entre arte e mercado, assim como entre arte e política.

(A mesma questão sobre o universo profissional da música ganha outros aspectos, no conto. Pestana é obrigado a dar aulas para ter uma renda razoável, atividade que ele provavelmente preferia não ter que desempenhar, para se dedicar apenas à composição. No final ficamos sabendo que seu enfermeiro particular, que o acompanha até a morte, era clarinetista de teatro, mais uma vez exemplificando a dupla profissão dos músicos.)

Outra camada de sentido se pode ver na menção a dois universos de música. De um lado, a música popular, especificamente a polca, gênero que entrou no Brasil na década de 1850 e foi um megassucesso, por suas características dançantes, alegres, sensuais. A polca era, diz o narrador, uma "musa de olhos marotos e gestos arredondados, fácil e graciosa". (A polca é a base do futuro chorinho, aquele gênero inventado por Chiquinha Gonzaga, Ernesto Nazareth, Pixinguinha e outros.) Pestana compunha polcas de sucesso imenso, mas ficava aborrecido com isso, paradoxalmente, porque desejava compor música erudita, de tipo europeu, à maneira dos compositores que admirava. Ele tentou de muitos modos, mas não conseguiu.

Chegou mesmo a escolher sua esposa por esse critério: Maria, a "esposa espiritual de seu gênio", que mostrou a ele que mesmo aquilo que ele imaginava estar compondo à maneira erudita era um plágio. Maria, doente e logo falecida, representa esse lado sombrio da personalidade de Pestana, que poderia ter namorado a sinhazinha Mota, que aparece na primeira cena e depois dorme pensando no compositor. Esta era o lado solar de sua composição, alegre, que foi preterido em favor do outro, o lado de Maria.

O conto oferece ainda outra imagem sobre esse dilema entre ser novo e brasileiro, ou ser velho e europeu. A narração sugere que ele seria filho de um padre que tinha sido compositor e legara a ele o talento e a casa. Este padre, que "era doido por música, sacra ou profana", tem muita afinidade com uma pessoa real, o padre José Maurício Nunes Garcia (1767-1830), afrodescendente, que compôs música erudita e sacra mas também música profana e popular (modinha) e teve de fato cinco filhos com uma mulher negra forra (mas só reconheceu um deles oficialmente). Essa hipótese de aproximação entre ficção e fatos é mais um tempero no conto, que assim funciona como uma figuração das matrizes sociais e culturais da música popular no Brasil.

A esse traço do padre, o real ou o ficcional, se acrescenta o registro ligeiro da presença de um "preto" na casa de Pestana. Seria um escravo doméstico? Talvez um alforriado? Estamos em pleno cotidiano da sociedade brasileira, em que as posições sociais nem sempre eram claras, e muitas vezes disfarçavam de gentileza relações violentas como a escravidão.

Assim, Pestana, "eterna peteca entre a ambição e a vocação", entre o que queria e o que podia, encarna todo um dilema cultural de fundo para o colonizado: em lugar de ficar satisfeito em ser o grande inventor de um gênero artístico novo, uma síntese original que estava acontecendo no país e que viria a ser o chorinho, ele queria compor algo que os europeus admirariam como pertencendo ao mundo deles.

Ficou entalado nisso, diz o final, também porque não tinha humor para entender essa mudança – tanto que fez apenas uma piada em sua vida, relatada no momento final do conto. Disse a piada e morreu, sem perceber o dilema errado em que vivia.

A desejada das gentes

Trata-se de um conto totalmente estruturado na forma de um diálogo, sem a presença de um narrador externo, de tal modo que o leitor é levado a imaginar os dois personagens interagindo ao vivo, como se estivessem sobre um palco. Acresce que toda a história de amor entre o conselheiro e Quintília já faz parte do passado, eis que ela faleceu em 1859, e tudo é aqui lembrado com distanciamento (mas também com certo calor emocional, como ocorre nas paixões).

O tema abordado pode ser desdobrado em duas partes, dois momentos: primeiro, estamos diante de um triângulo amoroso, em que dois amigos (o conselheiro e seu antigo colega, Nóbrega) estão apaixonados pela mesma mulher, Quintília, numa relação que começou meio de brincadeira; depois, quando o amigo é nomeado juiz nos "sertões da Bahia" e portanto se afasta da cidade, o conselheiro permanece apaixonado por ela, iludido de amor, como ele mesmo diz.

Aqui temos um caso de conto em que as *ações* são menos importantes do que o *clima* das relações, os sentimentos: trata-se de um conto que está longe de estruturar-se em peripécias, em uma sucessão de episódios. A ênfase está nos detalhes, como por exemplo na frase "não fale de humilhação onde não houve público", que sugere um tema muito frequente na obra de nosso autor.

Este tema é a distância entre o que vai dentro das pessoas, em sua sensibilidade, e aquilo que em público se pode observar. Essa distância é o próprio lugar da hipocrisia, ou dizendo de modo mais amplo, das convenções sociais a que é preciso se submeter para bem viver em sociedade. Historicamente, é o mundo da vida social burguesa se consolidando na cidade e no Rio de Janeiro. O mundo em que até mesmo os sentimentos e as convicções morais dos homens e das mulheres devem ser expressos de modo mais comedido do que antes, na velha sociedade colonial patriarcal. Este conto, ligado ao tema do amor, é um retrato dessa tensão entre desejo e realização.

Resta uma questão menor, mas curiosa: quem é a "desejada das gentes", do título? Só pode ser Quintília, a estranha mulher que foi muito desejada por muitos. Mais uma vez, Machado dá centralidade para a figura feminina em sua obra, porque é ela, enigmática (como Capitu), que define o andamento de tudo, apesar de o conto apresentar apenas a conversa entre dois homens.

A causa secreta

O conto abre com uma cena congelada, em que três personagens estão por assim dizer isolados mas num mesmo ambiente. A seguir, o narrador avisa que depois vai ser contada a história que levou a essa cena – com a vantagem de que os três estão agora mortos, diz.

Essa espécie de drible narrativo coloca o leitor já numa posição de marcante curiosidade, porque sabe que algo grave está por ser revelado, pela boca de um típico narrador intruso machadiano. Na obra de Machado de Assis sempre vale a pena prestar atenção ao modo como o narrador atua, para poder entender o enredo e o ponto de vista a partir do qual o enredo é observado.

Aqui temos outro triângulo amoroso, mais uma vez desigual entre as partes: Garcia, Fortunato e Maria Luísa.

Garcia é jovem, formado em Medicina no ano anterior à cena. Fortunato Gomes da Silveira, um homem mais velho, "capitalista e solteiro", é um sujeito com certas esquisitices, do ponto de vista do narrador: um estranho apreciador do sofrimento e da dor, sem interesse no riso e na brincadeira, com os olhos carregando uma "expressão dura, seca e fria". Maria Luísa era o contrário de Fortunato, com quem casa: era "esbelta, airosa, olhos meigos e submissos", aos 25 anos, que parecem 19.

O cotidiano que aparece como pano de fundo é o das classes médias do Rio de Janeiro. Fortunato é dono de imóveis e resolve abrir uma clínica médica, comandada por Garcia e gerenciada pelo primeiro. Há escravos domésticos (um "preto" e "fâmulos").

A personalidade de Fortunato é o grande enigma do conto. Garcia o considera estranhíssimo mas convive com o casal, que visita todos os dias, até que acaba se apaixonando por Maria Luísa. Esta efetivamente teme o marido, que não a respeita em sua sensibilidade, sua fragilidade emocional. É o que se vê na cena da tortura do rato, quando Garcia analisa a personalidade de Fortunato e constata que a dor alheia é um prazer para ele

Quando ela cai doente, tísica, Fortunato mostra que realmente a amava, à sua maneira. Com a morte da esposa, ele sofre – mas o desfecho do conto nos reserva outra surpresa ainda: Garcia chora muito pela falecida e pelo amor que tinha a ela, enquanto o viúvo saboreia essa "dor moral que foi longa, muito longa, deliciosamente longa", conforme o narrador.

Como se pode ver, trata-se de um conto que dá a ver não apenas um caso de amor, mas uma espécie de estudo de psicologia, que nos chega oferecendo uma analogia entre dois sofrimentos: o de um rato torturado e o de Maria Luísa.

Maria Regina, que vive com a avó, está apaixonada por dois homens: um é Maciel, de 27 anos, e o outro é Miranda, de 50. Mais um triângulo amoroso, mais uma vez entre elementos desiguais. Ela é tida como "desmiolada" de bom coração, pelas colegas; e toca piano, motivo de uma série de palavras e expressões ligadas ao universo da música.

A voz narrativa do conto chama atenção. Desde o segundo parágrafo o narrador se intromete no relato: "a verdade pede" os fatos, segundo ele justifica – em vez de apenas contar os fatos, o narrador por algum motivo se obriga a argumentar sobre seu método, neste caso a ideia de dizer a verdade. Adiante, lemos: "Quem conhece a técnica do destino adivinha logo", etc. Está como que nos dizendo que não foi ele que inventou nada – o destino, a fatalidade, é que armou aquela cena.

Ocorre que os dois homens são muito diversos. Miranda tem comentários sutis sobre a música, enquanto Maciel é o médico humanitário que socorre o menino atropelado.

Em contrapartida, Maciel tem algo de fútil em seu comportamento: uma hora parece estar mais preocupado com o amassado de sua roupa do que com o sangue, e outra mostra estar preocupadíssimo com conveniências sociais e outras futilidades – um fofoqueiro, em suma. Ao ver esses aspectos, Maria Regina desanima.

Miranda era bem diferente: "alto e seco, fisionomia dura e gelada", parece um tanto com o Fortunato do conto anterior. Tanto assim que critica o salvamento do menino, feito por Maciel, porque o pequeno podia atacar-lhe algum dia. Era "egoísta e mau", na palavra direta do narrador.

Os dois se detestavam, e Maria Regina não parecia gostar de fato de nenhum deles. E o conto passa a mostrar que ela tinha certa queda, certa preferência por figuras duplas – as estrelas duplas, os olhos do gato, as duas rodelas de opala na parede. O final do conto guarda certo aspecto de fábula com moral, como nas tradicionais fábulas com animais (o lobo e o cordeiro, por exemplo): a voz que Maria Regina ouve lembra que ela não consegue se decidir por um dos dois pretendentes porque é uma "curiosa de perfeição", sugerindo que ela não consegue conviver com a imperfeição, que é a condição da vida.

Adão e Eva

Aqui temos um conto formalmente ousado, que experimenta conduzir o leitor a um passado remoto, no século XVIII, e num lugar distinto daquele em que o autor e seus leitores comuns estavam – a história se passa na Bahia, autor e seus leitores vivem no Rio de Janeiro. Trata-se, por outro lado, de uma modalidade antiga de estrutura, um conto enquadrado, em que um grupo está reunido e ali se conta e se discute uma história, neste caso uma versão nova e debochada do Gênese, o primeiro livro da Bíblia.

Frei Bento, presente na conversa, é prudente, assim como o juiz de fora: nenhum dos dois se posiciona a respeito do dilema, atribuir a Adão ou a Eva a curiosidade. Não é o primeiro caso em que Machado constrói uma figura de padre suficientemente esperto para não entrar em polêmicas – no caso de *O alienista*, é dessa característica que resulta o desfecho da história, com o padre saindo vitorioso.

São vários os presentes: além do frei Bento e do juiz, Veloso, e da dona da casa, há o militar João Barbosa e várias senhoras. Uma cena de vida privada na alta esfera da sociedade local. Pelo que se sabe logo, o juiz é amigo do frei e ambos gostam de contar histórias inventadas, numa brincadeira de salão – neste caso a ideia de que foi o Diabo que fez o mundo, ficando Deus numa posição reativa, criando uma contraparte boa para cada invenção ruim, sem alma, do Diabo. Assim, o personagem Deus desse relato inventado atenua a ruindade da criação do personagem Diabo, ou Tinhoso.

Pensando no conto como um todo, é de admirar a invenção de Machado de Assis, ousando aqui propor uma forma irreverente da criação do mundo tal como concebida pela Bíblia – gesto que ele já havia experimentado com o conto "Na arca".

No fim do relato do juiz, fica uma sensação de estupefação, de incompreensão, verbalizado por dona Leonor: afinal, como entender aquela versão alternativa do Gênese? Era a sério? Ou ele estava ironizando os presentes? A senhora indaga então do frei, para saber qual o sentido – e o frei mais uma vez se recolhe, preferindo não se comprometer com aquelas ideias, tanto que devolve a responsabilidade toda ao juiz. O desfecho mantém certo ar de enigma, mas o juiz se desdiz – "Creio que nada disso aconteceu", ele afirma, e come com gosto o doce que estava sendo servido.

O juiz e o religioso são duas figuras autorizadas socialmente a interpretar os textos decisivos daquele mundo: as leis e a Bíblia. Assim, ao inventar uma versão da criação em que a serpente não consegue seduzir Eva – ao contrário da narrativa bíblica – e portanto uma versão em que Adão e Eva não são expulsos do paraíso, o juiz acaba tomando partido no dilema lá do começo do conto, aquele que queria saber se a curiosidade tinha nascido com o homem ou com a mulher. Para o juiz, é claro que foi Eva a responsável pela expulsão do Paraíso, já que no presente da cena eles estão, por assim dizer, caindo na tentação muito mundana de comer doces exageradamente.

No fim, toda a longa invenção do juiz, reforçada pelo silêncio e mesmo pelo apoio do frei, era mesmo uma brincadeira. A outra figura masculina de autoridade presente na cena era o militar, que resulta desempenhar um papel de tolo, assim como as mulheres todas, ou ao menos dona Leonor, que fica incrédula mas não chega a confrontar o juiz ou o frei.

Vale salientar que o conto localiza a conversa num tempo e num espaço remotos, a quase dois séculos e a centenas de quilômetros do Rio do final do século XIX. Esse recurso dá certo ar de fábula ao conto, como se fosse uma história improvável; mas pensando bem a história traz uma visão que caberia perfeitamente numa conversa de salão do tempo do autor.

O ENFERMEIRO

Outra grande invenção formal machadiana está presente aqui: um enfermeiro já idoso parece estar respondendo a alguém, que nunca aparece diretamente no texto, alguém que deduzimos estar entrevistando o enfermeiro para fins de compor um livro. É o que lemos logo na primeira frase: "Parece-lhe então que o que se deu comigo em 1860 pode entrar numa página de livro?".

O que significa ser enfermeiro no tempo do conto, cuja parte inicial se dá em 1860, quando o narrador-personagem contava já 42 anos? Era alguém que certamente sabia ler e escrever, como aliás logo veremos explicitamente; mas não se tratava de pessoa com curso superior, e sim uma pessoa que aprendia na prática o ofício de cuidar de doentes. Suas habilidades intelectuais, de todo modo, não eram poucas: copiava textos complexos, estudos de Teologia em latim e português; daí uma certa erudição, como as menções a império antigo e a registros bíblicos.

Esses dados se somam a outro, adiante mencionado: quando o personagem diz seu nome completo ao coronel de quem vai cuidar, seu sobrenome, Valongo, causa certo espanto ao coronel, porque alude diretamente ao cais onde desembarcaram os escravizados no Rio de Janeiro, por décadas a fio. Logo, verossimilmente Procópio seria um afrodescendente – era relativamente comum que aos escravizados fossem atribuídos sobrenomes, na hora de seu registro formal, no batismo, e este "Valongo" parece ser o caso – e tivera a chance de estudar, talvez num seminário para padres, sem ter se formado. Um homem livre de origem certamente pobre.

A presença do mundo dos escravizados, aliás, é explícita. Primeiro, o coronel menciona "escravas", mulheres que haviam sido desejadas por outros enfermeiros antes de Procópio; depois aparecem outras pessoas escravizadas, como parte por assim dizer da paisagem da fazenda.

Ocorre que logo o coronel, homem sem herdeiros, mostra por que não mantinha seus enfermeiros por muito tempo: ele os xingava, os maltratava, até fisicamente. Com Procópio não será diferente, a ponto de este pensar em ir embora, permanecendo apenas porque lhe pedem. Até que a coisa passa de todos os limites: o coronel joga contra a cabeça de Procópio uma moringa, uma espécie de garrafa feita de barro cozido. O enfermeiro reage, há luta e, depois, o enfermeiro admite: "esganei-o".

A consciência de ter matado o velho logo o apavora. Mas o leitor vai testemunhar aqui um processo de mudança nas reações: primeiro a negação; depois o arrependimento e o remorso; daí a vontade de fugir; a seguir, percebendo que os outros que conheciam o coronel não desconfiam nada, Procópio volta para o Rio de Janeiro e lá manda rezar uma discreta missa pela memória do falecido. Então recebe a notícia de ser o herdeiro universal do malvado coronel!

Com essa notícia, Procópio tem também uma variedade de reações. A primeira é cogitar recusar a herança, integralmente. A segunda, receber o dinheiro, mas doar tudo, contrapondo esse gesto de grandeza à sua ação assassina. Neste momento, ao retornar à cidadezinha onde trabalhou na casa do coronel, ele repassa todos os detalhes da cena e mais uma mudança se opera: ele se pergunta se afinal havia sido um crime ou uma luta, com isso atenuando a gravidade de sua ação, já que, no segundo caso, a morte seria não mais uma iniciativa do enfermeiro, mas o resultado de um processo havido entre os dois.

Ao chegar, todos o saúdam pela paciência que tivera com o doente, o que significava que ninguém o considera culpado pela morte daquela pessoa tão detestável. Assim, o enfermeiro vira pelo avesso sua culpa: agora, defendia o coronel, dizendo que no fim das contas nem era tão mau como os vizinhos o dizem. Aqui, altera mais uma vez sua deliberação anterior: toma posse da herança toda, pensando não mais em dá-la toda os pobres, mas destinando apenas uma pequena parte para alguns necessitados e outra parte para a igreja e para a Santa Casa; finalmente, ainda manda construir um lindo túmulo ao falecido.

No desfecho, o enfermeiro ainda se pergunta sobre sua responsabilidade na morte do coronel. Mas, fosse como fosse, não abre mão da herança. Ao final, Procópio ainda faz uma manobra retórica notável: sugere um acréscimo ao famoso Sermão da Montanha, proferido por Jesus (e presente nos evangelhos de Mateus e Lucas). O sermão coleciona "bem-aventuranças", desejos de felicidade a determinados grupos, conforme o merecimento de cada um. O acréscimo de Procópio tem um quê de deboche: "Bem-aventurados os que possuem, porque eles serão consolados". Ele mesmo seria um desses bem-aventurados, e por um motivo oposto às intenções do sermão original.

O DIPLOMÁTICO

Mais uma vez vale a pena prestar atenção ao processo narrativo no conto. Aqui, mais uma vez temos um narrador em terceira pessoa, posição que costuma proporcionar ao narrador uma total consciência, uma onisciência, quer dizer, a capacidade de saber tudo que se passa com todos os personagens, em sua ação externa e em sua consciência, no passado, no presente e no futuro.

Ocorre que logo no início esse narrador indica não saber tudo: a ação conta de uma "preta", uma mulher negra (provavelmente escravizada), que entra na sala e diz algo ao ouvido da senhora (provavelmente sua dona) – e o narrador afirma, contrariando aquela onisciência potencial, que "parece que lhe pedia alguma coisa urgente". Esse "parece" aproxima o narrador da posição de uma pessoa que estivesse ali na mesma sala, testemunhando fatos sem contudo penetrar em aspectos vedados a uma pessoa qualquer e acessíveis apenas a um narrador onisciente. O efeito dessa diferença se sentirá em todo o relato.

A história se passa num tempo já bastante distante do momento em que o livro foi publicado, uns quarenta anos. Seu assunto começa com diversão inocente, essa de tirar as sortes, por ocasião da festa de são João. A primeira personagem é dona Adelaide, depois aparece Rangel, o diplomático do título, e mais adiante dona Felismina, uma solteirona de bom humor que mantém a ilusão de encontrar o grande amor. Rangel é uma figura de perdedor, de sujeito malsucedido: por mais que sonhe com posições sociais destacadas e deseje casar (com mulher de posição mais alta que a sua), continua a ser um subordinado, um subalterno, como ocorre em seu emprego e em suas relações sociais. De passagem são nomeados o dono da casa, João Viegas, e sua filha, Joaninha – dois nomes relativos ao santo do dia, são João.

A posição destacada da dona Felismina na abertura do conto não se mantém. Logo depois aparecem Joaninha, a moça por quem Rangel se interessa, que será a verdadeira protagonista, e o tio Rufino, "o gaiato da família", um piadista. Em seguida entram em cena João Viegas, que espera seu amigo Calisto. Por essa altura Joaninha e Rangel ficam observando um baile na casa em frente, frequentada por gente da alta sociedade, e ele tenta preparar o terreno para sua declaração de amor por ela. Mas a intenção é interrompida pela chamada para a volta do jogo; nesse momento, entra Calisto com um amigo muito bonito e jovem, o Queirós. E logo fica claro que Rangel vai perder para Queirós a batalha pelo prestígio junto a Joaninha.

Rangel amarga o prestígio de Queirós, mas recupera as esperanças e os sonhos de amor em certo momento, quando sentam para comer e ele é convidado a fazer uma saudação em voz alta, para todos ouvirem, atividade em que ele sempre se saía bem. Mas, justo na hora em que Rangel se preparava para falar, percebeu o olhar de Joaninha para Queirós, seu rival. Seguem-se cenas de insegurança da parte de Rangel, que ora acredita, ora desacredita em suas possibilidades amorosas com Joaninha.

O resultado é que o diplomático perde a chance, justamente na noite em que imaginava poder declarar seu amor. Por esse caminho, se poderia dizer que se trata pura e diretamente de um conto sobre outro triângulo amoroso, com desfecho nítido; mas não se pode deixar de observar que há também algo que envolve a posição social – Rangel era um subalterno (e bem mais velho que ela), ao passo que Queirós, ao que tudo indica, era da mesma posição de Joaninha (sendo os dois de idade bem mais próxima). Também aqui, portanto, por dentro de uma trama envolvendo amores, Machado aporta uma análise de relações sociais.

Mariana

Outro estudo sobre a psicologia de pessoas envolvidas num triângulo amoroso, este conto, publicado pela primeira vez em 1891, tem o mesmo nome (mas bem outro enredo) de outro anterior, publicado em 1871. Como se poderia esperar, designa a personagem central, em torno da qual gira a trama.

O personagem que mais age na história é Evaristo, um brasileiro que vive em Paris desde 1872 e para cá retorna no final de 1889. Ficamos sabendo que, quando foi para a Europa, ele pensava em permanecer na capital francesa por dois ou três anos. Já essa diferença de tempo chama a atenção. Fica implícito que Evaristo é alguém que tem muitas posses – não se fala em valores, nem em propriedades, mas só pode ser assim pela facilidade de lá permanecer tantos anos.

Sua volta é deflagrada pelo interesse em saber da mudança causada pela República, embora ele naquela altura da vida nem mais acompanhasse o noticiário brasileiro; ao lado disso, ele também quer rever um antigo amor, Mariana. Já no Brasil, fica sabendo que ela permanece casada desde aquele tempo e que seu marido está doente. Evaristo relembra com dor forte (embora discreta) sua separação de Mariana.

Tudo isso, até aqui, lemos no primeiro capítulo do conto, num total de três. No segundo, Evaristo vai até a casa dela, numa visita de cortesia e de saudade. Ao chegar, um criado vai anunciar o visitante para Mariana, enquanto Evaristo permanece na sala, revendo os móveis daquele ambiente em que estivera com a amada e passa a examinar o retrato dela, uma imagem de quando tinha seus 25 anos, na flor da idade.

É um momento de intensa emoção para o visitante, que revive a paixão que ambos haviam vivido. Sem aviso claro, o conto passa a narrar um encontro emocionante e mesmo erótico entre os antigos namorados, que começa com o encontro entre os dois olhares, um vivo e outro pintado, e se prolonga em intimidades de grande intensidade. Só ao final do capítulo fica realmente claro que se trata de imaginação dele.

O capítulo 3 ocorre já em presença de Mariana e de seu moribundo marido, Xavier. Evaristo entra no quarto em que estão os dois casados ainda espantado com a diferença de tempo entre os poucos minutos em que ficou examinando o retrato, objetivamente, e as muitas horas que pareceram transcorrer em sua consciência. Ao contrário do afeto que ia em sua imaginação, a Mariana real se mostra uma mulher dedicada ao marido e não demonstra qualquer arrependimento por estar casada com Xavier, nem qualquer vontade de reaproximar-se de Evaristo – o qual de fato não chegou nunca a alimentar claras ilusões de retomar sua relação com a velha namorada, embora sua imaginação, quando esteve diante do retrato dela, tivesse ficado inflamada.

O final do conto tem um quê de banal, porque, depois da morte de Xavier, Evaristo não consegue nem mesmo cumprimentá-la pessoalmente. Sua volta a Paris fecha o ciclo iniciado com a abertura do conto, quando ele já cogitava estar lá quando estreasse uma peça de um amigo seu – peça fracassada, como fracassada foi a reaproximação de Evaristo com Mariana. Temos, assim, mais um conto em que o principal das ações ocorre nas camadas profundas da psicologia do personagem, não nos fatos, mostrando de novo um autor interessado na subjetividade mais do que nas peripécias do enredo.

Conto de escola

No "Conto de escola", a data de referência tem muita relevância: o narrador relembra, em primeira pessoa, sua experiência escolar no ano de 1840 – quase meio século antes do momento em que o texto foi publicado pela primeira vez. Para efeitos de pensar na vida do autor, vale lembrar que Machado nasceu em 1830. Não quer dizer que a história contada seja verdadeira; mas é possível que algo da atmosfera de sua infância tenha sido evocado na composição da história.

Aliás, como se sabe, nas milhares de páginas que escreveu e publicou o autor não se ocupou de narrar sua vida, nem de evocar seus pais ou seus amigos de infância. Essa ausência certamente tem peso, ainda mais que em muitas situações seus narradores, em romances e contos, assumem uma atitude memorialista, como é o caso do presente texto. Uma excelente fonte para conhecer o Rio de Janeiro antigo, *História das ruas do Rio*, de Brasil Gerson,[1] lembra que a rua do Costa, citada na abertura do conto, ficava ao pé do morro do Livramento, local de nascimento de Machado de Assis, e afirma que ali havia uma escola "que foi, sem dúvida, a primeira das que ele

1. *História das ruas do Rio*, de Brasil Gerson. Rio de Janeiro: Lacerda Editores, 2000. 5ª ed., com notas, introdução e fixação do texto por Alexei Bueno.

[Machado de Assis] frequentou na infância". A dedução de que a escola citada foi de fato frequentada pelo futuro escritor corre por conta de Gerson, porque o próprio Machado não foi nunca categórico a esse respeito.

O fato de se estruturar como memória marca todo o texto profundamente. Trata-se de um homem maduro que lembra dos eventos, porque as lições que tira do episódio contado dependem de uma avaliação serena, poderíamos dizer mesmo cética, da experiência narrada: aqui, como em outros contos do autor (como "O caso da vara" ou "O enfermeiro"), há toda uma dimensão moral envolvida.

Os personagens centrais são, além do narrador (que se chama Pilar), o professor Policarpo e os colegas Raimundo, filho do professor, e Curvelo. Seus amigos da rua, lembrados quando o narrador conta estar arrependido de ter ido à aula, têm apelidos como Chico Telha e Carlos das Escadinhas. O narrador revela, com modéstia, que era bom aluno, muito mais inteligente do que Raimundo.

Quando Raimundo oferece a moeda de prata ao Pilar, ficamos sabendo da diferença de posses entre os dois meninos: Raimundo poderia dar aquela "pratinha" ao colega porque sua mãe tinha em casa muitas outras moedas, inclusive de ouro. Além dessa diferença, lembremos que o narrador havia já mencionado que era muito inteligente, ao contrário de Raimundo.

Essas desigualdades são a chave para entender o negócio que se estabelece a seguir: não é que o inteligente Pilar fosse miserável (ele tinha alguma moeda de cobre consigo, de vez em quando), mas a Raimundo pareceu simples e correto comprar a aula de sintaxe que pedia a ele. Raimundo tinha medo de mostrar ao pai que não sabia aquele ponto; Pilar teria dado a explicação por favor, sem nenhum pagamento. De todo modo, se estabeleceu uma compra, coisa inesperada para Pilar, mas enfim aceita por ele.

Em seguida, entra em cena outro elemento de ordem moral: tudo poderia dar certo nessa operação de compra e venda desde que o mestre nada visse. Desloca-se o centro do problema: não mais o ato em si, mas a publicização do ato. Mais ou menos na linha do conhecido provérbio brasileiro que afirma que o feio não é roubar, e sim não conseguir carregar o roubo.

Quando o mestre descobre – ou mais precisamente quando é avisado da transação por Curvelo, colega do filho e também seu aluno –, não há saída: os dois receberão golpes de palmatória, nas palmas das mãos. Sim, naquele tempo o castigo físico era comum nas escolas (e na educação das crianças, em geral). Desse momento em diante tudo se precipita, e o resultado é duro: o memorialista que havia se apresentado lá no começo da história faz aqui um balanço amargo daquela passagem de sua vida, dizendo que aprendeu no mesmo dia duas coisas significativas, a corrupção (ele chama assim o fato de haver vendido ao colega uma explicação) e a delação (a ação de Curvelo ao contar para o professor a história da pratinha). Um amadurecimento e tanto.

E nada disso – nem a violência sofrida em aula – fez aquele menino perder o gosto pelo sol, pela brincadeira de rua, nem o tornou um exemplo de bom comportamento, já que sujou as calças novas sem dó nem piedade.

Um apólogo

"Apólogo" é o nome de uma história em forma de diálogo, em que conversam personagens que na vida real são inanimados ou não sabem falar. Além disso, um apólogo contém uma lição de moral ao final. É exatamente o caso deste conto: aqui conversam uma agulha de costura e uma linha em forma de novelo.

O assunto começa com uma discussão sobre o orgulho que a agulha vê na atitude da linha, e o conto vai se desenvolvendo mediante analogias, comparações: a agulha alega que pode dizer o que lhe der na cabeça, e a linha aproveita para notar que quem tem cabeça é o alfinete, não a agulha. Depois a agulha se orgulha de ir na frente da linha, e esta observa que o imperador é sempre precedido de batedores, guardas que preparam a passagem do poderoso.

Então intervém uma voz narrativa, em terceira pessoa, para posicionar o diálogo na casa de uma baronesa, que vai usar um vestido que está sendo costurado na cena. No fim das contas, quem parece ter sucesso é mesmo a linha, que tripudia da agulha, porque ela é que vai ao baile, nas costuras no vestido, ao passo que a agulha vai voltar para a caixa de costura.

O desfecho acrescenta um novo personagem, o experiente alfinete, que ao contrário da agulha não conduz ninguém e permanece parado ali onde o espetam, ao contrário da triste agulha, que conduz a linha e depois sai de cena. E mais surpreendente ainda é a chegada de um "professor de melancolia", que se queixa de também ser explorado por "linhas ordinárias", que se servem dele.

Para o leitor de Machado de Assis, a palavra "melancolia" soa bem, porque tal sentimento, tal modo de ser e pensar, é bastante presente em sua literatura e em sua visão de mundo.

Dona Paula

A abertura dessa longa história tem certa obscuridade, porque há quatro mulheres envolvidas, em três cenários diferentes, e ainda por cima se fala de mais de um tempo das ações. Dona Paula visita a sobrinha Venancinha, que esteve chorando até há pouco: este é o presente do conto, em maio de 1882; mas essa senhora vive longe da cidade e vem pouco à região central, tanto que sua última visita ocorreu meses antes. Além das duas, tia e sobrinha, são mencionadas ainda uma irmã de dona Paula e uma escrava da casa da sobrinha, escrava sem nome, como costuma acontecer nas narrativas da época.

O conjunto dos elementos mencionados no conto esclarece que estamos entre as elites sociais: escravas domésticas, a capa de rendas pretas, o uso de luvas, etc. Dona Paula, diz o narrador, era "uma bonita velha, elegante, dona de um par de olhos grandes, que deviam ter sido infinitos": mais uma vez, Machado retrata de modo enviesado a mulher protagonista, com poucos elementos objetivos (era velha) e alguns elementos sutis (os olhos grandes que deviam ter sido infinitos).

O que estava em causa: Venancinha chorava porque seu marido, Conrado, havia brigado com ela, por ciúmes relativos a um sujeito com quem ela dançara. Dona Paula toma para si a tarefa de resolver o desentendimento e vai até o escritório do ciumento. Chegando lá, ouve que não havia sido a primeira nem a única vez que ele presenciara atitudes que considerava reprováveis por parte da esposa. Ele e dona Paula concordavam que Venancinha era irresponsável em seu comportamento. Mas, apesar da disposição do marido de separar-se de Venancinha, dona Paula consegue um arranjo intermediário: ela levaria a sobrinha para passar um ou dois meses na Tijuca, longe do agito da cidade e portanto afastada das situações propícias ao contato social.

Quando se despedem é que dona Paula fica sabendo do nome do sujeito de quem Conrado desconfiava: Vasco Maria Portela. Dona Paula passa então a evocar suas lembranças de trinta anos antes, quando teve um profundo envolvimento amoroso não com este Vasco, mas com seu pai, de mesmo nome, um diplomata. Por comparação entre seu passado e o momento atual, dona Paula se dá conta de que Venancinha ama o Vasco filho.

Este Vasco havia chegado da Europa e logo Venancinha se apaixonou por ele. Ou melhor: segundo diz o narrador, se apaixonou quando o marido, Conrado, manifestou pela primeira vez um princípio de ciúme. Dona Paula mostra um vivo interesse em ouvir o relato da sobrinha, como se estivesse revivendo sua própria paixão, décadas antes.

Com toda essa paixão revivida, dona Paula aconselha a sobrinha a manter-se fiel ao marido, porque o casamento seria um valor superior à paixão. Venancinha chora e vai logo para seu quarto, enquanto dona Paula permanece ali, remoendo e repassando as lembranças, mas se dá conta de que nada era mais como antes, quando ela mesma havia vivido uma intensa paixão.

O desfecho do conto tem um tanto de estranho: "as pretas" da casa esperam pela ida de dona Paula para seu quarto, encerrando o dia de trabalho delas que só comentam, de modo entre irônico e resignado: "Sinhá velha hoje deita tarde como diabo!".

O conto, assim, é claramente um estudo da psicologia feminina, tendo no centro dona Paula, que é o nome do conto, o qual parecia ter como protagonista o casal Venancinha e Conrado, afinal os personagens que mais agem. Em lugar de um triângulo amoroso, temos aqui uma figura de outra escala, em dois planos – num, dona Paula inveja a sobrinha, que por sua vez vive um triângulo convencional (o marido mais o outro, sua paixão); e noutro, ela mesma relembra a paixão que viveu com o pai do moço por quem a sobrinha está apaixonada, tendo depois sido casada.

Machado não recusa essa complexidade; pelo contrário, ele a relata e dá a ver com interesse analítico. No fim das contas, parece estar em causa aqui, para além do possível adultério de Venancinha e do esforço de dona Paula para preservar o casamento da sobrinha, um comentário mais ou menos melancólico do autor sobre o contraste entre a paixão e o casamento, entre a verdade das emoções e a realidade das convenções, tema de resto muito caro a toda a grande ficção do século XIX.

Viver!

Aqui temos um conto em forma de texto dramático, em que há uma mínima intervenção de narrador externo, que apenas diz as circunstâncias da cena em que ocorre a conversa, como se fosse uma rubrica de teatro (a rubrica é uma indicação que o autor faz para a encenação do texto). Machado usou dessa estratégia narrativa em contos como "Teoria do medalhão".

A cena inicial sugere que estamos numa rocha, onde está Ahasverus olhando o horizonte; duas águias cruzam a paisagem; é o final de um dia.

Aqui, os personagens são figuras de diferentes mitologias: de um lado está Ahasverus, um tipo nascido na Idade Média como personagem de uma lenda ligada com a tradição cristã. Ele também é conhecido como "o judeu errante", que teria negado água para Jesus, quando este se encaminhava ao Calvário, e por isso teria sido amaldiçoado com a pena de nunca mais morrer, mas igualmente nunca encontrar a felicidade. Então ele seria uma encarnação do homem imortal.

O outro personagem é Prometeu, antigo mito grego, personagem de uma tragédia que leva seu nome (o *Prometeu acorrentado*, possivelmente escrita por Ésquilo). Sua história se liga ao destino dos humanos comuns: ele teria roubado o fogo dos deuses e distribuído esse poderoso segredo a todos. Por isso, teria sido punido com uma pena eterna: acorrentado a uma rocha, no monte Cáucaso, ele teria seu fígado atacado todos os dias por águias, sem jamais chegar a morrer.

Na cena inicial, Ahasverus crê estar sozinho num momento em que com sua morte estaria extinta a humanidade toda. Prometeu, porém, começa a falar, sendo ouvido pelo outro, que quer saber se ele era um homem ou uma divindade; Ahasverus deduz tratar-se de um deus, logo ele de fato é o último homem, e está à beira da morte.

Mas Prometeu é, por assim dizer, mais eterno que Ahasverus, e afirma que, se o homem tal como o conhecemos desaparecer, outra espécie vai aparecer, dando continuidade à vida na Terra. E possivelmente uma espécie melhor que a humana, que trará o final do mal e o triunfo do bem. Ahasverus se queixa do que viveu, e Prometeu lhe consola dizendo que ele foi dos homens o único que viveu tanto tempo, tendo podido observar um espetáculo inteiro, quando os demais humanos apenas teriam visto um pequeno fragmento dele. Para Ahasverus, porém, ter vivido tanto foi uma maldição.

Segue-se um diálogo tenso, com Ahasverus acusando Prometeu e, enfim, atando-o com correntes que nunca mais serão destruídas. Neste momento, Prometeu insinua que Ahasverus seria um rei no novo mundo, aquele que surgiria após sua própria morte segundo o que ele imaginava; o Judeu Errante seria então um elo entre o velho mundo dos humanos, condenados a carregar o mal, e o novo mundo, em que o bem triunfaria.

Quer dizer: Prometeu seduz Ahasverus com a promessa de um futuro de infinita maravilha, em que tudo seria bom e justo e ele, Ahasverus, seria o rei. Toda a negatividade do começo do diálogo, que o Judeu Errante amargava os últimos dias de sua vida, tudo isso acabou com uma ilusão (a ponto de Ahasverus ter soltado as amarras que tinha posto em Prometeu).

A nota irônica final, expressando uma visão característica de Machado de Assis, vem nas duas falas derradeiras, numa breve conversa das duas águias que já apareciam na cena inicial. Uma constata, em tom de lamento, que o último homem de todos os tempos, Ahasverus, ainda tem ilusão pela vida, mesmo na hora de sua morte; a outra comenta, filosoficamente, que assim é porque o homem odiava a vida (que era sinônimo de sofrimento eterno) com a mesma força com que a amava.

Trata-se de um conto alegórico, carregado pelo sentido doce-amargo da existência, e revela uma impressionante ousadia intelectual do autor, um brasileiro que não se intimidava de abordar dois dos mais famosos mitos da cultura ocidental.

Um narrador em terceira pessoa, mas extremamente intrometido e provocador em relação ao leitor (parecido com o de *Memórias póstumas de Brás Cubas*, mas este em primeira pessoa), começa o relato de modo figurado: lembra falas da Amada para seu Amado (do *Cântico dos cânticos*, livro da Bíblia) para dimensionar o processo intelectual que vai na cabeça de um padre, o cônego Matias, entre um substantivo e um adjetivo. Quer dizer: uma relação que a mente costuma estabelecer de modo simples e direto, intuitivo, aqui envolve uma complexa mediação, comparada com uma paixão.

Estamos portanto lendo um conto metaliterário, em que a história que vai sendo lida envolve igualmente uma dimensão de comentário sobre o próprio processo de produção do texto, neste caso o sermão que o padre está escrevendo, com muito capricho. Era sermão encomendado, que o padre nem queria escrever; mas os responsáveis por uma importante festa insistiram e ele aceitou o encargo. Na cabeça do padre, esse sermão o consagraria pelos tempos afora, como uma peça literária de confecção perfeita.

O narrador, a certa altura, leva o leitor pela mão: "Subamos à cabeça do cônego", ele diz, e logo em seguida pergunta se o leitor cansou muito com o movimento. A passagem entre o relato de cenas concretas, que ocorrem na vida "real" dos personagens, para a interioridade deles, para o interior de sua psicologia, é coisa que o narrador de terceira pessoa faz sem nenhuma dificuldade e sem qualquer necessidade de avisar o leitor; aqui, ao contrário, o que temos é a explicitação total desse trecho, configurando o movimento metanarrativo antes mencionado.

Este narrador ironiza abertamente o leitor, que é trazido para o texto como interlocutor dele mesmo, o narrador, como ao responder "Sim, minha senhora" à dúvida do leitor sobre a ideia de que as palavras têm sexo. Dada essa grande presença do narrador, não chega a assustar quando sua voz conta que descobriu que as palavras têm sexo e se distribuem entre os dois hemisférios do cérebro, adjetivos de um lado, substantivos de outro.

Em certo momento, esse teor amoroso das palavras recebe nomes: o conto passa a falar na busca de Sílvio por Sílvia, duas palavras que se desejam mas não se encontram logo. E mais uma vez o narrador descreve o tumulto da interioridade do cônego, composta de lembranças de tempos diversos, leituras feitas ao longo da vida, ideias que foi tendo, etc.

Ao final dessa descrição, de vários parágrafos, volta o narrador a intimar diretamente o leitor, perguntando se ele se sente cambaleante, para logo esclarecer que foi o cônego que sentou e por isso teria deixado tonto o leitor, que o acompanhava nas entranhas de seu pensamento.

Aproxima-se o desfecho do relato, e ali ficamos sabendo que todo o movimento interior da cabeça do cônego, em que Sílvio procurava Sílvia, quer dizer, em que um substantivo procurava um adjetivo adequado – ou melhor ainda, em que o autor do sermão buscava o adjetivo perfeito para certo substantivo –, enfim, todo esse longo intervalo resultou bem-sucedido, porque eles de fato se aproximaram e consumaram o amor que tinham um pelo outro. Nesta hora, o cônego estremece, seu rosto se ilumina.

Pareceria então que o conto se encerra de modo sério, mas não, porque na última parte da derradeira frase o narrador menciona que os dois apaixonados, substantivo e adjetivo, que se juntaram na escrita, serão proclamados em público, no sermão quando for lido, e talvez até sejam impressos um ao lado do outro, caso o padre reúna seus escritos no futuro, o que não é certo.

Ao expressar essa incerteza quanto ao futuro, temos mais um movimento metaliterário do conto, porque um narrador em terceira pessoa é, por definição, onisciente (sabe de tudo que se passa fora e dentro dos personagens) e onipresente (conhece todos os tempos, portanto também o futuro); logo, ele poderia perfeitamente pular para um momento posterior, quando o padre por exemplo estivesse publicando seus escritos em forma de livro, e portanto poderia nos dizer que sim (ou não) aquele substantivo e aquele adjetivo seriam (por assim dizer) felizes para sempre, na folha impressa. Mas ele diz que não sabe, deixando suspensa essa possibilidade.

A inventividade de Machado de Assis se manifesta aqui em uma nova forma. Com esse traço metanarrativo, que povoa de ironia a descrição do processo mental de produção de um texto, ele não escreveu propriamente um fluxo de consciência, uma narrativa que simula o caótico modo de funcionamento do pensamento, como o fariam escritores das gerações seguintes (como os escritores de língua inglesa James Joyce ou Virginia Woolf). Mas descreveu o modo como ela funciona. Mais uma vez se comprova que Machado de Assis ousava muito, farejando as futuras conquistas formais da literatura.

Coleção **L&PM** POCKET

300.**O vermelho e o negro** – Stendhal
301.**Ecce homo** – Friedrich Nietzsche
302(7).**Comer bem, sem culpa** – Dr. Fernando Lucchese, A. Gourmet e Iotti
303.**O livro de Cesário Verde** – Cesário Verde
305.**100 receitas de macarrão** – S. Lancellotti
306.**160 receitas de molhos** – S. Lancellotti
307.**100 receitas light** – H. e Â. Tonetto
308.**100 receitas de sobremesas** – Celia Ribeiro
309.**Mais de 100 dicas de churrasco** – Leon Diziekaniak
310.**100 receitas de acompanhamentos** – C. Cabeda
311.**Honra ou vendetta** – S. Lancellotti
312.**A alma do homem sob o socialismo** – Oscar Wilde
313.**Tudo sobre Yôga** – Mestre De Rose
314.**Os varões assinalados** – Tabajara Ruas
315.**Édipo em Colono** – Sófocles
316.**Lisístrata** – Aristófanes / trad. Millôr
317.**Sonhos de Bunker Hill** – John Fante
318.**Os deuses de Raquel** – Moacyr Scliar
319.**O colosso de Marússia** – Henry Miller
320.**As eruditas** – Molière / trad. Millôr
321.**Radicci 1** – Iotti
322.**Os Sete contra Tebas** – Ésquilo
323.**Brasil Terra à vista** – Eduardo Bueno
324.**Radicci 2** – Iotti
325.**Júlio César** – William Shakespeare
326.**A carta de Pero Vaz de Caminha**
327.**Cozinha Clássica** – Sílvio Lancellotti
328.**Madame Bovary** – Gustave Flaubert
329.**Dicionário do viajante insólito** – M. Scliar
330.**O capitão saiu para o almoço...** – Bukowski
331.**A carta roubada** – Edgar Allan Poe
332.**É tarde para saber** – Josué Guimarães
333.**O livro de bolso da Astrologia** – Maggy Harrisonx e Mellina Li
334.**1933 foi um ano ruim** – John Fante
335.**100 receitas de arroz** – Aninha Comas
336.**Guia prático do Português correto – vol. 1** – Cláudio Moreno
337.**Bartleby, o escriturário** – H. Melville
338.**Enterrem meu coração na curva do rio** – Dee Brown
339.**Um conto de Natal** – Charles Dickens
340.**Cozinha sem segredos** – J. A. P. Machado
341.**A dama das Camélias** – A. Dumas Filho
342.**Alimentação saudável** – H. e Â. Tonetto
343.**Continhos galantes** – Dalton Trevisan
344.**A Divina Comédia** – Dante Alighieri
345.**A Dupla Sertanojo** – Santiago
346.**Cavalos do amanhecer** – Mario Arregui
347.**Biografia de Vincent van Gogh por sua cunhada** – Jo van Gogh-Bonger
348.**Radicci 3** – Iotti
349.**Nada de novo no front** – E. M. Remarque
350.**A hora dos assassinos** – Henry Miller
351.**Flush – Memórias de um cão** – Virginia Woolf
352.**A guerra no Bom Fim** – M. Scliar
357.**As uvas e o vento** – Pablo Neruda
358.**On the road** – Jack Kerouac
359.**O coração amarelo** – Pablo Neruda
360.**Livro das perguntas** – Pablo Neruda
361.**Noite de Reis** – William Shakespeare
362.**Manual de Ecologia (vol.1)** – J. Lutzenberger
363.**O mais longo dos dias** – Cornelius Ryan
364.**Foi bom prá você?** – Nani
365.**Crepusculário** – Pablo Neruda
366.**A comédia dos erros** – Shakespeare
369.**Mate-me por favor (vol.1)** – L. McNeil
370.**Mate-me por favor (vol.2)** – L. McNeil
371.**Carta ao pai** – Kafka
372.**Os vagabundos iluminados** – J. Kerouac
375.**Vargas, uma biografia política** – H. Silva
376.**Poesia reunida (vol.1)** – A. R. de Sant'Anna
377.**Poesia reunida (vol.2)** – A. R. de Sant'Anna
378.**Alice no país do espelho** – Lewis Carroll
379.**Residência na Terra 1** – Pablo Neruda
380.**Residência na Terra 2** – Pablo Neruda
381.**Terceira Residência** – Pablo Neruda
382.**O delírio amoroso** – Bocage
383.**Futebol ao sol e à sombra** – E. Galeano
386.**Radicci 4** – Iotti
387.**Boas maneiras & sucesso nos negócios** – Celia Ribeiro
388.**Uma história Farroupilha** – M. Scliar
389.**Na mesa ninguém envelhece** – J. A. Pinheiro Machado
390.**200 receitas inéditas do Anonymus Gourmet** – J. A. Pinheiro Machado
391.**Guia prático do Português correto – vol.2** – Cláudio Moreno
392.**Breviário das terras do Brasil** – Assis Brasil
393.**Cantos Cerimoniais** – Pablo Neruda
394.**Jardim de Inverno** – Pablo Neruda
395.**Antonio e Cleópatra** – William Shakespeare
396.**Troia** – Cláudio Moreno
397.**Meu tio matou um cara** – Jorge Furtado
399.**As viagens de Gulliver** – Jonathan Swift
400.**Dom Quixote** – (v. 1) – Miguel de Cervantes
401.**Dom Quixote** – (v. 2) – Miguel de Cervantes
402.**Sozinho no Pólo Norte** – Thomaz Brandolin
404.**Delta de Vênus** – Anaïs Nin
405.**O melhor de Hagar 2** – Dik Browne
406.**É grave Doutor?** – Nani
407.**Orai pornô** – Nani
412.**Três contos** – Gustave Flaubert
413.**De ratos e homens** – John Steinbeck
414.**Lazarilho de Tormes** – Anônimo do séc. XVI
415.**Triângulo das águas** – Caio Fernando Abreu
416.**100 receitas de carnes** – Sílvio Lancellotti
417.**Histórias de robôs:** vol. 1 – org. Isaac Asimov

418.**Histórias de robôs:** vol. 2 – org. Isaac Asimov
419.**Histórias de robôs:** vol. 3 – org. Isaac Asimov
423.**Um amigo de Kafka** – Isaac Singer
424.**As alegres matronas de Windsor** – Shakespeare
425.**Amor e exílio** – Isaac Bashevis Singer
426.**Use & abuse do seu signo** – Marília Fiorillo e Marylou Simonsen
427.**Pigmaleão** – Bernard Shaw
428.**As fenícias** – Eurípides
429.**Everest** – Thomaz Brandolin
430.**A arte de furtar** – Anônimo do séc. XVI
431.**Billy Bud** – Herman Melville
432.**A rosa separada** – Pablo Neruda
433.**Elegia** – Pablo Neruda
434.**A garota de Cassidy** – David Goodis
435.**Como fazer a guerra: máximas de Napoleão** – Balzac
436.**Poemas escolhidos** – Emily Dickinson
437.**Gracias por el fuego** – Mario Benedetti
438.**O sofá** – Crébillon Fils
439.**O "Martín Fierro"** – Jorge Luis Borges
440.**Trabalhos de amor perdidos** – W. Shakespeare
441.**O melhor de Hagar 3** – Dik Browne
442.**Os Maias (volume1)** – Eça de Queiroz
443.**Os Maias (volume2)** – Eça de Queiroz
444.**Anti-Justine** – Restif de La Bretonne
445.**Juventude** – Joseph Conrad
446.**Contos** – Eça de Queiroz
448.**Um amor de Swann** – Proust
449.**À paz perpétua** – Immanuel Kant
450.**A conquista do México** – Hernan Cortez
451.**Defeitos escolhidos e 2000** – Pablo Neruda
452.**O casamento do céu e do inferno** – William Blake
453.**A primeira viagem ao redor do mundo** – Antonio Pigafetta
457.**Sartre** – Annie Cohen-Solal
458.**Discurso do método** – René Descartes
459.**Garfield em grande forma (1)** – Jim Davis
460.**Garfield está de dieta** (2) – Jim Davis
461.**O livro das feras** – Patricia Highsmith
462.**Viajante solitário** – Jack Kerouac
463.**Auto da barca do inferno** – Gil Vicente
464.**O livro vermelho dos pensamentos de Millôr** – Millôr Fernandes
465.**O livro dos abraços** – Eduardo Galeano
466.**Voltaremos!** – José Antonio Pinheiro Machado
467.**Rango** – Edgar Vasques
468(8).**Dieta mediterrânea** – Dr. Fernando Lucchese e José Antonio Pinheiro Machado
469.**Radicci 5** – Iotti
470.**Pequenos pássaros** – Anaïs Nin
471.**Guia prático do Português correto – vol.3** – Cláudio Moreno
472.**Atire no pianista** – David Goodis
473.**Antologia Poética** – García Lorca
474.**Alexandre e César** – Plutarco
475.**Uma espiã na casa do amor** – Anaïs Nin
476.**A gorda do Tiki Bar** – Dalton Trevisan
477.**Garfield um gato de peso (3)** – Jim Davis
478.**Canibais** – David Coimbra
479.**A arte de escrever** – Arthur Schopenhauer
480.**Pinóquio** – Carlo Collodi
481.**Misto-quente** – Bukowski
482.**A lua na sarjeta** – David Goodis
483.**O melhor do Recruta Zero (1)** – Mort Walker
484.**Aline: TPM – tensão pré-monstrual (2)** – Adão Iturrusgarai
485.**Sermões do Padre Antonio Vieira**
486.**Garfield numa boa (4)** – Jim Davis
487.**Mensagem** – Fernando Pessoa
488.**Vendeta** *seguido de* **A paz conjugal** – Balzac
489.**Poemas de Alberto Caeiro** – Fernando Pessoa
490.**Ferragus** – Honoré de Balzac
491.**A duquesa de Langeais** – Honoré de Balzac
492.**A menina dos olhos de ouro** – Honoré de Balzac
493.**O lírio do vale** – Honoré de Balzac
497.**A noite das bruxas** – Agatha Christie
498.**Um passe de mágica** – Agatha Christie
499.**Nêmesis** – Agatha Christie
500.**Esboço para uma teoria das emoções** – Sartre
501.**Renda básica de cidadania** – Eduardo Suplicy
502(1).**Pílulas para viver melhor** – Dr. Lucchese
503(2).**Pílulas para prolongar a juventude** – Dr. Lucchese
504(3).**Desembarcando o diabetes** – Dr. Lucchese
505(4).**Desembarcando o sedentarismo** – Dr. Fernando Lucchese e Cláudio Castro
506(5).**Desembarcando a hipertensão** – Dr. Lucchese
507(6).**Desembarcando o colesterol** – Dr. Fernando Lucchese e Fernanda Lucchese
508.**Estudos de mulher** – Balzac
509.**O terceiro tira** – Flann O'Brien
510.**100 receitas de aves e ovos** – J. A. P. Machado
511.**Garfield em toneladas de diversão** (5) – Jim Davis
512.**Trem-bala** – Martha Medeiros
513.**Os cães ladram** – Truman Capote
514.**O Kama Sutra de Vatsyayana**
515.**O crime do Padre Amaro** – Eça de Queiroz
516.**Odes de Ricardo Reis** – Fernando Pessoa
517.**O inverno da nossa desesperança** – Steinbeck
518.**Piratas do Tietê (1)** – Laerte
519.**Rê Bordosa: do começo ao fim** – Angeli
520.**O Harlem é escuro** – Chester Himes
522.**Eugénie Grandet** – Balzac
523.**O último magnata** – F. Scott Fitzgerald
524.**Carol** – Patricia Highsmith
525.**100 receitas de patisseria** – Sílvio Lancellotti
527.**Tristessa** – Jack Kerouac
528.**O diamante do tamanho do Ritz** – F. Scott Fitzgerald
529.**As melhores histórias de Sherlock Holmes** – Arthur Conan Doyle
530.**Cartas a um jovem poeta** – Rilke
532.**O misterioso sr. Quin** – Agatha Christie
533.**Os analectos** – Confúcio

536.**Ascensão e queda de César Birotteau** – Balzac
537.**Sexta-feira negra** – David Goodis
538.**Ora bolas – O humor de Mario Quintana** – Juarez Fonseca
539.**Longe daqui aqui mesmo** – Antonio Bivar
540.**É fácil matar** – Agatha Christie
541.**O pai Goriot** – Balzac
542.**Brasil, um país do futuro** – Stefan Zweig
543.**O processo** – Kafka
544.**O melhor de Hagar 4** – Dik Browne
545.**Por que não pediram a Evans?** – Agatha Christie
546.**Fanny Hill** – John Cleland
547.**O gato por dentro** – William S. Burroughs
548.**Sobre a brevidade da vida** – Sêneca
549.**Geraldão (1)** – Glauco
550.**Piratas do Tietê (2)** – Laerte
551.**Pagando o pato** – Ciça
552.**Garfield de bom humor (6)** – Jim Davis
553.**Conhece o Mário?** vol.1 – Santiago
554.**Radicci 6** – Iotti
555.**Os subterrâneos** – Jack Kerouac
556(1).**Balzac** – François Taillandier
557(2).**Modigliani** – Christian Parisot
558(3).**Kafka** – Gérard-Georges Lemaire
559(4).**Júlio César** – Joël Schmidt
560.**Receitas da família** – J. A. Pinheiro Machado
561.**Boas maneiras à mesa** – Celia Ribeiro
562(9).**Filhos sadios, pais felizes** – R. Pagnoncelli
563(10).**Fatos & mitos** – Dr. Fernando Lucchese
564.**Ménage à trois** – Paula Taitelbaum
565.**Mulheres!** – David Coimbra
566.**Poemas de Álvaro de Campos** – Fernando Pessoa
567.**Medo e outras histórias** – Stefan Zweig
568.**Snoopy e sua turma (1)** – Schulz
569.**Piadas para sempre (1)** – Visconde da Casa Verde
570.**O alvo móvel** – Ross Macdonald
571.**O melhor do Recruta Zero (2)** – Mort Walker
572.**Um sonho americano** – Norman Mailer
573.**Os broncos também amam** – Angeli
574.**Crônica de um amor louco** – Bukowski
575(5).**Freud** – René Major e Chantal Talagrand
576(6).**Picasso** – Gilles Plazy
577(7).**Gandhi** – Christine Jordis
578.**A tumba** – H. P. Lovecraft
579.**O príncipe e o mendigo** – Mark Twain
580.**Garfield, um charme de gato (7)** – Jim Davis
581.**Ilusões perdidas** – Balzac
582.**Esplendores e misérias das cortesãs** – Balzac
583.**Walter Ego** – Angeli
584.**Striptiras (1)** – Laerte
585.**Fagundes: um puxa-saco de mão cheia** – Laerte
586.**Depois do último trem** – Josué Guimarães
587.**Ricardo III** – Shakespeare
588.**Dona Anja** – Josué Guimarães
589.**24 horas na vida de uma mulher** – Stefan Zweig
591.**Mulher no escuro** – Dashiell Hammett
592.**No que acredito** – Bertrand Russell
593.**Odisseia (1): Telemaquia** – Homero
594.**O cavalo cego** – Josué Guimarães
595.**Henrique V** – Shakespeare
596.**Fabulário geral do delírio cotidiano** – Bukowski
597.**Tiros na noite 1: A mulher do bandido** – Dashiell Hammett
598.**Snoopy em Feliz Dia dos Namorados! (2)** – Schulz
600.**Crime e castigo** – Dostoiévski
601.**Mistério no Caribe** – Agatha Christie
602.**Odisseia (2): Regresso** – Homero
603.**Piadas para sempre (2)** – Visconde da Casa Verde
604.**À sombra do vulcão** – Malcolm Lowry
605(8).**Kerouac** – Yves Buin
606.**E agora são cinzas** – Angeli
607.**As mil e uma noites** – Paulo Caruso
608.**Um assassino entre nós** – Ruth Rendell
609.**Crack-up** – F. Scott Fitzgerald
610.**Do amor** – Stendhal
611.**Cartas do Yage** – William Burroughs e Allen Ginsberg
612.**Striptiras (2)** – Laerte
613.**Henry & June** – Anaïs Nin
614.**A piscina mortal** – Ross Macdonald
615.**Geraldão (2)** – Glauco
616.**Tempo de delicadeza** – A. R. de Sant'Anna
617.**Tiros na noite 2: Medo de tiro** – Dashiell Hammett
618.**Snoopy em Assim é a vida, Charlie Brown! (3)** – Schulz
619.**1954 – Um tiro no coração** – Hélio Silva
620.**Sobre a inspiração poética (Íon)** e ... – Platão
621.**Garfield e seus amigos (8)** – Jim Davis
622.**Odisseia (3): Ítaca** – Homero
623.**A louca matança** – Chester Himes
624.**Factótum** – Bukowski
625.**Guerra e Paz: volume 1** – Tolstói
626.**Guerra e Paz: volume 2** – Tolstói
627.**Guerra e Paz: volume 3** – Tolstói
628.**Guerra e Paz: volume 4** – Tolstói
629(9).**Shakespeare** – Claude Mourthé
630.**Bem está o que bem acaba** – Shakespeare
631.**O contrato social** – Rousseau
632.**Geração Beat** – Jack Kerouac
633.**Snoopy: É Natal! (4)** – Charles Schulz
634.**Testemunha da acusação** – Agatha Christie
635.**Um elefante no caos** – Millôr Fernandes
636.**Guia de leitura (100 autores que você precisa ler)** – Organização de Léa Masina
637.**Pistoleiros também mandam flores** – David Coimbra
638.**O prazer das palavras** – vol. 1 – Cláudio Moreno
639.**O prazer das palavras** – vol. 2 – Cláudio Moreno
640.**Novíssimo testamento: com Deus e o diabo, a dupla da criação** – Iotti
641.**Literatura Brasileira: modos de usar** – Luís Augusto Fischer

642.**Dicionário de Porto-Alegrês** – Luís A. Fischer
643.**Clô Dias & Noites** – Sérgio Jockymann
644.**Memorial de Isla Negra** – Pablo Neruda
645.**Um homem extraordinário e outras histórias** – Tchékhov
646.**Ana sem terra** – Alcy Cheuiche
647.**Adultérios** – Woody Allen
651.**Snoopy: Posso fazer uma pergunta, professora? (5)** – Charles Schulz
652(10).**Luís XVI** – Bernard Vincent
653.**O mercador de Veneza** – Shakespeare
654.**Cancioneiro** – Fernando Pessoa
655.**Non-Stop** – Martha Medeiros
656.**Carpinteiros, levantem bem alto a cumeeira & Seymour, uma apresentação** – J.D.Salinger
657.**Ensaios céticos** – Bertrand Russell
658.**O melhor de Hagar 5** – Dik e Chris Browne
659.**Primeiro amor** – Ivan Turguêniev
660.**A trégua** – Mario Benedetti
661.**Um parque de diversões da cabeça** – Lawrence Ferlinghetti
662.**Aprendendo a viver** – Sêneca
663.**Garfield, um gato em apuros (9)** – Jim Davis
664.**Dilbert (1)** – Scott Adams
666.**A imaginação** – Jean-Paul Sartre
667.**O ladrão e os cães** – Naguib Mahfuz
669.**A volta do parafuso** *seguido de* **Daisy Miller** – Henry James
670.**Notas do subsolo** – Dostoiévski
671.**Abobrinhas da Brasilônia** – Glauco
672.**Geraldão (3)** – Glauco
673.**Piadas para sempre (3)** – Visconde da Casa Verde
674.**Duas viagens ao Brasil** – Hans Staden
676.**A arte da guerra** – Maquiavel
677.**Além do bem e do mal** – Nietzsche
678.**O coronel Chabert** *seguido de* **A mulher abandonada** – Balzac
679.**O sorriso de marfim** – Ross Macdonald
680.**100 receitas de pescados** – Sílvio Lancellotti
681.**O juiz e seu carrasco** – Friedrich Dürrenmatt
682.**Noites brancas** – Dostoiévski
683.**Quadras ao gosto popular** – Fernando Pessoa
685.**Kaos** – Millôr Fernandes
686.**A pele de onagro** – Balzac
687.**As ligações perigosas** – Choderlos de Laclos
689.**Os Lusíadas** – Luís Vaz de Camões
690(11).**Átila** – Éric Deschodt
691.**Um jeito tranquilo de matar** – Chester Himes
692.**A felicidade conjugal** *seguido de* **O diabo** – Tolstói
693.**Viagem de um naturalista ao redor do mundo** – vol. 1 – Charles Darwin
694.**Viagem de um naturalista ao redor do mundo** – vol. 2 – Charles Darwin
695.**Memórias da casa dos mortos** – Dostoiévski
696.**A Celestina** – Fernando de Rojas
697.**Snoopy: Como você é azarado, Charlie Brown! (6)** – Charles Schulz
698.**Dez (quase) amores** – Claudia Tajes
699.**Poirot sempre espera** – Agatha Christie
701.**Apologia de Sócrates** *precedido de* **Êutifron** e *seguido de* **Críton** – Platão
702.**Wood & Stock** – Angeli
703.**Striptiras (3)** – Laerte
704.**Discurso sobre a origem e os fundamentos da desigualdade entre os homens** – Rousseau
705.**Os duelistas** – Joseph Conrad
706.**Dilbert (2)** – Scott Adams
707.**Viver e escrever** (vol. 1) – Edla van Steen
708.**Viver e escrever** (vol. 2) – Edla van Steen
709.**Viver e escrever** (vol. 3) – Edla van Steen
710.**A teia da aranha** – Agatha Christie
711.**O banquete** – Platão
712.**Os belos e malditos** – F. Scott Fitzgerald
713.**Libelo contra a arte moderna** – Salvador Dalí
714.**Akropolis** – Valerio Massimo Manfredi
715.**Devoradores de mortos** – Michael Crichton
716.**Sob o sol da Toscana** – Frances Mayes
717.**Batom na cueca** – Nani
718.**Vida dura** – Claudia Tajes
719.**Carne trêmula** – Ruth Rendell
720.**Cris, a fera** – David Coimbra
721.**O anticristo** – Nietzsche
722.**Como um romance** – Daniel Pennac
723.**Emboscada no Forte Bragg** – Tom Wolfe
724.**Assédio sexual** – Michael Crichton
725.**O espírito do Zen** – Alan W.Watts
726.**Um bonde chamado desejo** – Tennessee Williams
727.**Como gostais** *seguido de* **Conto de inverno** – Shakespeare
728.**Tratado sobre a tolerância** – Voltaire
729.**Snoopy: Doces ou travessuras? (7)** – Charles Schulz
730.**Cardápios do Anonymus Gourmet** – J.A. Pinheiro Machado
731.**100 receitas com lata** – J.A. Pinheiro Machado
732.**Conhece o Mário?** vol.2 – Santiago
733.**Dilbert (3)** – Scott Adams
734.**História de um louco amor** *seguido de* **Passado amor** – Horacio Quiroga
735(11).**Sexo: muito prazer** – Laura Meyer da Silva
736(12).**Para entender o adolescente** – Dr. Ronald Pagnoncelli
737(13).**Desembarcando a tristeza** – Dr. Fernando Lucchese
738.**Poirot e o mistério da arca espanhola & outras histórias** – Agatha Christie
739.**A última legião** – Valerio Massimo Manfredi
741.**Sol nascente** – Michael Crichton
742.**Duzentos ladrões** – Dalton Trevisan
743.**Os devaneios do caminhante solitário** – Rousseau
744.**Garfield, o rei da preguiça (10)** – Jim Davis
745.**Os magnatas** – Charles R. Morris
746.**Pulp** – Charles Bukowski
747.**Enquanto agonizo** – William Faulkner
748.**Aline: viciada em sexo (3)** – Adão Iturrusgarai

749.**A dama do cachorrinho** – Anton Tchékhov
750.**Tito Andrônico** – Shakespeare
751.**Antologia poética** – Anna Akhmátova
752.**O melhor de Hagar 6** – Dik e Chris Browne
753(12).**Michelangelo** – Nadine Sautel
754.**Dilbert (4)** – Scott Adams
755.**O jardim das cerejeiras** *seguido de* **Tio Vânia** – Tchékhov
756.**Geração Beat** – Claudio Willer
757.**Santos Dumont** – Alcy Cheuiche
758.**Budismo** – Claude B. Levenson
759.**Cleópatra** – Christian-Georges Schwentzel
760.**Revolução Francesa** – Frédéric Bluche, Stéphane Rials e Jean Tulard
761.**A crise de 1929** – Bernard Gazier
762.**Sigmund Freud** – Edson Sousa e Paulo Endo
763.**Império Romano** – Patrick Le Roux
764.**Cruzadas** – Cécile Morrisson
765.**O mistério do Trem Azul** – Agatha Christie
768.**Senso comum** – Thomas Paine
769.**O parque dos dinossauros** – Michael Crichton
770.**Trilogia da paixão** – Goethe
773.**Snoopy: No mundo da lua! (8)** – Charles Schulz
774.**Os Quatro Grandes** – Agatha Christie
775.**Um brinde de cianureto** – Agatha Christie
776.**Súplicas atendidas** – Truman Capote
779.**A viúva imortal** – Millôr Fernandes
780.**Cabala** – Roland Goetschel
781.**Capitalismo** – Claude Jessua
782.**Mitologia grega** – Pierre Grimal
783.**Economia: 100 palavras-chave** – Jean-Paul Betbèze
784.**Marxismo** – Henri Lefebvre
785.**Punição para a inocência** – Agatha Christie
786.**A extravagância do morto** – Agatha Christie
787(13).**Cézanne** – Bernard Fauconnier
788.**A identidade Bourne** – Robert Ludlum
789.**Da tranquilidade da alma** – Sêneca
790.**Um artista da fome** *seguido de* **Na colônia penal e outras histórias** – Kafka
791.**Histórias de fantasmas** – Charles Dickens
796.**O Uraguai** – Basílio da Gama
797.**A mão misteriosa** – Agatha Christie
798.**Testemunha ocular do crime** – Agatha Christie
799.**Crepúsculo dos ídolos** – Friedrich Nietzsche
802.**O grande golpe** – Dashiell Hammett
803.**Humor barra pesada** – Nani
804.**Vinho** – Jean-François Gautier
805.**Egito Antigo** – Sophie Desplancques
806(14).**Baudelaire** – Jean-Baptiste Baronian
807.**Caminho da sabedoria, caminho da paz** – Dalai Lama e Felizitas von Schönborn
808.**Senhor e servo e outras histórias** – Tolstói
809.**Os cadernos de Malte Laurids Brigge** – Rilke
810.**Dilbert (5)** – Scott Adams
811.**Big Sur** – Jack Kerouac
812.**Seguindo a correnteza** – Agatha Christie
813.**O álibi** – Sandra Brown
814.**Montanha-russa** – Martha Medeiros
815.**Coisas da vida** – Martha Medeiros
816.**A cantada infalível** *seguido de* **A mulher do centroavante** – David Coimbra
819.**Snoopy: Pausa para a soneca (9)** – Charles Schulz
820.**De pernas pro ar** – Eduardo Galeano
821.**Tragédias gregas** – Pascal Thiercy
822.**Existencialismo** – Jacques Colette
823.**Nietzsche** – Jean Granier
824.**Amar ou depender?** – Walter Riso
825.**Darmapada: A doutrina budista em versos**
826.**J'Accuse...! – a verdade em marcha** – Zola
827.**Os crimes ABC** – Agatha Christie
828.**Um gato entre os pombos** – Agatha Christie
831.**Dicionário de teatro** – Luiz Paulo Vasconcellos
832.**Cartas extraviadas** – Martha Medeiros
833.**A longa viagem de prazer** – J. J. Morosoli
834.**Receitas fáceis** – J. A. Pinheiro Machado
835.(14).**Mais fatos & mitos** – Dr. Fernando Lucchese
836.(15).**Boa viagem!** – Dr. Fernando Lucchese
837.**Aline: Finalmente nua!!!** (4) – Adão Iturrusgarai
838.**Mônica tem uma novidade!** – Mauricio de Sousa
839.**Cebolinha em apuros!** – Mauricio de Sousa
840.**Sócios no crime** – Agatha Christie
841.**Bocas do tempo** – Eduardo Galeano
842.**Orgulho e preconceito** – Jane Austen
843.**Impressionismo** – Dominique Lobstein
844.**Escrita chinesa** – Viviane Alleton
845.**Paris: uma história** – Yvan Combeau
846(15).**Van Gogh** – David Haziot
848.**Portal do destino** – Agatha Christie
849.**O futuro de uma ilusão** – Freud
850.**O mal-estar na cultura** – Freud
853.**Um crime adormecido** – Agatha Christie
854.**Satori em Paris** – Jack Kerouac
855.**Medo e delírio em Las Vegas** – Hunter Thompson
856.**Um negócio fracassado e outros contos de humor** – Tchékhov
857.**Mônica está de férias!** – Mauricio de Sousa
858.**De quem é esse coelho?** – Mauricio de Sousa
860.**O mistério Sittaford** – Agatha Christie
861.**Manhã transfigurada** – L. A. de Assis Brasil
862.**Alexandre, o Grande** – Pierre Briant
863.**Jesus** – Charles Perrot
864.**Islã** – Paul Balta
865.**Guerra da Secessão** – Farid Ameur
866.**Um rio que vem da Grécia** – Cláudio Moreno
868.**Assassinato na casa do pastor** – Agatha Christie
869.**Manual do líder** – Napoleão Bonaparte
870(16).**Billie Holiday** – Sylvia Fol
871.**Bidu arrasando!** – Mauricio de Sousa
872.**Os Sousa: Desventuras em família** – Mauricio de Sousa
874.**E no final a morte** – Agatha Christie
875.**Guia prático do Português correto – vol. 4** – Cláudio Moreno
876.**Dilbert (6)** – Scott Adams
877(17).**Leonardo da Vinci** – Sophie Chauveau
878.**Bella Toscana** – Frances Mayes

879.**A arte da ficção** – David Lodge
880.**Striptiras (4)** – Laerte
881.**Skrotinhos** – Angeli
882.**Depois do funeral** – Agatha Christie
883.**Radicci 7** – Iotti
884.**Walden** – H. D. Thoreau
885.**Lincoln** – Allen C. Guelzo
886.**Primeira Guerra Mundial** – Michael Howard
887.**A linha de sombra** – Joseph Conrad
888.**O amor é um cão dos diabos** – Bukowski
890.**Despertar: uma vida de Buda** – Jack Kerouac
891(18).**Albert Einstein** – Laurent Seksik
892.**Hell's Angels** – Hunter Thompson
893.**Ausência na primavera** – Agatha Christie
894.**Dilbert (7)** – Scott Adams
895.**Ao sul de lugar nenhum** – Bukowski
896.**Maquiavel** – Quentin Skinner
897.**Sócrates** – C.C.W. Taylor
899.**O Natal de Poirot** – Agatha Christie
900.**As veias abertas da América Latina** – Eduardo Galeano
901.**Snoopy: Sempre alerta! (10)** – Charles Schulz
902.**Chico Bento: Plantando confusão** – Mauricio de Sousa
903.**Penadinho: Quem é morto sempre aparece** – Mauricio de Sousa
904.**A vida sexual da mulher feia** – Claudia Tajes
905.**100 segredos de liquidificador** – José Antonio Pinheiro Machado
906.**Sexo muito prazer 2** – Laura Meyer da Silva
907.**Os nascimentos** – Eduardo Galeano
908.**As caras e as máscaras** – Eduardo Galeano
909.**O século do vento** – Eduardo Galeano
910.**Poirot perde uma cliente** – Agatha Christie
911.**Cérebro** – Michael O'Shea
912.**O escaravelho de ouro e outras histórias** – Edgar Allan Poe
913.**Piadas para sempre (4)** – Visconde da Casa Verde
914.**100 receitas de massas light** – Helena Tonetto
915(19).**Oscar Wilde** – Daniel Salvatore Schiffer
916.**Uma breve história do mundo** – H. G. Wells
917.**A Casa do Penhasco** – Agatha Christie
919.**John M. Keynes** – Bernard Gazier
920(20).**Virginia Woolf** – Alexandra Lemasson
921.**Peter e Wendy** *seguido de* **Peter Pan em Kensington Gardens** – J. M. Barrie
922.**Aline: numas de colegial (5)** – Adão Iturrusgarai
923.**Uma dose mortal** – Agatha Christie
924.**Os trabalhos de Hércules** – Agatha Christie
926.**Kant** – Roger Scruton
927.**A inocência do Padre Brown** – G.K. Chesterton
928.**Casa Velha** – Machado de Assis
929.**Marcas de nascença** – Nancy Huston
930.**Aulete de bolso**
931.**Hora Zero** – Agatha Christie
932.**Morte na Mesopotâmia** – Agatha Christie
934.**Nem te conto, João** – Dalton Trevisan
935.**As aventuras de Huckleberry Finn** – Mark Twain
936(21).**Marilyn Monroe** – Anne Plantagenet
937.**China moderna** – Rana Mitter
938.**Dinossauros** – David Norman
939.**Louca por homem** – Claudia Tajes
940.**Amores de alto risco** – Walter Riso
941.**Jogo de damas** – David Coimbra
942.**Filha é filha** – Agatha Christie
943.**M ou N?** – Agatha Christie
945.**Bidu: diversão em dobro!** – Mauricio de Sousa
946.**Fogo** – Anaïs Nin
947.**Rum: diário de um jornalista bêbado** – Hunter Thompson
948.**Persuasão** – Jane Austen
949.**Lágrimas na chuva** – Sergio Faraco
950.**Mulheres** – Bukowski
951.**Um pressentimento funesto** – Agatha Christie
952.**Cartas na mesa** – Agatha Christie
954.**O lobo do mar** – Jack London
955.**Os gatos** – Patricia Highsmith
956(22).**Jesus** – Christiane Rancé
957.**História da medicina** – William Bynum
958.**O Morro dos Ventos Uivantes** – Emily Brontë
959.**A filosofia na era trágica dos gregos** – Nietzsche
960.**Os treze problemas** – Agatha Christie
961.**A massagista japonesa** – Moacyr Scliar
963.**Humor do miserê** – Nani
964.**Todo o mundo tem dúvida, inclusive você** – Édison de Oliveira
965.**A dama do Bar Nevada** – Sergio Faraco
969.**O psicopata americano** – Bret Easton Ellis
970.**Ensaios de amor** – Alain de Botton
971.**O grande Gatsby** – F. Scott Fitzgerald
972.**Por que não sou cristão** – Bertrand Russell
973.**A Casa Torta** – Agatha Christie
974.**Encontro com a morte** – Agatha Christie
975(23).**Rimbaud** – Jean-Baptiste Baronian
976.**Cartas na rua** – Bukowski
977.**Memória** – Jonathan K. Foster
978.**A abadia de Northanger** – Jane Austen
979.**As pernas de Úrsula** – Claudia Tajes
980.**Retrato inacabado** – Agatha Christie
981.**Solanin (1)** – Inio Asano
982.**Solanin (2)** – Inio Asano
983.**Aventuras de menino** – Mitsuru Adachi
984(16).**Fatos & mitos sobre sua alimentação** – Dr. Fernando Lucchese
985.**Teoria quântica** – John Polkinghorne
986.**O eterno marido** – Fiódor Dostoiévski
987.**Um safado em Dublin** – J. P. Donleavy
988.**Mirinha** – Dalton Trevisan
989.**Akhenaton e Nefertiti** – Carmen Seganfredo e A. S. Franchini
990.**On the Road – o manuscrito original** – Jack Kerouac
991.**Relatividade** – Russell Stannard
992.**Abaixo de zero** – Bret Easton Ellis
993(24).**Andy Warhol** – Mériam Korichi
995.**Os últimos casos de Miss Marple** – Agatha Christie

996.**Nico Demo: Aí vem encrenca** – Mauricio de Sousa
998.**Rousseau** – Robert Wokler
999.**Noite sem fim** – Agatha Christie
1000.**Diários de Andy Warhol (1)** – Editado por Pat Hackett
1001.**Diários de Andy Warhol (2)** – Editado por Pat Hackett
1002.**Cartier-Bresson: o olhar do século** – Pierre Assouline
1003.**As melhores histórias da mitologia: vol. 1** – A.S. Franchini e Carmen Seganfredo
1004.**As melhores histórias da mitologia: vol. 2** – A.S. Franchini e Carmen Seganfredo
1005.**Assassinato no beco** – Agatha Christie
1006.**Convite para um homicídio** – Agatha Christie
1008.**História da vida** – Michael J. Benton
1009.**Jung** – Anthony Stevens
1010.**Arsène Lupin, ladrão de casaca** – Maurice Leblanc
1011.**Dublinenses** – James Joyce
1012.**120 tirinhas da Turma da Mônica** – Mauricio de Sousa
1013.**Antologia poética** – Fernando Pessoa
1014.**A aventura de um cliente ilustre** ***seguido de*** **O último adeus de Sherlock Holmes** – Sir Arthur Conan Doyle
1015.**Cenas de Nova York** – Jack Kerouac
1016.**A corista** – Anton Tchékhov
1017.**O diabo** – Leon Tolstói
1018.**Fábulas chinesas** – Sérgio Capparelli e Márcia Schmaltz
1019.**O gato do Brasil** – Sir Arthur Conan Doyle
1020.**Missa do Galo** – Machado de Assis
1021.**O mistério de Marie Rogêt** – Edgar Allan Poe
1022.**A mulher mais linda da cidade** – Bukowski
1023.**O retrato** – Nicolai Gogol
1024.**O conflito** – Agatha Christie
1025.**Os primeiros casos de Poirot** – Agatha Christie
1027(25).**Beethoven** – Bernard Fauconnier
1028.**Platão** – Julia Annas
1029.**Cleo e Daniel** – Roberto Freire
1030.**Til** – José de Alencar
1031.**Viagens na minha terra** – Almeida Garrett
1032.**Profissões para mulheres e outros artigos feministas** – Virginia Woolf
1033.**Mrs. Dalloway** – Virginia Woolf
1034.**O cão da morte** – Agatha Christie
1035.**Tragédia em três atos** – Agatha Christie
1037.**O fantasma da Ópera** – Gaston Leroux
1038.**Evolução** – Brian e Deborah Charlesworth
1039.**Medida por medida** – Shakespeare
1040.**Razão e sentimento** – Jane Austen
1041.**A obra-prima ignorada** ***seguido de*** **Um episódio durante o Terror** – Balzac
1042.**A fugitiva** – Anaïs Nin
1043.**As grandes histórias da mitologia greco--romana** – A. S. Franchini
1044.**O corno de si mesmo & outras historietas** – Marquês de Sade
1045.**Da felicidade** ***seguido de*** **Da vida retirada** – Sêneca
1046.**O horror em Red Hook e outras histórias** – H. P. Lovecraft
1047.**Noite em claro** – Martha Medeiros
1048.**Poemas clássicos chineses** – Li Bai, Du Fu e Wang Wei
1049.**A terceira moça** – Agatha Christie
1050.**Um destino ignorado** – Agatha Christie
1051(26).**Buda** – Sophie Royer
1052.**Guerra Fria** – Robert J. McMahon
1053.**Simons's Cat: as aventuras de um gato travesso e comilão – vol. 1** – Simon Tofield
1054.**Simons's Cat: as aventuras de um gato travesso e comilão – vol. 2** – Simon Tofield
1055.**Só as mulheres e as baratas sobreviverão** – Claudia Tajes
1057.**Pré-história** – Chris Gosden
1058.**Pintou sujeira!** – Mauricio de Sousa
1059.**Contos de Mamãe Gansa** – Charles Perrault
1060.**A interpretação dos sonhos: vol. 1** – Freud
1061.**A interpretação dos sonhos: vol. 2** – Freud
1062.**Frufru Rataplã Dolores** – Dalton Trevisan
1063.**As melhores histórias da mitologia egípcia** – Carmem Seganfredo e A.S. Franchini
1064.**Infância. Adolescência. Juventude** – Tolstói
1065.**As consolações da filosofia** – Alain de Botton
1066.**Diários de Jack Kerouac – 1947-1954**
1067.**Revolução Francesa – vol. 1** – Max Gallo
1068.**Revolução Francesa – vol. 2** – Max Gallo
1069.**O detetive Parker Pyne** – Agatha Christie
1070.**Memórias do esquecimento** – Flávio Tavares
1071.**Drogas** – Leslie Iversen
1072.**Manual de ecologia (vol.2)** – J. Lutzenberger
1073.**Como andar no labirinto** – Affonso Romano de Sant'Anna
1074.**A orquídea e o serial killer** – Juremir Machado da Silva
1075.**Amor nos tempos de fúria** – Lawrence Ferlinghetti
1076.**A aventura do pudim de Natal** – Agatha Christie
1078.**Amores que matam** – Patricia Faur
1079.**Histórias de pescador** – Mauricio de Sousa
1080.**Pedaços de um caderno manchado de vinho** – Bukowski
1081.**A ferro e fogo: tempo de solidão (vol.1)** – Josué Guimarães
1082.**A ferro e fogo: tempo de guerra (vol.2)** – Josué Guimarães
1084(17).**Desembarcando o Alzheimer** – Dr. Fernando Lucchese e Dra. Ana Hartmann
1085.**A maldição do espelho** – Agatha Christie
1086.**Uma breve história da filosofia** – Nigel Warburton
1088.**Heróis da História** – Will Durant
1089.**Concerto campestre** – L. A. de Assis Brasil
1090.**Morte nas nuvens** – Agatha Christie
1092.**Aventura em Bagdá** – Agatha Christie
1093.**O cavalo amarelo** – Agatha Christie

1094.**O método de interpretação dos sonhos** – Freud

1095.**Sonetos de amor e desamor** – Vários

1096.**120 tirinhas do Dilbert** – Scott Adams

1097.**200 fábulas de Esopo**

1098.**O curioso caso de Benjamin Button** – F. Scott Fitzgerald

1099.**Piadas para sempre: uma antologia para morrer de rir** – Visconde da Casa Verde

1100.**Hamlet (Mangá)** – Shakespeare

1101.**A arte da guerra (Mangá)** – Sun Tzu

1104.**As melhores histórias da Bíblia (vol.1)** – A. S. Franchini e Carmen Seganfredo

1105.**As melhores histórias da Bíblia (vol.2)** – A. S. Franchini e Carmen Seganfredo

1106.**Psicologia das massas e análise do eu** – Freud

1107.**Guerra Civil Espanhola** – Helen Graham

1108.**A autoestrada do sul e outras histórias** – Julio Cortázar

1109.**O mistério dos sete relógios** – Agatha Christie

1110.**Peanuts: Ninguém gosta de mim... (amor)** – Charles Schulz

1111.**Cadê o bolo?** – Mauricio de Sousa

1112.**O filósofo ignorante** – Voltaire

1113.**Totem e tabu** – Freud

1114.**Filosofia pré-socrática** – Catherine Osborne

1115.**Desejo de status** – Alain de Botton

1118.**Passageiro para Frankfurt** – Agatha Christie

1120.**Kill All Enemies** – Melvin Burgess

1121.**A morte da sra. McGinty** – Agatha Christie

1122.**Revolução Russa** – S. A. Smith

1123.**Até você, Capitu?** – Dalton Trevisan

1124.**O grande Gatsby (Mangá)** – F. S. Fitzgerald

1125.**Assim falou Zaratustra (Mangá)** – Nietzsche

1126. **Peanuts: É para isso que servem os amigos (amizade)** – Charles Schulz

1127(27).**Nietzsche** – Dorian Astor

1128.**Bidu: Hora do banho** – Mauricio de Sousa

1129.**O melhor do Macanudo Taurino** – Santiago

1130.**Radicci 30 anos** – Iotti

1131.**Show de sabores** – J.A. Pinheiro Machado

1132.**O prazer das palavras** – vol. 3 – Cláudio Moreno

1133.**Morte na praia** – Agatha Christie

1134.**O fardo** – Agatha Christie

1135.**Manifesto do Partido Comunista (Mangá)** – Marx & Engels

1136.**A metamorfose (Mangá)** – Franz Kafka

1137.**Por que você não se casou... ainda** – Tracy McMillan

1138.**Textos autobiográficos** – Bukowski

1139.**A importância de ser prudente** – Oscar Wilde

1140.**Sobre a vontade na natureza** – Arthur Schopenhauer

1141.**Dilbert (8)** – Scott Adams

1142.**Entre dois amores** – Agatha Christie

1143.**Cipreste triste** – Agatha Christie

1144.**Alguém viu uma assombração?** – Mauricio de Sousa

1145.**Mandela** – Elleke Boehmer

1146.**Retrato do artista quando jovem** – James Joyce

1147.**Zadig ou o destino** – Voltaire

1148.**O contrato social (Mangá)** – J.-J. Rousseau

1149.**Garfield fenomenal** – Jim Davis

1150.**A queda da América** – Allen Ginsberg

1151.**Música na noite & outros ensaios** – Aldous Huxley

1152.**Poesias inéditas & Poemas dramáticos** – Fernando Pessoa

1153.**Peanuts: Felicidade é...** – Charles M. Schulz

1154.**Mate-me por favor** – Legs McNeil e Gillian McCain

1155.**Assassinato no Expresso Oriente** – Agatha Christie

1156.**Um punhado de centeio** – Agatha Christie

1157.**A interpretação dos sonhos (Mangá)** – Freud

1158.**Peanuts: Você não entende o sentido da vida** – Charles M. Schulz

1159.**A dinastia Rothschild** – Herbert R. Lottman

1160.**A Mansão Hollow** – Agatha Christie

1161.**Nas montanhas da loucura** – H.P. Lovecraft

1162(28).**Napoleão Bonaparte** – Pascale Fautrier

1163.**Um corpo na biblioteca** – Agatha Christie

1164.**Inovação** – Mark Dodgson e David Gann

1165.**O que toda mulher deve saber sobre os homens: a afetividade masculina** – Walter Riso

1166.**O amor está no ar** – Mauricio de Sousa

1167.**Testemunha de acusação & outras histórias** – Agatha Christie

1168.**Etiqueta de bolso** – Celia Ribeiro

1169.**Poesia reunida (volume 3)** – Affonso Romano de Sant'Anna

1170.**Emma** – Jane Austen

1171.**Que seja em segredo** – Ana Miranda

1172.**Garfield sem apetite** – Jim Davis

1173.**Garfield: Foi mal...** – Jim Davis

1174.**Os irmãos Karamázov (Mangá)** – Dostoiévski

1175.**O Pequeno Príncipe** – Antoine de Saint-Exupéry

1176.**Peanuts: Ninguém mais tem o espírito aventureiro** – Charles M. Schulz

1177.**Assim falou Zaratustra** – Nietzsche

1178.**Morte no Nilo** – Agatha Christie

1179.**Ê, soneca boa** – Mauricio de Sousa

1180.**Garfield a todo o vapor** – Jim Davis

1181.**Em busca do tempo perdido (Mangá)** – Proust

1182.**Cai o pano: o último caso de Poirot** – Agatha Christie

1183.**Livro para colorir e relaxar** – Livro 1

1184.**Para colorir sem parar**

1185.**Os elefantes não esquecem** – Agatha Christie

1186.**Teoria da relatividade** – Albert Einstein

1187.**Compêndio da psicanálise** – Freud

1188.**Visões de Gerard** – Jack Kerouac

1189.**Fim de verão** – Mohiro Kitoh

1190.**Procurando diversão** – Mauricio de Sousa

1191.**E não sobrou nenhum e outras peças** – Agatha Christie

1192.**Ansiedade** – Daniel Freeman & Jason Freeman

1193.**Garfield: pausa para o almoço** – Jim Davis

1194.**Contos do dia e da noite** – Guy de Maupassant
1195.**O melhor de Hagar 7** – Dik Browne
1196(29).**Lou Andreas-Salomé** – Dorian Astor
1197(30).**Pasolini** – René de Ceccatty
1198.**O caso do Hotel Bertram** – Agatha Christie
1199.**Crônicas de motel** – Sam Shepard
1200.**Pequena filosofia da paz interior** – Catherine Rambert
1201.**Os sertões** – Euclides da Cunha
1202.**Treze à mesa** – Agatha Christie
1203.**Bíblia** – John Riches
1204.**Anjos** – David Albert Jones
1205.**As tirinhas do Guri de Uruguaiana 1** – Jair Kobe
1206.**Entre aspas (vol.1)** – Fernando Eichenberg
1207.**Escrita** – Andrew Robinson
1208.**O spleen de Paris: pequenos poemas em prosa** – Charles Baudelaire
1209.**Satíricon** – Petrônio
1210.**O avarento** – Molière
1211.**Queimando na água, afogando-se na chama** – Bukowski
1212.**Miscelânea septuagenária: contos e poemas** – Bukowski
1213.**Que filosofar é aprender a morrer e outros ensaios** – Montaigne
1214.**Da amizade e outros ensaios** – Montaigne
1215.**O medo à espreita e outras histórias** – H.P. Lovecraft
1216.**A obra de arte na era de sua reprodutibilidade técnica** – Walter Benjamin
1217.**Sobre a liberdade** – John Stuart Mill
1218.**O segredo de Chimneys** – Agatha Christie
1219.**Morte na rua Hickory** – Agatha Christie
1220.**Ulisses (Mangá)** – James Joyce
1221.**Ateísmo** – Julian Baggini
1222.**Os melhores contos de Katherine Mansfield** – Katherine Mansfield
1223(31).**Martin Luther King** – Alain Foix
1224.**Millôr Definitivo: uma antologia de *A Bíblia do Caos*** – Millôr Fernandes
1225.**O Clube das Terças-Feiras e outras histórias** – Agatha Christie
1226.**Por que sou tão sábio** – Nietzsche
1227.**Sobre a mentira** – Platão
1228.**Sobre a leitura** *seguido do* **Depoimento de Céleste Albaret** – Proust
1229.**O homem do terno marrom** – Agatha Christie
1230(32).**Jimi Hendrix** – Franck Médioni
1231.**Amor e amizade e outras histórias** – Jane Austen
1232.**Lady Susan, Os Watson e Sanditon** – Jane Austen
1233.**Uma breve história da ciência** – William Bynum
1234.**Macunaíma: o herói sem nenhum caráter** – Mário de Andrade
1235.**A máquina do tempo** – H.G. Wells
1236.**O homem invisível** – H.G. Wells
1237.**Os 36 estratagemas: manual secreto da arte da guerra** – Anônimo
1238.**A mina de ouro e outras histórias** – Agatha Christie
1239.**Pic** – Jack Kerouac
1240.**O habitante da escuridão e outros contos** – H.P. Lovecraft
1241.**O chamado de Cthulhu e outros contos** – H.P. Lovecraft
1242.**O melhor de Meu reino por um cavalo!** – Edição de Ivan Pinheiro Machado
1243.**A guerra dos mundos** – H.G. Wells
1244.**O caso da criada perfeita e outras histórias** – Agatha Christie
1245.**Morte por afogamento e outras histórias** – Agatha Christie
1246.**Assassinato no Comitê Central** – Manuel Vázquez Montalbán
1247.**O papai é pop** – Marcos Piangers
1248.**O papai é pop 2** – Marcos Piangers
1249.**A mamãe é rock** – Ana Cardoso
1250.**Paris boêmia** – Dan Franck
1251.**Paris libertária** – Dan Franck
1252.**Paris ocupada** – Dan Franck
1253.**Uma anedota infame** – Dostoiévski
1254.**O último dia de um condenado** – Victor Hugo
1255.**Nem só de caviar vive o homem** – J.M. Simmel
1256.**Amanhã é outro dia** – J.M. Simmel
1257.**Mulherzinhas** – Louisa May Alcott
1258.**Reforma Protestante** – Peter Marshall
1259.**História econômica global** – Robert C. Allen
1260(33).**Che Guevara** – Alain Foix
1261.**Câncer** – Nicholas James
1262.**Akhenaton** – Agatha Christie
1263.**Aforismos para a sabedoria de vida** – Arthur Schopenhauer
1264.**Uma história do mundo** – David Coimbra
1265.**Ame e não sofra** – Walter Riso
1266.**Desapegue-se!** – Walter Riso
1267.**Os Sousa: Uma famíla do barulho** – Mauricio de Sousa
1268.**Nico Demo: O rei da travessura** – Mauricio de Sousa
1269.**Testemunha de acusação e outras peças** – Agatha Christie
1270(34).**Dostoiévski** – Virgil Tanase
1271.**O melhor de Hagar 8** – Dik Browne
1272.**O melhor de Hagar 9** – Dik Browne
1273.**O melhor de Hagar 10** – Dik e Chris Browne
1274.**Considerações sobre o governo representativo** – John Stuart Mill
1275.**O homem Moisés e a religião monoteísta** – Freud
1276.**Inibição, sintoma e medo** – Freud
1277.**Além do princípio de prazer** – Freud

1278.**O direito de dizer não!** – Walter Riso

1279.**A arte de ser flexível** – Walter Riso

1280.**Casados e descasados** – August Strindberg

1281.**Da Terra à Lua** – Júlio Verne

1282.**Minhas galerias e meus pintores** – Kahnweiler

1283.**A arte do romance** – Virginia Woolf

1284.**Teatro completo v. 1: As aves da noite** ***seguido de*** **O visitante** – Hilda Hilst

1285.**Teatro completo v. 2: O verdugo** ***seguido de*** **A morte do patriarca** – Hilda Hilst

1286.**Teatro completo v. 3: O rato no muro** ***seguido de*** **Auto da barca de Camiri** – Hilda Hilst

1287.**Teatro completo v. 4: A empresa** ***seguido de*** **O novo sistema** – Hilda Hilst

1289.**Fora de mim** – Martha Medeiros

1290.**Divã** – Martha Medeiros

1291.**Sobre a genealogia da moral: um escrito polêmico** – Nietzsche

1292.**A consciência de Zeno** – Italo Svevo

1293.**Células-tronco** – Jonathan Slack

1294.**O fim do ciúme e outros contos** – Proust

1295.**A jangada** – Júlio Verne

1296.**A ilha do dr. Moreau** – H.G. Wells

1297.**Ninho de fidalgos** – Ivan Turguêniev

1298.**Jane Eyre** – Charlotte Brontë

1299.**Sobre gatos** – Bukowski

1300.**Sobre o amor** – Bukowski

1301.**Escrever para não enlouquecer** – Bukowski

1302.**222 receitas** – J. A. Pinheiro Machado

1303.**Reinações de Narizinho** – Monteiro Lobato

1304.**O Saci** – Monteiro Lobato

1305.**Memórias da Emília** – Monteiro Lobato

1306.**O Picapau Amarelo** – Monteiro Lobato

1307.**A reforma da Natureza** – Monteiro Lobato

1308.**Fábulas** ***seguido de*** **Histórias diversas** – Monteiro Lobato

1309.**Aventuras de Hans Staden** – Monteiro Lobato

1310.**Peter Pan** – Monteiro Lobato

1311.**Dom Quixote das crianças** – Monteiro Lobato

1312.**O Minotauro** – Monteiro Lobato

1313.**Um quarto só seu** – Virginia Woolf

1314.**Sonetos** – Shakespeare

1315(35).**Thoreau** – Marie Berthoumieu e Laura El Makki

1316.**Teoria da arte** – Cynthia Freeland

1317.**A arte da prudência** – Baltasar Gracián

1318.**O louco** ***seguido de*** **Areia e espuma** – Khalil Gibran

1319.**O profeta** ***seguido de*** **O jardim do profeta** – Khalil Gibran

1320.**Jesus, o Filho do Homem** – Khalil Gibran

1321.**A luta** – Norman Mailer

1322.**Sobre o sofrimento do mundo e outros ensaios** – Schopenhauer

1323.**Epidemiologia** – Rodolfo Sacacci

1324.**Japão moderno** – Christopher Goto-Jones

1325.**A arte da meditação** – Matthieu Ricard

1326.**O adversário secreto** – Agatha Christie

1327.**Pollyanna** – Eleanor H. Porter

1328.**Espelhos** – Eduardo Galeano

1329.**A Vênus das peles** – Sacher-Masoch

1330.**O 18 de brumário de Luís Bonaparte** – Karl Marx

1331.**Um jogo para os vivos** – Patricia Highsmith

1332.**A tristeza pode esperar** – J.J. Camargo

1333.**Vinte poemas de amor e uma canção desesperada** – Pablo Neruda

1334.**Judaísmo** – Norman Solomon

1335.**Esquizofrenia** – Christopher Frith & Eve Johnstone

1336.**Seis personagens em busca de um autor** – Luigi Pirandello

1337.**A Fazenda dos Animais** – George Orwell

1338.**1984** – George Orwell

1339.**Ubu Rei** – Alfred Jarry

1340.**Sobre bêbados e bebidas** – Bukowski

1341.**Tempestade para os vivos e para os mortos** – Bukowski

1342.**Complicado** – Natsume Ono

1343.**Sobre o livre-arbítrio** – Schopenhauer

1344.**Uma breve história da literatura** – John Sutherland

1345.**Você fica tão sozinho às vezes que até faz sentido** – Bukowski

1346.**Um apartamento em Paris** – Guillaume Musso

1347.**Receitas fáceis e saborosas** – José Antonio Pinheiro Machado

1348.**Por que engordamos** – Gary Taubes

1349.**A fabulosa história do hospital** – Jean-Noël Fabiani

1350.**Voo noturno** ***seguido de*** **Terra dos homens** – Antoine de Saint-Exupéry

1351.**Doutor Sax** – Jack Kerouac

1352.**O livro do Tao e da virtude** – Lao-Tsé

1353.**Pista negra** – Antonio Manzini

1354.**A chave de vidro** – Dashiell Hammett

1355.**Martin Eden** – Jack London

1356.**Já te disse adeus, e agora, como te esqueço?** – Walter Riso

1357.**A viagem do descobrimento** – Eduardo Bueno

1358.**Náufragos, traficantes e degredados** – Eduardo Bueno

1359.**Retrato do Brasil** – Paulo Prado

1360.**Maravilhosamente imperfeito, escandalosamente feliz** – Walter Riso

1361.**É...** – Millôr Fernandes

1362.**Duas tábuas e uma paixão** – Millôr Fernandes

1363.**Selma e Sinatra** – Martha Medeiros

1364.**Tudo que eu queria te dizer** – Martha Medeiros

1365.**Várias histórias** – Machado de Assis

IMPRESSÃO:

PALLOTTI
GRÁFICA

Santa Maria - RS | Fone: (55) 3220.4500

www.graficapallotti.com.br